For ever

Carol Higgins Clark

For ever

Une enquête de Regan Reilly

Traduit de l'américain par Michel Ganstel

ÉDITIONS FRANCE LOISIRS

Édition originale : *Hitched*

Édition du Club France Loisirs,
avec l'autorisation des Éditions Albin Michel

Éditions France Loisirs,
123, boulevard de Grenelle, Paris.
www.franceloisirs.com

© Éditions Albin Michel, 2007 pour la traduction française
© Carol Higgins Clark 2006
ISBN 978-2-298-01017-6

À mes chères amies, Roz Lippel et Lisl Cade,
mon éditrice et mon attachée de presse.
Avec toute ma gratitude et mon affection.

Samedi 2 avril

1

Ce samedi matin, comme elle l'avait fait d'innombrables fois au cours de ses trente et un ans d'existence, Regan Reilly descendit l'escalier de la maison de ses parents à Summit, New Jersey. Comme elle l'avait fait d'innombrables autres samedis matin, elle se rendait à la cuisine où sa mère préparait le petit déjeuner. Sauf que ce samedi matin-là n'était pas comme les autres.

C'était son dernier samedi de célibataire.

Sur la dernière marche, elle effleura la rampe d'une main en obliquant vers le living. Les cadeaux reçus la veille au soir étaient empilés dans un coin de la pièce. Tout y était, depuis le dernier modèle de machine à espressos, dont Regan savait qu'elle serait incapable de décrypter le mode d'emploi, jusqu'à une pendulette radio qui claironnait « Aujourd'hui est le dernier jour du reste de votre vie » quand le réveil se déclenchait. Mais c'est le jeu de couteaux de cuisine qui l'avait le plus intéressée. En bonne détective privée, elle les avait examinés de près. Le seul autre cadeau pouvant passer pour une arme potentiellement mortelle était, selon Luke, son père, un livre de cuisine.

Luke et son futur gendre, Jack « simple

11

homonyme » Reilly, avaient cherché refuge pour la soirée dans un restaurant voisin et n'étaient rentrés rejoindre les femmes que pour un dernier verre. Le concert obligé d'exclamations admiratives au déballage des objets ménagers et de la lingerie plus ou moins coquine avait pris fin, Dieu merci. La mère de Jack, ses sœurs et ses tantes avaient assisté aux festivités avec un fort contingent des amies de Regan. Aussi animée que joyeuse, la soirée avait été une vraie réussite.

Regan était arrivée l'avant-veille de Los Angeles où elle avait créé et dirigeait son agence de recherches. Il lui restait une semaine pour finaliser les préparatifs de la cérémonie qui verrait sa métamorphose de Mademoiselle Reilly en Madame Reilly. Ce samedi-là, elle devait se rendre à New York avec sa mère, Nora, et Kit, sa meilleure amie, pour prendre livraison de sa robe de mariée.

Se marier est un travail épuisant, avait maintes fois pensé Regan depuis ses fiançailles, six mois auparavant. Mais cela en valait la peine. Jack était celui qu'elle avait attendu toute sa vie et ils voulaient autant l'un que l'autre associer familles et amis à leur bonheur dans une grande et joyeuse cérémonie.

Après avoir subi déception sur déception avec des bons à rien, des cinglés ou, pire encore, des radins, Regan désespérait de jamais rencontrer l'âme sœur. Il avait fallu que son père se fasse kidnapper pour que Jack apparaisse enfin dans sa vie. Chef de la Brigade spéciale de la police de New York, il avait travaillé jour et nuit et remué ciel et terre pour libérer Luke. Ce fut pour Regan et lui l'occasion de tomber amoureux l'un de l'autre.

Assises à la grande table de la cuisine, Nora et Kit buvaient leur café matinal en grignotant des muffins aux myrtilles.

– Bonjour, vous deux! les salua Regan. Je n'en reviens pas que tu sois déjà debout, Kit. Nous avons encore une bonne demi-heure devant nous.

– Penser que je te verrais aujourd'hui dans ta robe de mariée m'empêchait de dormir, répondit Kit sur son habituel ton enjoué. Je n'arrivais pas à croire que ce grand jour viendrait. En ce qui concerne le mien, je n'y crois plus.

– Bien sûr que si, la rassura Nora.

– Ne t'inquiète pas pour Kit, maman, dit Regan en se versant du café. Kit, nous allons passer la semaine à tout mettre au point et quand je serai mariée, nous serons débordées par les préparatifs de ton mariage avant même que...

– Avant quoi? voulut savoir Kit. Avant que les poules aient des dents?

– Bien avant! La vie peut changer en un clin d'œil, tu sais. Il me reste une semaine avant d'aller à l'autel. Qui sait ce qui pourrait se passer d'ici là?

Nora sursauta, affolée.

– Ne dis pas des choses pareilles, Regan! N'y pense même pas, je t'en prie. Tout se passera à merveille. Et maintenant, finissons notre café, montons en voiture et allons en ville chercher la superbe robe que tu porteras dans une semaine. Je dois dire que je suis contente d'aller pour la dernière fois me débattre avec ces extravagants stylistes dans leur espèce de hangar ouvert à tous les vents qu'ils ont l'audace d'appeler une maison de couture.

Kit et Regan pouffèrent de rire à l'unisson.

– Voyons, maman, Charisse et Alfred ont énormément de talent et ils commencent à faire leur trou dans le monde de la mode, protesta Regan. Ils demandent jusqu'à un an de délai. J'ai de la chance qu'ils aient accepté de me caser dans leur planning. Ils seront bientôt connus dans le monde entier et on ne parlera plus que d'eux.

Aucune d'entre elles ne pouvait se douter que la célébrité promise à Charisse et Alfred allait leur arriver beaucoup plus vite que prévu, grâce à la une du *New York Post* du lendemain.

Avec Regan au volant, la Mercedes de Nora s'engouffra dans le Holland Tunnel.

– Quel temps splendide! soupira Nora quand le soleil disparut derrière elle. J'espère qu'il fera aussi beau samedi prochain.

– Moi aussi, approuva Regan. Mais en avril, on ne sait jamais.

– Une fille de mon bureau avait prévu de se marier à Martha's Vineyard en octobre, en plein été indien, dit Kit. Vous le croirez si vous voulez, mais une tempête de nord-est a soufflé précisément ce jour-là. Le courant était coupé dans toute la région et quand la noce est arrivée au restaurant où avait lieu la réception, le générateur de secours était tombé en panne.

– Merci Kit, dit Regan en souriant. Je prierai Dieu qu'il fasse beau ce jour-là et je compte sur toi pour en faire autant.

Un quart d'heure plus tard, elles se garèrent dans un parking près du centre du quartier connu sous le nom de la Petite Italie. Le loft de Charisse et d'Alfred occupait tout le troisième étage d'un bâtiment que Nora jugeait digne d'une urgente rénovation.

– Je ne vois pas pourquoi on trouve du charme à ce quartier, grommela-t-elle dans une ruelle bordée d'immeubles décrépits.

– Les gens d'ici l'adorent, commenta Regan. Quand on est dans la mode, c'est une adresse très recherchée. Le New York ancien se mêle au moderne et les boutiques dans le vent ont remplacé les charrettes à bras.

– Qu'est-ce qu'on reproche à Madison Avenue? bougonna Nora en marchant sur du verre cassé.

Elles s'arrêtèrent devant un immeuble qui avait connu des jours meilleurs et un jeune couple qui sortait les invita à entrer. Regan pressa le bouton de l'interphone au nom de Charisse et Alfred. Faute de réponse, elle appuya une autre fois. Toujours rien.

– Il est pourtant onze heures, dit Kit en consultant sa montre.

15

– Je me demande où ils peuvent bien être, s'étonna Regan. Ils habitent ici et ils nous attendaient.

– Nous avons même passé tous les contrôles de sécurité, dit Nora d'un ton sarcastique en regardant le hall désert.

– En effet, approuva Regan. Montons directement.

Elles s'engouffrèrent dans un vaste monte-charge qui démarra en grinçant et s'arrêta au troisième étage avec un hoquet au bout d'une longue ascension. Un gémissement lugubre préluda à l'ouverture de la porte, dix longues et angoissantes secondes plus tard.

Regan comprit aussitôt qu'il se passait quelque chose d'anormal. La porte du loft était entrebâillée alors qu'à chacune de ses visites précédentes, Alfred prenait soin de la refermer. Il craignait sans doute que son génie s'échappe dans un courant d'air et que des concurrents sans scrupules en profitent pour lui voler ses idées.

Regan traversa le palier, ouvrit la porte en grand. Il n'y avait personne en vue. Les portants étaient vides, il n'y avait plus une robe. Sauf une, complètement lacérée, qui gisait par terre.

– Charisse! Alfred! appela-t-elle.

Pas de réponse.

– Regan, intervint Nora, sois prudente, je t'en prie.

Regan renouvela ses appels, s'avança lentement à l'intérieur. C'est alors qu'elle remarqua des taches de sang sur la robe lacérée. Choquée, elle courut vers le fond du local et le renfoncement où elle savait que les stylistes avaient aménagé leur chambre. Elle en ouvrit prudemment la porte et resta figée sur le seuil.

– Seigneur! s'exclama-t-elle.

Alfred et Charisse étaient étendus sur le lit, ligotés et bâillonnés. Regan se précipita pour défaire le bâillon d'Alfred.

– Oh Regan, Dieu soit loué, vous voilà! criat-il, haletant. Deux cambrioleurs sont entrés ici la nuit dernière. Ils nous ont ligotés, je croyais qu'ils allaient nous tuer. Ils ont forcé le coffre-fort, et ont pris tout notre argent et nos bijoux.

– Ils ont pris bien plus, dit Regan en dénouant le bâillon de Charisse. Les robes ont disparu, sauf une dans un bien triste état.

Deux hurlements firent alors vibrer l'air. L'un émanait de la gorge d'Alfred, l'autre de l'acheteuse de la malheureuse robe, qui venait d'entrer dans la pièce.

Regan se demanda lequel de ces deux cris était le plus effroyable.

2

Le lendemain de la soirée cadeaux de Regan, Jack était allé chez ses parents à Bedford, près de New York. Il voulait passer quelques moments tranquilles avec eux, car il prévoyait d'être surchargé de travail la semaine suivante à cause

17

d'une série de hold-up de banques qui se succédaient depuis le mois de janvier. Le voleur opérait toujours lorsqu'il pleuvait ou qu'il neigeait, intempéries contre lesquelles tout le monde se protégeait avec des gants, des chapeaux et des vêtements volumineux. Le cambrioleur qui entrait dans la banque portait un imperméable sombre pourvu d'une capuche, des lunettes noires et une barbe ou une moustache. Comme tous les malfaiteurs, il savait qu'il serait filmé par les caméras de surveillance et faisait donc de son mieux pour modifier son apparence.

Toutes les banques de la ville étaient en alerte, mais le coupable réussissait à déjouer toutes les précautions. Les banquiers et la police avaient examiné les bandes vidéo de chaque hold-up, au nombre de huit jusqu'à présent, sans pouvoir définir un suspect. Le malfaiteur réussissait toujours à s'évanouir sous la neige ou la pluie.

Cette affaire mettait Jack hors de lui et il espérait la résoudre avant son mariage et son voyage de noces. Regan et lui comptaient passer une quinzaine de jours en Europe. Mieux encore, Regan viendrait chez lui à leur retour, et non à Los Angeles. Depuis quelques semaines, elle expédiait à son adresse des caisses pleines d'effets personnels, de photos et de livres. Loin d'objecter à ce déracinement, elle s'en disait enchantée.

– J'adore ton appartement, disait-elle. Voyons comment nous nous y sentons d'ici à deux ans et si ça ne va pas, nous pourrons toujours envisager de déménager.

La mère de Jack avait préparé un copieux *brunch* pour les membres de la famille venus à la soirée de la veille. Pour la plupart, ils resteraient jusqu'au mariage.

– Plus qu'une semaine de célibat, Jack, lui dit sa mère en lui tendant une assiette débordante d'œufs brouillés.

– La semaine prochaine à cette heure-ci, le taquina sa sœur Trish, Sheila Mullen noiera son chagrin.

– Je ne l'ai pas revue depuis le lycée! protesta Jack.

– Elle a toujours eu le béguin pour toi, lui rappela sa mère. Mais Regan est la seule, la vraie, je suis la première à le dire.

– Tu as parfaitement raison, maman, approuva Jack.

Il allait attaquer ses œufs quand son portable sonna. Un coup d'œil à l'écran lui apprit que l'appel venait du portable de Nora et il se hâta de répondre.

– Tout va bien? demanda-t-il.

Il se détendit un peu en écoutant.

– J'arrive tout de suite, dit-il avant de raccrocher. La robe de mariée de Regan a été volée, expliqua-t-il aux membres de la famille qui tournaient vers lui des regards interrogateurs. L'atelier du styliste a été cambriolé la nuit dernière, je n'en sais pas plus.

– C'est déjà beaucoup, commenta sa mère.

Mais Jack était déjà parti en courant.

3

– Maaaaamaaan! Maaaa rooooobe!

Regan finit de délier les délicats poignets de Charisse et courut à l'atelier pendant qu'Alfred hurlait : «J'appelle la police!» La scène qu'elle découvrit n'aurait pas déparé une tragédie grecque. Écroulée sur le sol, une jeune femme rousse étreignait en sanglotant les lambeaux souillés de sang de la robe qui aurait dû la parer comme une princesse pendant le plus beau jour de sa vie. La vision de son rêve massacré la mettait manifestement dans un état second.

– Pourquoiiiiiiiiii moiiiiiiiiii? Pourquoi moi?

Une dame plus âgée, «Maman» à n'en pas douter, s'efforçait sans succès de réconforter la jeune mariée en lui massant les épaules.

– Je te le disais bien que tu aurais dû porter ma robe de mariée. Tu es un peu plus forte que moi quand j'ai épousé ton père, mais on aurait pu lâcher une ou deux coutures. Quand je pense que je l'avais emballée avec tant de soin dans l'espoir qu'une de mes filles la mettrait un jour pour aller à l'autel! Le portrait de Bonnemaman dans cette robe, le jour de son mariage il y a soixante-deux ans, est superbe. Superbe. Quel dommage que tu n'aies pas voulu perpétuer la tradition.

Un gémissement déchirant s'échappa de la masse informe de satin et de tulle blanc que la mariée serrait sur sa poitrine, les yeux clos en signe d'indicible douleur.

– Mais, maman..., commença-t-elle d'une voix aiguë en rouvrant les yeux.

Elle cessa d'un coup à l'arrivée de Regan et s'essuya les yeux d'un revers de main, ce qui eut pour résultat d'étaler son Rimmel détrempé en lui donnant une frimousse de raton laveur.

– Qui êtes-vous? grogna-t-elle.

– Regan Reilly. Si cela peut vous consoler, ma robe fait partie de celles qui ont disparu.

– Tu vois? triompha sa mère. Elle ne pleure pas, elle.

– Parce qu'elle est en état de choc, répondit la fille en éliminant d'un coup d'ongle un grumeau noir au coin de son œil. Et sa robe est peut-être encore intacte.

– Il se trouve que je suis détective privée, dit Regan. Si cela ne vous ennuie pas, pourriez-vous lâcher votre robe? Il y a du sang dessus, il pourrait fournir des indices importants.

Avec un geste théâtral, la jeune fille rejeta les lambeaux de la robe, se releva et se déplia de toute sa hauteur, qui avoisinait le mètre soixante-quinze. Regan estima qu'elle devait avoir vingt-cinq ans. Ses cheveux roux coupés court à la dernière mode, ses taches de son et sa silhouette un peu enveloppée lui rappelaient une fille qu'elle avait connue au lycée, du moins jusqu'à ce qu'elle s'en fasse expulser. Contrairement à la jeune mariée, elle n'avait jamais manifesté ses émotions, même le jour où le principal l'avait escortée manu militari jusqu'à la porte. Celle-ci, en revanche, paraissait du genre à faire bonne figure jusqu'au moment de tomber en pièces.

La jeune femme éplorée épousseta son jean et se passa une main dans les cheveux. Leur coupe récente dénotait qu'elle avait dû suivre à la lettre les recommandations des manuels de préparation au mariage, qui préconisent un passage chez le coiffeur deux semaines avant le grand jour pour obtenir un style d'allure naturelle. On pouvait seulement regretter que lesdits manuels ne persuadent pas leurs lectrices de conserver leur robe de mariée dans leur penderie au moins un mois avant le grand jour.

– Je m'appelle Brianne, se présenta la jeune fille. Ma mère, Teresa, ajouta-t-elle en désignant distraitement cette dernière.

Regan leur serra la main avant de présenter sa mère et Kit, qui l'avaient rejointe entre-temps. En d'autres circonstances, ces dames auraient sans doute engagé une agréable conversation roulant sur le mariage, mais les circonstances ne s'y prêtaient pas.

– Comment est-ce arrivé? s'enquit Brianne. Et où sont Charisse et Alfred?

– Me voilà, annonça Alfred drapé dans une robe de chambre de soie bourgogne.

Regan avait déjà remarqué qu'Alfred ne se contentait pas de pénétrer dans une pièce, il y faisait une véritable entrée en scène. Grand, mince pour ne pas dire maigre, il avait une chevelure châtain artistement ébouriffée et les joues couvertes en permanence d'une barbe de deux ou trois jours. Comment faisait-il pour mainte-

22

nir son système pileux dans cet état? s'était-elle parfois demandé. Malgré tout, il ne manquait pas d'un certain charme romantique.

– Oh, Brianne! s'exclama-t-il en se précipitant vers elle.

Il lui prit les deux mains, où étincelaient le diamant de sa bague de fiançailles, et se pencha pour les couvrir de baisers avant de se tourner vers Teresa, qui l'observait d'un air réprobateur. Elle n'avait jamais été séduite par les manières d'Alfred, encore moins par ses prix, et cette dernière mésaventure finissait de l'indisposer. Ses cheveux frisottés teints en blond étaient tenus par une telle épaisseur de laque qu'elle paraissait coiffée d'un casque. Elle arborait des lunettes à la monture rehaussée de strass, un pantalon moulant marron, des chaussures à talons aiguilles et une sorte de débardeur en jersey qui se relevait continuellement sur son ample postérieur.

– Ah, madame Barth! Je suis atterré! Des cambrioleurs se sont introduits ici la nuit dernière, nous ont ligotés et ont tout volé. Tout!

– Sauf ma robe, grommela Brianne. J'aurais préféré qu'ils la volent au lieu de la retrouver dans cet état. J'en suis bouleversée.

– Nous voulons être remboursées, déclara froidement Teresa.

Alfred déglutit de douleur.

– Je ferai une autre robe à notre chère Brianne.

– Je me marie samedi prochain, lui fit observer Brianne.

Moi aussi, s'abstint de préciser Regan. Ils ne pourront jamais faire deux robes comme celles-ci en à peine huit jours.

– Charisse et moi avons l'habitude de travailler jour et nuit, dit Alfred d'un ton pitoyable. J'ai appelé la police, elle devrait arriver d'une minute à l'autre.

– J'ai appelé le fiancé de Regan, intervint Nora. Il est le chef de la Brigade spéciale. Il était chez ses parents, dans les environs, mais il va venir le plus vite possible.

– Merci maman, dit Regan. Votre atelier est une scène de crime, Alfred, poursuivit-elle en se tournant vers lui. Nous devons prendre soin de ne rien faire qui puisse détruire ou altérer les indices.

– Mon atelier une scène de crime! répéta Alfred avec accablement. Je me sens violé.

– Je ne vois pas de traces d'effraction, dit Regan en allant à la porte. Aviez-vous fermé à clef hier soir?

– Nous avions commandé un dîner chinois parce que nous étions trop fatigués pour sortir. Charisse a ouvert la porte et a payé le livreur. Tu as bien refermé à clef, Charisse?

– Je ne sais plus au juste, répondit-elle. Le sac était lourd et la soupe *wonton* débordait du conteneur. Elle était brûlante.

Parfait! pensa Regan. Si la porte était simplement tirée, n'importe qui aurait pu l'ouvrir avec un morceau de plastique.

– Nous avons dîné au lit, poursuivit Alfred, et nous étions si fatigués que nous nous sommes endormis sans même éteindre la télévision. Tout ce que je sais, c'est d'avoir vu deux individus vêtus de noir avec un bas nylon sur la tête qui nous ficelaient avant de forcer le coffre. Tout s'est passé si vite!

– La télévision était encore allumée? demanda Regan.

– Oui.

– Savez-vous à quelle heure ils sont entrés?

– Il devait être trois heures du matin, c'était le début d'une rediffusion de *talk-show*. Les salauds ont éteint la télé avant de partir, par pure méchanceté. Nous sommes restés dans le noir et le silence jusqu'à ce que vous arriviez, Regan. Nous n'avions rien pour nous distraire de notre malheur.

– Bonjour! fit une voix masculine du pas de la porte.

Ils se retournèrent vers les policiers qui entraient. Regan se présenta. Ils connaissaient tous son fiancé, Jack, qui leur inspirait un amical respect. L'un d'eux prit les dépositions d'Alfred et de Charisse. Un spécialiste releva les empreintes dans l'atelier et la chambre, un autre mit la robe de Brianne dans un sac en plastique scellé. Des journalistes et un cameraman arrivèrent pendant ce temps. Brianne s'empressa de leur débiter ce qu'elle avait sur le cœur avant même qu'ils aient pu interviewer Alfred, Charisse et Regan.

Une fois que le plus gros de la troupe se fut retiré, Charisse alla à la cuisine préparer du café. Un hurlement lui échappa en ouvrant le réfrigérateur. Sur une étagère, un message au feutre noir proclamait :

VOS FRINGUES SONT DÉGUEULASSES.
SI VOUS TENEZ À VOTRE PEAU, QUITTEZ LE BUSINESS.

Neuf heures durant, Alfred avait vécu un enfer, mais la lecture du message lui assena le coup de grâce. Ces mots lui déchiquetaient l'âme. Sur un nouveau cri de douleur, il se tourna vers Regan :

– Il faut que vous m'aidiez à trouver les infâmes individus qui ont fait ça, Regan! Je ne pourrai plus trouver le sommeil tant qu'ils ne seront pas mis hors d'état de nuire! Cette agression était préméditée.

Sans la voir, Regan sentit sa mère se raidir.

– Je me marie la semaine prochaine, répondit-elle avec douceur. J'ai tant à faire, je dois aussi trouver une nouvelle robe...

– Je vous ferai une robe sublime, la plus belle de toutes, je vous le jure! Aidez-moi, Regan, aidez-moi, je vous en supplie! J'attends une autre mariée tout à l'heure, je devrai lui apprendre que sa robe a disparu et elle me fait peur, oui, elle me fait peur! Ne m'abandonnez pas, de grâce!

– Bon, d'accord, Alfred. Mon fiancé ne devrait plus tarder. Nous vous aiderons tous les deux. D'ailleurs, le voilà.

Jack venait d'apparaître sur le pas de la porte, plus séduisant que jamais. En voyant Regan saine et sauve, un sourire lui vint aux lèvres.

26

– Je croyais être le seul de nous deux à lutter contre le crime cette semaine, lui murmura-t-il pendant qu'ils échangeaient un rapide baiser. Promets-moi simplement d'arriver à l'heure à l'église.

– Tu sais bien que j'y serai.

Elle ne put cependant réprimer un léger frisson. Rien ne devait venir gâter leur grand jour et le début de leur nouvelle vie. Pourquoi, alors, éprouvait-elle tout à coup ce sentiment de malaise? Elle s'efforça de le repousser en se disant qu'elle aiderait Alfred mais qu'elle ne permettrait pas aux événements de contrarier ses projets. *J'ai attendu Jack trop longtemps pour prendre le moindre risque...*

Mais pour Regan, rien n'était jamais aussi simple. Et, qu'elle le veuille ou non, la semaine précédant son mariage ne ferait pas exception à cette règle.

4

Dans une HLM du Queens, dont les avions de l'aéroport de La Guardia faisaient trembler les vitres et vibrer les murs, Francis McMann et Marco Fertillo étaient vautrés sur les deux vieux canapés fatigués qui meublaient le living exigu. Copains d'enfance, on pouvait les voir vingt-deux ans plus tôt au jardin d'enfants, couchés sur le même matelas à l'heure de la sieste pendant laquelle leur institutrice, harassée, devait intervenir continuellement pour qu'ils arrêtent de se lancer des coups de pied. Bâtie sur de telles fondations, leur indéfectible amitié s'était poursuivie treize ans durant, jusqu'à la fin de leurs laborieuses études, au terme desquelles Marco s'en était allé chercher fortune dans l'Ouest. Francis resta sur place, où il dégotta un job comme ouvrier du bâtiment. Depuis, Marco revenait tous les deux ans à New York rendre visite à son fidèle ami, visites qui rendaient le plus souvent la mère de Francis fort mécontente.

– Ce Marco a une mauvaise influence sur toi! lui criait-elle. Arrête de le fréquenter. Pourquoi il n'a pas d'emploi?

– Mais si, il trouve toujours du boulot un peu partout.

– Du boulot, mon œil! Combien de temps il va encore rester ici à t'empêcher de travailler?

Joyce, la petite amie de Francis, lui posait régulièrement la même question, question d'autant plus pertinente que le lieu où les deux compères flemmardaient n'était autre que son appartement. Joyce, qui travaillait à l'animalerie du quartier, avait été séduite par Francis parce qu'il portait le prénom de Saint François d'Assise dont l'amour des animaux était resté légendaire. Francis aimait bien les animaux, mais c'était bien son seul point commun avec le saint homme.

– Tas de feignants! cria le perroquet perché dans la cuisine.

– Ta gueule, sale bête! le rabroua Marco.

Son poignet l'élançait douloureusement pendant qu'il s'efforçait de rajuster son pansement de fortune. Il s'était malencontreusement blessé en lacérant avec son couteau la robe d'Alfred et de Charisse.

– Ne parle pas comme ça à Roméo devant Joyce, commenta Francis sans conviction.

– Cette stupide volaille me tape sur les nerfs.

– Tas de feignants! Tas de feignants! claironna Roméo avec entrain.

Marco s'extirpa du canapé pour aller regarder dans la rue en soulevant le store. Sa vieille voiture grise était garée presque en face. L'immeuble de Joyce ne comportant pas de parking pour les visiteurs, Marco devait régulièrement déplacer sa voiture pour éviter les contraventions. Depuis Noël, début de sa visite la plus longue, il avait dû le faire trois fois par semaine avant huit heures du matin. En fait, Joyce n'avait accepté de le voir prolonger son séjour que parce que Francis s'était cassé la jambe sur un chantier et se trouvait encore en congé de convalescence. Marco campait donc sur un des canapés du living.

– Je deviendrais cinglé à rester enfermé seul ici toute la journée, expliquait Francis à Joyce. Marco me tient compagnie.

Mais Francis étant presque rétabli et espérant pouvoir bientôt reprendre le travail, Marco savait que ses jours de squatter chez Joyce étaient comptés. C'est pourquoi il avait réussi à convaincre Francis de lui prêter main-forte pendant le cambriolage de la nuit précédente.

– Viens donc, avait-il insisté. Ce fumier d'Alfred nous a snobés au craps et a raflé notre fric. En plus, il a eu le culot de nous donner sa carte en disant qu'il nous ferait des prix de faveur pour ses nippes après avoir pratiquement craché sur nos T-shirts. Qu'il ait laissé tomber son trousseau de clefs sans même s'en apercevoir, c'était un signe du bon Dieu, non ?

– Je ne crois pas que le bon Dieu ait voulu que nous allions cambrioler Alfred quand il a perdu ses clefs, objecta Francis.

Sec, nerveux, brun de poil et olive de peau, Marco arpentait le living – son activité favorite – en débitant sa plaidoirie.

– Rien n'arrive sans raison. Nous avions une raison d'aller à Atlantic City le week-end dernier, non ?

– Oui, pour jouer.

– Il y avait une raison pour que nous entrions au Gamblers's Palace. Il y avait une raison pour qu'Alfred se retrouve à la même table que nous. Il y avait une raison pour qu'il laisse tomber ses clefs.

– Il les a perdues parce que sa poche débordait quand il a sorti sa carte.

– La vraie raison, c'est que nous allions pouvoir lui donner une bonne leçon. Non seulement il se vantait d'avoir gagné tout notre pognon, mais en plus il avait le culot de critiquer nos fringues.

– Tout ce qu'il disait, c'est qu'il ne comprenait pas qu'on porte des T-shirts quand on sort.

– Eh bien, moi, ça m'a vexé. Quel sale prétentieux, ce type!

– Tu t'es bien vengé en lui disant qu'avec des poches sa veste de velours vert ressemblerait à une table de billard.

– Ça me suffisait pas pour me sentir vengé. Et puis, ajouta Marco, il y a autre chose. Je suis fauché.

– Tu veux dire, plus un radis? demanda Francis.

– Pratiquement. Si nous faisons ce coup-là, je pourrai partir.

À ces derniers mots, Francis dressa l'oreille. Il savait que Joyce en avait par-dessus la tête de ce «visiteur» qui s'incrustait et qu'il était urgent de se débarrasser de Marco. Mais ce moyen de hâter son départ lui paraissait un peu excessif. Finalement, Francis s'était laissé convaincre d'en prendre le risque. Même si Marco n'avait jamais été ce que l'on peut appeler un charmeur, il avait toujours réussi à obtenir de Francis tout ce qu'il voulait.

Ils avaient donc procédé la nuit précédente à l'expédition punitive que voulait Marco. Emporté par l'enthousiasme, Marco avait décidé de parachever leur coup d'éclat en lacérant une robe choisie au hasard et s'était malencontreusement blessé. Bien que la vue des lambeaux tachés de sang lui ait causé un certain plaisir, son poignet entaillé lui faisait de plus en plus mal, au point de se demander s'il ne devrait pas se faire poser des points de suture. Mais se faire soigner voulait dire aller à l'hôpital où il serait forcé d'expliquer comment cela lui était arrivé, risque qu'il ne pouvait pas se permettre de prendre.

– Ta bagnole est toujours là? s'enquit Francis.

– Personne ne voudrait voler ce tas de ferraille, répondit Marco.

– Sauf si on sait que les robes sont dans le coffre. En les vendant, tu aurais de quoi te payer une Mercedes.

Marco laissa retomber le store et se retourna vers son ami. À peu près de la même taille et de la même corpulence que Marco, Francis avait des cheveux blond roux qui commençaient à se raréfier et le visage parsemé de taches de son. Ses yeux bleu pâle reflétaient une certaine inquiétude. Il n'avait jamais encore rien commis de comparable à leur méfait de la nuit. Parfois, à l'école, Marco l'avait poussé à faucher des desserts à la cafétéria, ils avaient de temps en temps «emprunté» une voiture pour se promener, mais jamais rien d'aussi grave ni d'aussi prémédité. Francis en arrivait à se demander comment Marco gagnait sa vie au cours de ses pérégrinations à travers les États-Unis.

– Nous devons être prudents, Marco. Je ne voudrais pas avoir des ennuis.

– Froussard, va! Tu as toujours eu la trouille de tout depuis qu'on a cinq ans. Grâce à moi, nous avons plus de vingt mille dollars en espèces, plus la bijouterie fantaisie que nous pourrons fourguer à Atlantic City, sans parler des robes. En plus, nous avons remis à sa place un salaud qui nous déshonorait. Une bonne nuit de travail, non?

– Si on se fait pincer, Joyce va me tuer. Il y a ton sang sur cette robe, les flics peuvent te retrouver par des tests d'ADN.

– On se fera pas prendre, je te dis! Je n'ai jamais été arrêté, ils n'ont pas mon ADN dans leurs fichiers. Ce soir, on ira à Atlantic City et on fera la fête.

– C'est trop dangereux.

– Dangereux? De quoi tu parles?

– Si Alfred se rend compte qu'il a perdu ses clefs à Atlantic City, les flics peuvent commencer à nous rechercher là-bas. On dit que les criminels reviennent toujours sur le lieu de leur crime, tu le sais bien.

– La scène du crime, c'est son loft à Manhattan.

– Oui, mais c'est à Atlantic City qu'on lui a piqué ses clefs. Et qu'est-ce que je vais dire à Joyce? Que je la laisse encore tomber un samedi soir?

– Dis-lui qu'elle sorte avec ses copines.

Marco ramassa la télécommande sur la table basse et alluma le téléviseur. Le journal de la mi-journée commençait.

– Une information vient de tomber, annonça la présentatrice. Le printemps est la saison des mariages et, dans toute la région, les futures mariées s'y préparent dans la fièvre. Toutes, sauf celles qui sont allées ce matin chercher leur belle robe à l'atelier d'Alfred et Charisse Haute Couture, à Manhattan, où elles ont découvert avec horreur que le local avait été cambriolé...

Francis s'assit brusquement en agrippant la couverture toute pelée qu'il traînait depuis l'école primaire. Marco, lui, regardait fixement l'écran.

– Les cambrioleurs n'ont laissé derrière eux qu'une robe qu'ils se sont acharnés à détruire en la lacérant. Il semblerait que l'un d'eux se soit blessé, car les lambeaux de la robe étaient couverts de sang. Le laboratoire criminel de la police procède en ce moment même à la recherche de l'ADN. Brianne Barth, la propriétaire de cette robe, n'est pas heureuse du tout.

L'image passa à un gros plan de Brianne.

– Si je découvre qui a fait cela, il regrettera d'être sur terre, vous pouvez me croire, déclara-t-elle.

– Nul ne lui reprochera des propos aussi belliqueux, commenta la présentatrice. Les couturiers ne sont pas plus heureux que leurs clientes, poursuivit-elle en passant à l'image d'Alfred et de Charisse.

– Je suis accablé et indigné que ces individus soient assez ignobles pour priver des futures mariées de leurs belles robes, déclara Alfred. Mais nous sommes déterminés à remuer ciel et terre pour leur mettre la main dessus et Regan Reilly m'aidera. N'est-ce pas, Regan?

Regan apparut sur l'écran.

– Nous ferons tout ce que nous pourrons, affirma-t-elle. Les malfaiteurs commettent souvent une erreur stupide qui les trahit. Dans ce cas, nous les démasquerons et nous les enverrons à la place qu'ils méritent, c'est-à-dire derrière les barreaux.

– Nous n'avons pas commis d'erreur stupide, Regan Reilly! affirma Marco d'un air supérieur.

– Oh, bon Dieu! gémit Francis. On va se faire pincer.

– Quoi? Tu as fait une connerie? explosa Marco.

Francis sentait depuis le début que cette histoire tournerait mal.

– Nnn... non, j'crois pas, bredouilla-t-il. Aller ailleurs ce soir n'est peut-être pas une mauvaise idée, en fin de compte.

5

Assis sur le grand canapé en fer à cheval au fond de l'atelier, Regan, Jack, Nora, Kit, Brianne, Teresa, Alfred et Charisse finissaient les sandwiches et le café que Charisse avait commandés au traiteur du coin. Avoir été nourrie et être apparue à la télévision avait mis Brianne de meilleure humeur. Mais l'embellie ne dura pas.

– Alfred, annonça-t-elle après s'être essuyé la bouche, je veux que vous me remboursiez. Ma mère et moi allons de ce pas chez Kleinfeld.

– Oui, approuva Teresa. Nous sommes scandalisées.

Kleinfeld était le magasin prénuptial ayant fourni leurs robes à des générations de mariées. Il avait ouvert ses portes en 1941 à Brooklyn et avait récemment déménagé dans un local plus vaste et plus luxueux à Manhattan. Kleinfeld se vantait d'offrir la plus grande sélection de robes de mariées au monde. Des femmes venues de partout en franchissaient les portes pour en ressortir avec la robe de leurs rêves.

– Vous rembourser? hoqueta Alfred.

– Cash, précisa Brianne. En chèque à l'extrême rigueur. Je refuse d'être angoissée toute la semaine en me demandant si j'aurai ou non une robe d'ici samedi prochain.

– Ce serait inacceptable, déclara sombrement Teresa.

– Je serais incapable de m'endormir ce soir sans savoir si je devrai me rabattre sur ma première robe de bal pour aller à l'autel.

– Je vous promets, gémit Alfred, je vous jure que je vous ferai une autre robe encore plus belle.

Le seul mot de remboursement le mettait au bord de la syncope.

– Je ne veux pas prendre ce risque, répliqua Brianne. Enchantée d'avoir fait votre connaissance à vous tous, mais nous partons. Je veux mon argent, Alfred. Tout de suite.

Levant les mains au ciel de désespoir, Alfred alla dans son petit bureau d'où il revint un instant plus tard et tendit à Brianne un chèque plié en deux.

– Si vous ne trouvez rien à votre goût, faites-moi signe, dit-il piteusement. Enfin, précisa-t-il, d'ici à ce soir.

– Pouvez-vous retoucher ma robe de mariée de manière à ce que Brianne la mette? s'enquit Teresa.

La mine d'Alfred aurait apitoyé une tigresse.

– Euh... c'est-à-dire... les créateurs n'aiment travailler que sur leurs propres créations.

– Ce ne serait pas une bonne publicité pour vous si le bruit se répandait que vos clientes ont été lésées parce que vous n'avez pas fermé votre porte ou que vous avez perdu vos clefs.

– Mais... je n'ai jamais dit que j'avais perdu mes clefs! protesta l'infortuné Alfred.

– J'ai entendu la police vous le demander, vous avez répondu que vous ne les retrouviez pas. Ce qui est arrivé est donc votre faute.

Ça va mal pour ce pauvre Alfred, pensa Regan. La police l'avait en effet longuement interrogé parce qu'il n'y avait pas de signes d'effraction. Il avait répondu qu'il ne pouvait pas retrouver ses clefs, qu'il les chercherait avec soin, mais qu'il ne se souvenait pas de la dernière fois qu'il s'en était servi.

– C'est toujours Charisse qui s'occupe de ce genre de choses, expliqua-t-il. Quand nous sortons, elle se charge de prendre l'argent et les clefs. Je me repose entièrement sur elle pour ces détails.

Charisse gardait le silence dans son coin. Avec ses traits délicats, son teint pâle et ses longs cheveux blonds qui cascadaient sur ses épaules, elle paraissait sortie d'un lointain passé. Sa tenue contribuait d'ailleurs à cette impression. Elle portait une blouse blanche en dentelle et un pantalon de velours bourgogne de la même nuance que la robe de chambre d'Alfred. Devant son allure éthérée, Regan avait peine à croire que c'était elle qui était douée de sens pratique. Mais il est vrai qu'elle était associée à Alfred...

– Même si Alfred me confie ce genre de choses, dit-elle avec douceur, je ne pourrais pas rêver d'un homme plus protecteur que lui. Il ferme toujours la porte à double tour pendant la journée. Je ne peux pas croire que les bandits qui se sont introduits ici la nuit dernière se soient servis de ses clefs.

– Peut-être, déclara Brianne en fourrant le chèque dans sa poche après y avoir jeté un coup d'œil distrait. Ou peut-être pas.

Vous n'êtes pas si prudente vous non plus, pensa Regan. On ne traite pas comme cela un chèque de plusieurs milliers de dollars.

– Brianne, lui dit-elle, je voudrais vous parler un instant.

– Il faut que nous partions, objecta Teresa en regardant sa montre.

– Pouvez-vous me donner votre numéro de téléphone? Je vous appellerai un peu plus tard. Je voudrais aussi parler aux autres clientes dont les robes ont disparu. Pouvez-vous vous rappeler votre dernière visite ici? Avez-vous remarqué quelque chose ou quelqu'un qui vous aurait paru suspect? J'aimerais aussi savoir si une personne de votre connaissance aurait cherché à saboter votre mariage.

38

– Essayez-vous de me rendre responsable de cette horreur? s'indigna Brianne.

– Bien sûr que non, la rassura Regan. Je cherche simplement à étudier toutes les éventualités. J'ai peine à croire qu'une telle agression soit l'effet du hasard.

– Tout le monde se fait des ennemis, déclara Teresa.

C'est malheureusement exact, pensa Regan. Et avec son fichu caractère, Brianne ne doit pas en manquer, elle non plus.

– Permettez-moi de vous dire une chose, Regan, commença Brianne. Comme tout le monde, je suis sortie avec un tas d'imbéciles et de minables...

Regan vit du coin de l'œil que Kit approuvait par de vigoureux hochements de tête et que Jack esquissait un sourire entendu. Ayant connu bon nombre des calamiteux soupirants de Kit, il ne pouvait qu'adhérer à ce point de vue.

– Mais je ne crois pas, poursuivit Brianne, un seul de ces guignols assez intelligent ou courageux pour exécuter un coup pareil.

– C'est absolument certain, confirma Teresa.

– Je voudrais quand même vous parler, dit Regan.

Brianne pêcha dans son fourre-tout une carte de visite qu'elle tendit à Regan.

– Comme vous voudrez. Je travaille pour un décorateur. Mon numéro de portable est sur la carte.

– Merci.

Brianne ramassa son autre sac contenant tout ce dont elle aurait eu besoin pour un dernier essayage, soutien-gorge sans bretelles, sous-vêtements, escarpins blancs.

– C'était bien la peine d'avoir apporté tout ça, grommela-t-elle.

Alfred ne put retenir une grimace de douleur, mais il prit sur lui d'escorter galamment ces dames jusqu'à l'ascenseur. Quand il revint, il se laissa tomber sur un canapé en poussant un soupir à fendre l'âme.

– Regardez dehors comme le temps a changé. Il commence à pleuvoir, il fait sombre, presque noir. Oui, noir, répéta-t-il. En plein jour! Le jour le plus noir de ma vie.

Le téléphone portable de Jack sonna à ce moment-là. Constatant que l'appel venait de son bureau, il se hâta de répondre et Regan vit son visage s'assombrir comme le temps à mesure qu'il écoutait.

– Il faut que j'y aille d'urgence, dit-il en se levant. Il pleut à torrents depuis vingt minutes et notre cambrioleur de banques vient de faire un nouveau hold-up.

– Nous sommes damnés! clama Alfred dans un sanglot. Tous damnés!

6

Luke Reilly profitait de son samedi. Il venait d'effectuer un parcours de golf avec quelques vieux amis qui l'avaient taquiné sur son personnage enviable de Père de la Mariée. En regagnant sa voiture, il savait qu'il trouverait à son retour une maison vide, mais il se consolait en sachant que Nora et Regan étaient allées en ville chercher la belle robe de mariée. Il avait encore peine à croire que sa toute petite fille allait se marier et, sur le chemin du retour, il en éprouva une bouffée de mélancolie. Après tout, se raisonna-t-il, rien de plus normal en de telles circonstances.

Quand il arriva chez lui, les nuages devenaient menaçants et il commençait à pleuvoir. Luke se hâta d'entrer se mettre au sec. Dans le vestibule, il jeta un regard à la photo de famille posée sur la console, prise deux ans auparavant, pendant les fêtes de Noël. Comme Regan me ressemble, pensa-t-il. S'il avait maintenant les cheveux blancs, sa fille tenait de lui ses cheveux noirs et son teint clair d'Irlandaise, pensa-t-il avec attendrissement en tournant les yeux vers la photo de Regan en première communiante. Il se souvenait combien elle avait été heureuse d'enfiler la petite robe et son voile, ainsi que les socquettes à dentelle bouffante et les souliers vernis qui complétaient l'ensemble. Debout devant la cheminée, elle serrait son missel sur sa poitrine en arborant un large sourire qui dévoilait ses deux dents manquantes. Qui pouvait se douter, se demanda-t-il, qu'elle assumerait la lourde responsabilité de traquer les criminels quand elle serait grande?

À côté de cette photo se tenait celle de Regan et de Jack, prise juste après leurs fiançailles. Ils

41

rayonnaient tous deux de bonheur. Si Luke avait eu un fils, il aurait ardemment souhaité qu'il soit exactement comme Jack, intelligent, responsable, aimant – et doté d'un solide sens de l'humour. Ce fils idéal allait désormais être son gendre. Que demander de mieux? La vie est belle, se dit-il.

Luke avait fait l'acquisition d'un nouveau smoking et, conformément à son caractère, l'avait acheté deux mois plus tôt. Il ne savait pas si Nora et Regan seraient prêtes si le mariage devait avoir lieu le lendemain, mais lui, il l'était.

Je vais voir si je peux trouver de quoi me préparer un déjeuner, se dit-il en allant dans la cuisine.

Il n'était pas inquiet, à vrai dire, le frigo était toujours abondamment garni. Il se disait aussi que la maison était tranquille, en comparaison de la soirée de la veille, quand le téléphone sonna.

– Allô?

– Est-ce la résidence de Regan Reilly, qui doit se marier samedi prochain? s'enquit une voix masculine inconnue.

– Qui est à l'appareil? demanda Luke en fronçant les sourcils.

– Je vous appelle de la part d'une entreprise de gravure. Une de ses amies veut lui faire parvenir un cadeau spécial et nous voudrions la date et l'heure de la cérémonie pour les graver sur la plaque.

– L'amie en question ne dispose pas de cette information? voulut savoir Luke d'un air soupçonneux.

– Si, mais nous n'arrivons pas à la joindre et notre graveur n'a plus que ces données à ajouter. Nous ne sommes pas certains s'il s'agit de neuf heures ou de seize heures, l'employé qui a pris la commande écrit très mal et nous ne voudrions pas commettre une erreur.

– Qui est cette amie?

L'inconnu parut soudain hésiter.

– Eh bien... elle veut en faire une surprise. C'est vraiment un très beau cadeau et très inhabituel.

– Pouvez-vous me donner votre nom et votre numéro?

– Je vous demande simplement de confirmer l'heure...

– Je le ferai quand je vous rappellerai.

Sur quoi, l'inconnu raccrocha.

C'est bien ce que je pensais, se dit Luke en raccrochant à son tour. Un cambrioleur qui se renseigne sur l'heure d'un mariage pour être sûr que la maison sera vide à ce moment-là. Avec un peu de chance, ils trouveront des bijoux dans les cadeaux de mariage. En plus, Nora apparaissait souvent sur des photos de presse et, pour ces occasions, portait de fort beaux bijoux, bracelets, colliers, boucles d'oreilles. Elle avait même dit qu'il vaudrait mieux que quelqu'un reste garder la maison pendant le mariage de Regan. Luke se promit de lui demander si elle avait déjà prévu cette surveillance.

Cet appel déplaisait à Luke. Je lui en ai déjà trop dit, à ce type, en confirmant que Regan résidait ici, pensa-t-il. Propriétaire d'une chaîne de trois funérariums, Luke avait connu dans sa vie des moments difficiles. Les cambrioleurs lisaient fréquemment les avis de décès dans la presse afin d'opérer en toute tranquillité pendant que la famille du défunt se recueillait autour de sa tombe. Il n'y a rien de plus ignoble, jugeait-il.

Tout en puisant dans le frigo, il décida de demander à l'un de ses employés de monter la garde pendant le mariage. La maison avait beau être équipée d'une alarme efficace, Luke préférait se fier à une personne qu'il connaissait bien.

Le téléphone sonna de nouveau. Cette fois, c'était Nora.

– Bonjour, ma chérie. Alors, comment ça se passe?

Muni de ses victuailles, il s'assit pour mieux écouter le récit condensé, mais précis, des événements.

– Cette robe coûtait pourtant cher, essaya-t-il de plaisanter.

Mieux valait ne pas parler du mystérieux coup de téléphone qu'il venait de recevoir. Pas pour le moment, du moins.

La photo de Regan en première communiante lui revint à l'esprit. Elle était si heureuse, ce jour-là. Samedi prochain, elle porterait une autre belle robe blanche et un voile, mais elle serait cette fois au bras de Jack. Le vol de sa robe était un coup dur. Ma pauvre chérie, ne put-il s'empêcher de penser.

– Dis à Regan qu'elle sera belle dans n'importe quelle robe, ajouta-t-il d'une voix un peu voilée.

– Jack le lui a déjà dit, répondit Nora. Alfred jure ses grands dieux qu'il lui fera une autre robe, mais il est dans un tel état que je ne vois pas comment il pourra y arriver.

– Tu devrais peut-être prévoir une solution de rechange.

– Ce n'est pas si facile, soupira Nora. Mais nous trouverons. Je voulais te tenir au courant. Regan se charge déjà de l'enquête. J'ai essayé de l'en dissuader pendant qu'Alfred n'écoutait pas, mais tu connais notre fille, quand elle a quelque chose en tête, personne ne lui fera changer d'avis. Quant à Jack, il est débordé de travail par une nouvelle attaque de banque qui est survenue il y a une heure à peine.

Jamais deux sans trois, pensa Luke en vérifiant machinalement du regard si la porte de derrière était bien fermée.

– Tu ne t'attendais quand même pas à ce que la semaine précédant leur mariage se déroule sans accrocs, n'est-ce pas?

– Non, mais je ne m'attendais pas à ça. Enfin, personne n'est blessé, c'est l'essentiel.

– Tu as raison, c'est l'essentiel.

Il raccrocha, se leva pour aller s'assurer de la fermeture de la porte.

– C'est l'essentiel, répéta-t-il à mi-voix. Jusqu'à présent.

45

7

– Il t'a fallu plus d'une heure pour aller acheter des cigarettes? demanda Francis.

– J'en ai profité pour réfléchir un peu, répondit Marco.

Francis en avait fait autant de son côté. Il
avait prévu de passer son hiver bien peinard sur
le canapé du living à regarder la télé en tou-
chant ses indemnités de maladie. Joyce lui
aurait préparé son dîner tous les soirs. Le printemps venu, remis sur pied, il aurait repris le
boulot. S'il fallait chômer, autant le faire en
hiver. Sauf que l'arrivée de Marco avait fichu à
l'eau ses beaux projets de repos hivernal.

Marco était sorti à la fin des infos télévisées.
Comme Joyce ne voulait pas qu'il fume dans
l'appartement, il disparaissait tous les jours
aspirer sa dose de nicotine au grand air. Le plus
souvent, il restait sur le trottoir. Quand il faisait
trop mauvais, il fumait dans sa voiture. Allergique à la fumée, Francis se félicitait que Joyce
se montre aussi stricte avec Marco. Elle l'avait
même menacé de le jeter dehors si elle sentait la
moindre odeur de tabac chez elle.

Lorsque Marco revint, il était plus de deux
heures de l'après-midi.

– Si on va à Atlantic City, cria Francis à Marco
qui prenait une canette de soda dans la cuisine,
il serait temps de partir.

– J'ai réfléchi, répéta Marco.

– Tant mieux pour toi. Moi aussi, je sais réfléchir.

Marco ne releva pas ces derniers mots quand il revint, sa canette à la main.

– Dis-moi, Francis, où est-ce que les gens se marient?

– À l'église ou à la synagogue. En plein champ. Dans les jardins publics. Joyce voudrait se marier en plein air pour que les gens puissent venir avec leurs chiens.

– Bonne idée. Je voulais dire, dans quelle ville?

– J'en sais rien. Mes parents sont allés en voyage de noces aux chutes du Niagara.

– Je te parle pas de voyages de noces. Bon, laisse tomber. Écoute, beaucoup de gens vont se marier à Las Vegas. Il y a des centaines de mariages tous les jours, là-bas.

– Oui. Et alors?

– Les mariées ont besoin de robes. Nous, on a des robes de mariées.

Francis pâlit.

– J'ai un bon pote à Vegas. On pourrait lui envoyer les robes, il saurait les fourguer. Je vais lui passer un coup de fil. Il y a beaucoup de gens qui se marient à la dernière minute et les filles n'ont pas le temps de trouver une robe. Nous, on va leur faciliter la vie. Mon pote Marty irait rôder du côté du palais de justice où ils vont chercher leurs licences de mariage. On se ferait une bonne poignée de fric.

– Qui c'est, ce type? voulut savoir Francis.

– Je l'ai connu pendant mes voyages.

– On peut lui faire confiance pour nous redonner l'argent?

– Il jouerait pas au plus malin avec moi, affirma Marco.

Je me demande ce que ça veut dire, pensa Francis.

– On est samedi après-midi. La poste est fermée.

– Eh bien, on lui enverra le colis lundi. Je veux m'en débarrasser, ça me plaît pas de me balader avec ces fringues dans le coffre. Si on est arrêtés à un contrôle et que les flics ouvrent le coffre, on est cuits.

– Pourquoi ne pas tout simplement les flanquer dans une poubelle? suggéra Francis.

– D'abord, ça serait dangereux et en plus, ça serait du gâchis. Tu as prévenu Joyce que nous sortons ce soir?

– Pas encore.

La sonnerie de son téléphone portable fit sursauter Francis. Je ne suis pas taillé pour ce genre de trucs, se dit-il. J'ai les nerfs qui craquent.

– C'est ma mère, annonça-t-il en regardant l'écran.

Marco leva les yeux au ciel.

Janice, la mère de Francis, habitait Long Island avec son mari électricien. Serveuse à mi-temps dans un restaurant du quartier, c'était une forte femme aux opinions bien arrêtées qu'elle n'hésitait jamais à exprimer à qui voulait, ou ne voulait pas, les entendre.

– Comment va ta jambe? demanda-t-elle. Avec ce temps humide, je me disais qu'elle devait te faire mal.

– Non, ça va.

– Tu n'as pourtant pas l'air d'aller. Marco est là?

Francis lança un coup d'œil en direction de son ami, qui comprit qu'on allait dire du mal de lui.

– Oui.

Janice fit entendre un grognement réprobateur.

– Joyce est encore au travail?

– Oui.

– J'ai préparé des bonnes lasagnes. Viens donc dîner avec Joyce quand elle rentrera. Amène Marco, si tu peux pas faire autrement.

– Merci, m'man, mais nous ne pourrons pas venir.

– Pourquoi? Qu'est-ce que tu fabriques?

– Marco et moi, on va à Atlantic City.

– Encore? Tu y étais le week-end dernier.

– Oui, on s'était bien amusés. J'ai besoin de sortir de temps en temps et de respirer de l'air frais.

– On a autant d'air frais à Long Island. Et Joyce?

– Je crois pas qu'elle viendra avec nous.

– Tu viens à peine de lâcher tes béquilles! Tu crois que c'est raisonnable de te trimbaler au casino?

– Je vais bien, je te dis.

– Quand est-ce que Joyce et toi allez vous marier?

– Hein? s'exclama Francis, stupéfait.

– Tu m'as entendue. Vivre ensemble sans être mariés ne me plaît pas, tu le sais très bien.

– Il faut d'abord que je reprenne mon travail, tenta d'éluder Francis. Pourquoi tu me demandes ça maintenant?

– Je viens de rentrer du restau. Juste avant de partir, j'ai entendu à la radio qu'une maison de couture de Manhattan avait été cambriolée et qu'on leur avait volé toutes leurs robes de mariée. Les collègues se sont mises à parler des pauvres filles qui se retrouvent le bec dans l'eau et qui doivent se décarcasser pour trouver des nouvelles robes. Ceux qui ont fait un coup pareil sont des ordures, c'est moi qui te le dis! Des vraies ordures! Ils ont vidé le coffre de tout l'argent et des bijoux, ça leur suffisait pas? Pourquoi prendre aussi les robes? Ces salauds-là n'ont jamais reçu une éducation convenable, c'est certain.

– Tu as raison, m'man. Il faut que j'y aille. Merci d'avoir appelé.

– Appelle-moi demain. Sans faute.

– D'accord, dit Francis avant de couper la communication. Il faut que je prenne l'air, ajouta-t-il à l'adresse de Marco. J'appellerai Joyce en voiture.

Il se leva si précipitamment qu'il vacilla et faillit perdre l'équilibre.

– Eh, fais attention! s'écria Marco en le retenant par le bras.

Il est trop tard pour faire attention, pensa Francis avec désespoir. Beaucoup trop tard.

8

C'est incroyable! Il fallait que cela m'arrive à une semaine de mon mariage, pensa Regan. Elle avait raccompagné Jack sur le palier, car il avait décidé de descendre par l'escalier plutôt que d'attendre le poussif monte-charge. En rentrant dans l'atelier, elle reconnut sur le visage de sa mère l'expression qu'elle arborait lorsqu'elle se concentrait sur une solution à un problème ou sur un point important d'un roman en cours d'écriture. Cette fois-ci, Nora avait clairement l'air de lui dire : «Tu te maries dans une semaine, Regan, et nous avons encore des milliers de choses à faire. Ne t'embarque pas dans cette affaire.»

«Tu as raison sur le principe, maman, lui répondit silencieusement Regan, mais ma robe de mariée est quelque part dans la nature et ces deux malfaiteurs auraient pu blesser sérieusement Alfred et Charisse. Je veux savoir qui sont ces individus.»

La soif de vengeance de Brianne la fit sourire. Celle-là, se dit-elle, je ne voudrais pas la rencontrer seule dans une rue obscure.

– Alfred, je voudrais revenir lentement et en détail sur tout ce qui s'est passé ici après le cambriolage.

– Nous avons déjà tout dit à la police, gémit Alfred en se laissant tomber sur le grand canapé, devant les reliefs du pique-nique.

51

– Je vais préparer du thé à la lavande, proposa Charisse, il est très calmant. Nous en aurons grand besoin avant l'arrivée des futures mariées qui viendront se plaindre.

– Kit et moi nous en occuperons, offrit Nora.

– Bien sûr, approuva Kit sans enthousiasme.

– Merci maman, dit Regan. Charisse, Alfred, si vous le voulez bien, j'aimerais vous parler à tous les deux ensemble. Je sais que vous avez déjà fait vos dépositions à la police, mais je crois que si nous passons tout en revue une fois de plus, nous progresserons.

Charisse rejeta sa chevelure ondulée en arrière, puis alla s'asseoir à côté d'Alfred et lui prit la main. Après la nuit qu'ils ont subie, pensa Regan, on ne peut pas reprocher à Alfred d'être énervé.

Regan reprit son bloc-notes sur la table basse. Elle en avait déjà couvert plusieurs pages auxquelles elle comptait se référer.

– Bien entendu, commença-t-elle, nous voulons d'abord essayer de découvrir ces malfaiteurs et, si possible, récupérer les robes.

Alfred laissa échapper un gémissement. Charisse lui serra la main.

– Vous avez dit qu'ils étaient tous les deux vêtus de noir et avaient dissimulé leurs visages sous des bas, n'est-ce pas?

– Quand j'ai entendu le bruit, répondit Alfred, j'ai ouvert les yeux. Sur l'écran de la télévision, l'animateur portait des bretelles rouges et j'ai vu ensuite ces deux individus en noir. Quel contraste!

– Ils ne parlaient pas? Ils n'ont pas même dit un mot?

– Non, répondit Charisse. Alfred et moi nous sommes réveillés en même temps. Les deux hommes étaient dans notre chambre et tenaient tous les deux les cordes dont ils se sont servis pour nous ligoter. L'un d'eux a contourné le lit en courant. Maintenant que j'y repense, il avait une démarche bizarre.

– Comment cela?

Charisse ferma les yeux, sans doute pour mieux se rappeler les images de la nuit.

– Eh bien, il se déplaçait vite, mais comme s'il n'était pas bien d'aplomb sur ses jambes.

– C'est vrai, ma chérie, confirma tendrement Alfred. Voyez-vous, Regan, le mouvement est essentiel dans notre profession et nous y prêtons beaucoup d'attention. Quand nous rencontrons des mannequins pour présenter nos modèles, nous voulons toujours voir comment elles marchent, comment elles se présentent sur le podium. Nous remarquons beaucoup mieux et plus vite que la plupart des gens les caractéristiques d'une démarche. L'un des deux voleurs paraissait avoir une légère claudication.

– Donc, ils vous ont ensuite ligotés.

– J'aurais dû lutter, nous défendre, admit Alfred avec accablement. Mais tout s'est passé si vite que je n'ai pas pu réagir. Après nous avoir ficelés, l'autre a forcé le coffre avec je ne sais quel outil. Le bruit était abominable!

– Et pendant ce temps, aucun des deux n'a rien dit? insista Regan.

– Non, pas un mot. Ce coffre ne nous a été d'aucune utilité, se lamenta Alfred. Il a cédé comme une boîte de fer-blanc. J'ai parfois essayé de cacher notre argent et nos bijoux dans des endroits sûrs, mais je ne me rappelais jamais lesquels.

Comme pour vos clefs, s'abstint de commenter Regan.

– Vous avez dit à la police que les deux malfaiteurs étaient à peu près de la même taille et de la même corpulence.

– Oui, dit Alfred. Ni trop grands ni trop petits.

Voilà un signalement précis, pensa Regan en consultant ses notes. Charisse et Alfred avaient à peine vu leurs agresseurs, n'avaient pas entendu leurs voix et n'avaient pu discerner que le goût de leurs bâillons. Ils se souvenaient simplement qu'ils portaient des gants de cuir. Sur les cinq sens, il n'en restait qu'un auquel faire appel.

– Avez-vous remarqué une odeur particulière?

– Au moins un des deux venait de fumer une cigarette, répondit Charisse en fronçant le nez de dégoût.

Regan en prit note.

– Vous ne pouvez penser ni l'un ni l'autre à une personne qui aurait voulu vous nuire?

– Je ne vois vraiment pas âme qui vive capable d'une telle cruauté, gémit Alfred.

– Avez-vous eu des clientes mécontentes, ces derniers temps?

– Non, Regan, intervint Charisse. Je puis vous garantir que même les plus difficiles et les plus contrariantes ont toutes été enchantées des robes

54

que nous leur avons faites. Nous avons un gros cahier plein de lettres de remerciements, de photos...

– C'est inutile pour le moment, l'interrompit Regan en la voyant se lever. Concentrons-nous sur les gens qui auraient des motifs de vous en vouloir. Ce cambriolage pourrait avoir un rapport avec une des futures mariées dont la robe a disparu. Je parlerai à chacune d'entre elles. Vous en attendez d'ailleurs une dans un petit moment, je crois?

– Oui, la pire de toutes. À côté d'elle, Brianne est une sainte.

Nora et Kit revinrent avec deux plateaux. Pendant qu'elles servaient le thé, Regan continua d'observer Alfred. Elle le connaissait assez pour savoir que son esprit prenait facilement la tangente et elle devait continuer à le concentrer sur le sujet, surtout maintenant qu'il s'attendait à une pénible confrontation.

– J'interrogerai la cliente qui doit arriver et vous me donnerez le nom des deux autres. Il faut les avertir au plus vite, avant qu'elles apprennent la nouvelle par la presse ou la télévision. Quand ces mariages doivent-ils avoir lieu?

– Le vôtre, celui de Brianne et celui de la sorcière, pardon, de la jeune femme que nous attendons, sont prévus pour samedi prochain. Les autres dans trois semaines. Vous êtes toutes des futures «Mariées d'avril».

Jack et moi aurions mieux fait de nous marier en mars, pensa Regan – sauf que Nora craignait une tempête de neige. La grand-mère de Regan, en effet, était née au mois de mars pendant un blizzard et ses parents étaient arrivés à l'hôpital à la toute dernière minute. Depuis, les caprices de la météo au mois de mars alimentaient la légende familiale. Ne jamais rien faire d'important en mars, se répétait-on, le temps est trop imprévisible.

– Avez-vous le temps de remplacer ces robes? demanda Regan.

– Eh bien... Et nos futures mariées de mai? gémit Alfred.

– Ce ne sont pas elles qui m'inquiètent, le rabroua Regan, elles ont encore plus d'un mois devant elles.

– Je sais, Regan, je sais! sanglota Alfred. Mais nous entrons dans la saison des mariages et nous avons pris des commandes à la limite de nos possibilités. Il faut toujours battre le fer quand il est chaud, vous comprenez. On commence à beaucoup parler de nos modèles et nous travaillons déjà plus de seize heures par jour.

– Nous referons les robes, déclara Charisse d'un ton ferme. Ce sera difficile, mais nous y arriverons.

– Bravo. Je ferai parler les Mariées d'avril et je verrai si j'en obtiens des informations valables. Je compte patrouiller le quartier cette nuit, à l'heure où les cambrioleurs ont opéré.

– Regan..., commença Nora.

– Ne t'inquiète pas, maman, l'interrompit-elle, Jack sera avec moi. Je veux interroger les gens

56

qui sont dehors au milieu de la nuit. Quelqu'un qui a l'habitude de sortir son chien vers cette heure-là, par exemple, aurait pu remarquer quelque chose d'inhabituel. Maintenant, Alfred, je vous demande de réfléchir soigneusement. Quand avez-vous vu vos clefs pour la dernière fois? Si les cambrioleurs s'en sont servis pour pénétrer ici, il est indispensable de savoir où vous auriez pu les perdre.

– Nous avons tellement travaillé que nous ne sortons pour ainsi dire jamais d'ici, soupira Alfred, les yeux au ciel. Quand ai-je vu mes clefs pour la dernière fois? Hmm...

– Les avais-tu à Atlantic City? lui demanda Charisse.

– Atlantic City? répéta Regan. Quand y êtes-vous allés?

– Samedi dernier, répondit Alfred. Nous avions besoin de nous changer les idées, alors nous avons pris la voiture et j'ai joué quelques heures. Rien d'extraordinaire.

Et vous ne sortez jamais? s'abstint de dire Regan. Admettons.

– Avez-vous gagné?

– Oui.

– Combien?

– Une vingtaine de milliers de dollars.

– Vingt mille dollars? Vous gardiez cette somme dans votre coffre?

– Oui. J'y mets toujours mes gains, je les croyais en sûreté.

– En avez-vous parlé à la police?

– Non.

– Pourquoi?

– C'était... gênant. Ils auraient pu me prendre pour un joueur compulsif. Pourtant, croyez-moi, Regan, je déclare toujours mes gains au fisc, je ne veux surtout pas d'ennuis de ce côté-là. J'ai travaillé un temps pour un styliste qui ne payait pas ses impôts. Eh bien, ils l'ont saisi juste avant un défilé. Il a été ruiné.

– Vous ne savez donc pas si vous aviez vos clefs sur vous?

– Si! intervint Charisse. Tu les avais, Alfred. Souviens-toi. Nous nous dépêchions de partir, tu as couru chercher des cartes de visite et tes clefs qui étaient dans le même tiroir et tu as fourré le tout en vrac dans une de tes poches.

– Mais oui, c'est vrai, admit Alfred.

– Vous n'avez pas revu ces clefs depuis? demanda Regan.

– Non.

– Avez-vous donné des cartes à quelqu'un ce soir-là?

– Oui, beaucoup, dit Alfred avec un sourire ravi. On ne sait jamais qui peut avoir un coup de foudre et avoir besoin d'une des merveilleuses robes d'Alfred et de Charisse.

De mieux en mieux, pensa Regan. Il a distribué ses cartes à l'endroit même où il a perdu ses clefs. Autant faire un plan détaillé pour les cambrioleurs.

Une petite voix intérieure lui souffla que Jack et elle feraient bien d'aller se promener du côté d'Atlantic City.

9

Dans la banque de l'Upper East Side où s'étaient déroulés des moments pénibles, Jack Reilly examinait le message remis par le voleur à la jeune caissière terrorisée.

NE CRIEZ PAS, NE DÉCLENCHEZ PAS L'ALARME,
DONNEZ-MOI L'ARGENT.
J'AI UN PISTOLET, JE TIRERAI SUR VOUS
ET SUR VOS CLIENTS.
PAS D'ENTOURLOUPE, VOUS LE REGRETTERIEZ.

– C'est bien notre type, commenta Jack.

– Sans aucun doute, approuva Ed Meredith, l'un de ses adjoints. Même terminologie, même écriture, même papier.

– Je commence à me demander si nous ne serons pas obligés de mettre un de nos hommes en civil dans toutes les banques de la ville les jours où la météo prévoira de la pluie, dit Jack, avec un rire sans gaieté.

Ed eut un sourire désabusé.

– D'avril les ondées feront les fleurs de mai...

– Espérons qu'elles s'en tiennent à ça. Vous avez les vidéos de surveillance?

– Dans un instant.

Assise dans un des bureaux, la ravissante jeune Noire de service à la caisse s'efforçait de reprendre ses esprits. Elle portait nerveusement de sa tête à ses genoux et de ses genoux à sa tête ses mains qui avaient tenu le message menaçant et donné l'argent au voleur. Quand Jack entra, elle leva vers lui des yeux encore écarquillés de frayeur.

– Comment vous sentez-vous? demanda-t-il avec sollicitude après s'être présenté.

– Comment voulez-vous que je me sente? C'est bien ma veine d'être à la caisse le jour du hold-up. J'aurais préféré gagner à la loterie.

– Vous gagnerez peut-être bientôt, la réconforta Jack en souriant.

– En tout cas, je ne prendrai plus de risques ici. J'ai démissionné.

– Vraiment?

– Oui, une seconde après que ce voleur a tourné les talons.

– Je vous comprends.

– C'est vrai, le jeu n'en vaut pas la chandelle. Je dois me marier dans deux mois, j'ai toute ma vie devant moi. J'aime mieux griller des hamburgers que de me faire du mauvais sang à l'idée qu'un autre vaurien vienne me dire qu'il a un pistolet et qu'il s'en servira.

Soucieux d'établir avec elle des rapports confiants, Jack s'assit et dit :

– Je vais me marier moi aussi.

– C'est vrai?

– Oui, la semaine prochaine. Et la robe de ma fiancée a été volée la nuit dernière chez son couturier.

– C'est dur! Pas autant que de croire qu'on vous tirera dessus, mais c'est dur. Quand vous mariez-vous?

– Samedi prochain.

– Dans huit jours? Pourquoi n'a-t-elle pas pris sa robe plus tôt? Ma mère garde la mienne à la maison, elle est prête à mourir pour la défendre tant elle a peur qu'il lui arrive un malheur. Il faut dire que la veille de son mariage avec mon père, un des gamins de sa demoiselle d'honneur est entré dans sa chambre avec une boîte de crayons de couleur. Vous imaginez le feu d'artifice qui a suivi, dit-elle en réussissant à sourire.

– Ça, dit Jack en souriant à son tour, c'est vraiment dur!

Il constatait avec plaisir que la jeune fille commençait à se détendre.

– Comment ça se fait que votre fiancée ait attendu aussi longtemps pour aller chercher sa robe?

– Elle habite Los Angeles et elle venait d'arriver.

– Une histoire d'amour à distance? C'est pas bon du tout.

Le sourire de Jack s'élargit franchement.

– Non, pas bon du tout. Mais c'est fini, la distance du moins.

– Jamie, mon fiancé, vit à trois rues de chez moi et il trouve que c'est déjà le bout du monde. Il ne devrait d'ailleurs pas tarder à arriver. Il est tout retourné, le pauvre.

– Je le serais aussi, dit Jack avec sincérité en pensant à ses angoisses permanentes au sujet de Regan. (Et vu son métier, il y avait en général de quoi s'en faire.) Je peux vous appeler Tara? ajouta-t-il après avoir lu le prénom sur son badge.

– Bien sûr. C'est mon nom, vous ne pourriez pas m'appeler autrement.

– Alors, Tara, pouvez-vous me raconter en détail ce qui s'est passé? Dites-moi tout ce dont vous vous souvenez. Même un détail qui vous paraîtrait insignifiant peut avoir de l'importance.

Tara but une gorgée d'eau avant de répondre.

– J'ai passé toute la matinée à servir les clients à la caisse, j'étais absorbée par le travail, il y en avait beaucoup. Et puis, tout d'un coup, j'ai entendu un coup de tonnerre et la pluie s'est mise à tomber, mais à tomber fort, très fort. Les collègues et moi, on a plaisanté comme on pouvait parce que la banque devait fermer à 13 heures et nous comptions profiter du beau temps l'après-midi. Mon fiancé, Jamie, devait venir me chercher pour aller dans un magasin choisir des équipements de cuisine à installer dans notre nouvel appartement. C'est à ce moment-là qu'une main avec un gant noir a glissé une feuille de papier dans mon guichet. Vous avez lu le message?

– Oui.

– On a beau être formés, on n'est pas vraiment préparés à gérer ce genre de situations, vous comprenez. J'ai poussé les liasses de billets à travers le comptoir si vite que vous en auriez eu le vertige. Mon cœur battait si fort que je croyais que tout le monde pouvait l'entendre et qu'il allait me sauter de la poitrine. J'avais tellement peur que je me sentais comme dans un de ces états comateux, vous savez, quand on se voit d'en haut faire des gestes qu'on n'est pas conscient de faire.

– À quoi ressemblait ce voleur?

– C'était un Blanc, avec une moustache et une barbe noires. Il avait des lunettes teintées, si bien que je n'ai pas vu ses yeux, mais il avait des gros sourcils broussailleux. Remarquez, tout s'est passé si vite que je ne l'ai pas vu longtemps et que je ne l'ai pas bien regardé. J'avais trop peur de lever les yeux après avoir lu le message. Mais je me rappelle qu'il avait des vêtements sombres et un imperméable noir avec la capuche relevée.

Une voix masculine qui criait : « Où est-elle? » leur fit tourner la tête. Tara se leva d'un bond pendant que Jamie franchissait la porte en courant. Jack ne put s'empêcher de sourire en voyant l'athlétique fiancé la prendre dans ses bras et la soulever de terre.

– Je t'emmène, ma chérie! clama-t-il d'une forte voix de basse. Loin d'ici, pendant quelques jours, le temps de nous calmer.

Tara laissa couler les larmes qu'elle retenait depuis le début de son épreuve. Se sentir enfin en sûreté dans les bras puissants de son Jamie bien-aimé la soulageait de ses angoisses.

– Où m'emmènes-tu? demanda-t-elle d'une voix tremblante.

– À Las Vegas. Nous nous amuserons bien et nous pourrons oublier tout ça.

Comme endroit calme, s'abstint de leur faire observer Jack, il y a nettement mieux.

10

Des cinq «Mariées d'avril», Regan et Brianne étaient les seules réellement informées de la mauvaise nouvelle. Alfred avait laissé sur les répondeurs de Shauna Nickles et de Victoria Beardsley un message où il parlait d'un «petit problème», mais leurs essayages n'étaient prévus que la semaine suivante. Quant à la cinquième, Tracy Timber, elle était en retard pour son rendez-vous, ce qui était surprenant. Alfred, Charisse, Regan, Nora et Kit attendaient son apparition avec autant d'entrain que celle de la Grande Faucheuse.

– Elle n'est pourtant jamais en retard, commenta Charisse. Elle est l'efficacité et l'organisation en personne.

– Une empoisonneuse, précisa Alfred. Et je suis poli.

– J'ai bien peur que la nouvelle ne lui fasse un choc, enchaîna Charisse sans relever le commentaire désobligeant d'Alfred.

– Elle organise son mariage comme un sergent des marines monterait une opération commando, insista Alfred. Où est la joie, où est l'amour dans une rigueur pareille?

Si Nora et Kit gardaient le silence, elles n'avaient aucune envie de partir. Regan n'avait jamais vu Kit aussi effacée.

– Vous savez, dit Nora, préparer un mariage est un travail souvent épuisant. Il y a tant de choses à prévoir.

– La robe est de loin la plus importante, déclara fièrement Alfred. C'est la robe qui fait la mariée. Une vilaine robe gâcherait tout. Les gens en feraient des gorges chaudes pendant des années.

– C'est pourquoi nous avons un réel problème, lui fit observer Regan. Si cette Tracy est aussi exigeante que vous le dites et si elle doit se marier la semaine prochaine...

Le bourdonnement de l'interphone l'interrompit. Au lieu d'un soupir de soulagement collectif, une pénible tension figea l'assistance. Charisse alla ouvrir, mais un deuxième bourdonnement, plus long et plus appuyé cette fois, retentit avant qu'elle ait atteint le boîtier.

– Qui est-ce? demanda-t-elle avec un clin d'œil complice à l'adresse des autres.

– Tracy Timber, répondit une voix sèche. J'ai rendez-vous.

– Montez, nous vous attendions.

Lorsque Tracy apparut à la porte, flanquée de sa mère et de sa sœur, Regan comprit d'emblée qu'ils allaient vivre une éprouvante expérience. Elle était de ces femmes dont chaque cheveu est à sa place. Elle portait un tailleur très B.C.B.G. et quelques bijoux en or très simples. Seul le diamant qui étincelait à son doigt était spectaculaire. Elle tenait un cartable d'une main et, de l'autre, un dossier cartonné.

– La circulation pour venir du Connecticut était effroyable, annonça-t-elle. Surtout quand il s'est mis à pleuvoir.

Elle ne sait encore rien, pensa Regan. Elles n'ont donc pas écouté la radio sur la route.

– C'est sans importance, bafouilla Alfred. Permettez-moi de vous présenter ces dames.

La mère de Tracy, Ellen, était une version plus âgée et moins rigide que sa fille, même si sa tenue n'avait rien à lui envier en termes de sobriété. La jeune sœur, Adele, avait le même teint et les mêmes cheveux blonds que les deux autres, mais elle n'était visiblement pas taillée sur le même modèle. Elle avait l'air d'être à peine sortie de son lit. Vêtue à la va-vite d'un jean chiffonné, d'une veste du même tissu et de vieilles baskets, elle avait déjà bâillé deux fois avant la fin des présentations.

On échangea les salutations et les poignées de main rituelles. Pendant ce temps, le regard de Tracy se posait avec insistance sur les portants, où les robes qui y pendaient toujours avant les essayages brillaient par leur absence.

– Enchantée d'avoir fait votre connaissance, dit Tracy en regardant sa montre. Maintenant, si vous le voulez bien, passons aux choses sérieuses. Alfred, je veux essayer ma robe une dernière fois, nous sommes pressées. Vous avez terminé avec Regan, je crois? Vous êtes la mariée, n'est-ce pas Regan?

Regan se contenta d'acquiescer d'un signe de tête sans préciser qu'elle était aussi détective. Pauvre Alfred! se dit-elle en sentant sa gorge se serrer.

– Asseyez-vous donc un instant, Tracy, dit Alfred pour essayer de gagner du temps.

– Je ne veux pas m'asseoir, je veux essayer ma robe.

– C'est à dire que... Nous avons un petit problème.

Les joues de Tracy s'empourprèrent sous l'effet de la colère.

– Quel problème, Alfred?

– Nous avons été cambriolés la nuit dernière et votre robe a disparu. Comme celle de Regan, ajouta-t-il presque gaiement.

Tracy encaissa le coup comme un boxeur K-O debout.

– Veuillez répéter cela, je vous prie?

Alfred s'exécuta.

Regan nota l'apparition d'un sourire amusé sur les lèvres d'Adele alors que la mine de sa mère virait au sombre. Elle ne semblait pas, Dieu merci, du genre à piquer des crises de nerfs, du moins en public. Mais la froideur de Tracy avait volé en éclats.

– Ma robe disparue? Disparue? répéta-t-elle un ton plus haut en frappant du poing sur la table. Qu'est-ce que je suis censée faire, maintenant? Mon mariage est prêt, tout est organisé, tout, sauf la robe.

Charisse s'esquiva dans la cuisine en murmurant qu'elle allait préparer du thé à la lavande.

– Nous te trouverons une autre robe, ma chérie, dit Ellen d'une voix aussi sombre que sa mine.

– Non, protesta Alfred. Nous lui en ferons une autre, je vous le promets. Une semaine est un délai amplement suffisant. N'est-ce pas le temps qui a suffi à Dieu pour créer...

– C'est inadmissible! l'interrompit Tracy d'une voix frémissante de rage. Je n'ai pas une minute de libre, pas une seconde à perdre jusqu'au moment où j'entrerai à l'église. Vous comprenez? Hein?

Alfred se borna à la regarder saisir le téléphone portable accroché à sa ceinture.

– J'appelle mon fiancé, il aura deux mots à vous dire! Il vous fera un procès, fulmina-t-elle en composant le numéro. Jeffrey! aboya-t-elle au bout de quelques instants. Il s'est produit un événement épouvantable. Je suis bouleversée! Ma robe a été volée. Je suis hors de moi!... Oui, volée... Comment vais-je pouvoir me marier si je n'ai pas de robe?... Que veux-tu dire par «surseoir au mariage»? Mais non, ce n'est pas du tout un signe que nous ne devons pas nous marier. J'achèterai une autre robe...

Regan vit avec intérêt l'expression de Tracy virer de la fureur à l'horreur.

– Quoi? Tu dis que tu n'es pas mûr pour le mariage? De quoi parles-tu, à la fin? Je te dis que je vais de ce pas acheter une autre robe... Tu as pris ta décision?... Qu'est-ce que ça veut dire, ce n'est pas à cause de moi mais de toi? Je n'arrive pas à croire que tu me fasses un coup pareil! C'est ignoble! Non, je ne peux pas y croire!

Sur quoi, elle éteignit son téléphone et le jeta rageusement par terre.

– Vous pouvez être fier de ce que vous avez fait, Alfred! Mon fiancé me plaque parce que je n'ai pas de robe!

J'ai comme l'impression qu'il a de solides circonstances atténuantes, se dit Regan.

Tracy se précipita vers la salle de bains, sa mère sur les talons.

– Tracy, écoute-moi! Tu l'as sans doute pris à un mauvais moment. Rappelle-le un peu plus tard.

– Le pire, commenta Adele en secouant la tête, c'est qu'elle avait décidé de se marier avant d'avoir trente ans. Si elle y arrive, ce sera de justesse.

– Quand doit-elle avoir trente ans? s'enquit Regan.

– Dans quinze jours. Ils devaient fêter son anniversaire pendant le voyage de noces.

Se sentant quand même obligée de dispenser à sa sœur des consolations fraternelles, Adele émigra à son tour en direction de la salle de bains.

Regan se tourna vers Alfred. Au moins, pensa-t-elle, il ne sera pas obligé de fabriquer une robe pour Tracy – à moins qu'elle ne se débrouille pour harponner un autre mari avant la date fatidique.

Kit demanda l'attention en s'éclaircissant la voix.

– Écoute, Regan, nous pourrions peut-être lui dire que tu as trente et un ans et que cela ne te dérange pas du tout de te marier après trente ans. Moi aussi j'ai trente et un ans et je suis loin de me marier. En fait, je peux lui dire que je n'ai même pas de cavalier pour le jour de ton mariage.

– Je ne crois pas qu'elle le prendrait très bien, répondit Regan en souriant.

– Ce n'était qu'une idée.

– Plus que deux mariées à affronter, Alfred, dit Regan. Aurez-vous bientôt de leurs nouvelles?

– J'espère bien que non! Je ne suis pas certain de pouvoir supporter encore des scènes comme celle-ci.

11

Les animaux sont une bénédiction, pensa Joyce en remettant dans la vitrine un petit chien qu'elle venait de toiletter. Ils ne veulent jamais me quitter. Ce n'est pas comme Francis, qui avait appelé sur la route pour dire qu'il allait à Atlantic City avec Marco. Joyce avait de plus en plus hâte d'être débarrassée de Marco, il avait une trop mauvaise influence sur Francis. Heureusement, Francis reprendrait bientôt son travail, Marco partirait et ils pourraient reprendre le cours de leur paisible existence.

Joyce avait envie de se fixer. Il était grand temps! Elle voulait avoir des enfants, des animaux, acheter une maison à Long Island. Pas trop près, quand même, de la mère de Francis qui l'avait encore appelée pour lui demander si elle voulait venir passer la soirée en famille pendant que Francis allait se promener Dieu savait où.

Non merci, avait-elle répondu. Elle préférait rentrer chez elle et se reposer. Ce serait bien, pour une fois, d'avoir l'appartement pour elle seule. Marco allumait sans arrêt la télévision, même quand il se réveillait la nuit. Du coup, le perroquet protestait bruyamment. Pourtant, il aimait bien regarder la télévision, lui aussi.

– Eh, Joyce! la héla sa collègue Bunny. Encore un coup de téléphone pour toi!

– Merci, je le prends.

Tous les employés de l'animalerie Teddy avaient un portable, mais Teddy exigeait qu'ils l'éteignent au magasin. «Toutes ces sonneries et ces bruits bizarres font un chahut d'enfer, avait-il déclaré. Les animaux n'ont pas besoin de subir ce cirque.»

Les appels personnels devaient donc être reçus sur la ligne du magasin et rester brefs. «Quand vous ne parlez pas à un client, vous devez bichonner les animaux.» Et tout le monde se le tenait pour dit.

Joyce alla décrocher l'appareil à côté de la caisse.

– Joyce? C'est Cindy.

Cindy était la voisine de Joyce. Brave fille, mais curieuse comme ce n'était pas permis. Elles se voyaient régulièrement en été, quand elles faisaient un barbecue commun. Du même âge que Joyce, Cindy était divorcée et toujours en quête d'un nouvel homme idéal.

– Salut, Cindy. Quoi de neuf?

– J'ai vu tout à l'heure Francis et Marco qui partaient en voiture. Ils vont encore se balader?

Il faut toujours qu'elle soit au courant de tout, pensa Joyce non sans agacement. Elle aurait dû être journaliste.

– Oui, une sortie entre garçons, répondit-elle d'un ton qu'elle espérait enjoué. Ce n'est pas plus mal, tu sais. Quand j'aurai terminé ici, je serai contente de rentrer me détendre un peu.

– Bien sûr. Écoute, Joyce, ce soir je vais en ville avec une bande de copines. On ira dans le quartier de Little Italy manger des bonnes pâtes dans un endroit où il y a de la musique. On s'amusera bien.

Joyce n'hésita qu'une fraction de seconde. Elle adorait ce quartier toujours débordant de vie. Ses étroites rues pavées, ses couleurs, ses lumières, ses odeurs créaient une atmosphère stimulante et joyeuse.

– Je ne dis pas non. Je ne suis pas si fatiguée que ça, après tout.

– Alors, tu viens. Si les garçons ont le droit de sortir s'amuser seuls, les filles aussi.

– Tu as raison.

– À quelle heure tu quittes ton travail?

– Cinq heures.

– Eh bien, rentre chez toi et repose-toi deux bonnes heures. Fais même la sieste. Je viendrai te chercher à huit heures. On passera une bonne soirée, tu verras.

Des spaghettis, du vin, de la musique, des rires. Voilà ce dont j'ai besoin, pensa Joyce en raccrochant.

Qu'est-ce qui la tracassait, alors?

Une mère entra dans la boutique avec son fils, le bras bandé.

– Qu'est-ce qui t'est arrivé? lui demanda Joyce avec sollicitude.

– Je suis tombé en montant l'escalier, j'avais un verre à la main, je me suis coupé le bras et il a saigné partout.

Joyce se souvint des serviettes en papier ensanglantées qu'elle avait trouvées le matin dans la poubelle de la salle de bains. Francis et Marco dormaient encore quand elle était partie au travail et elle avait oublié d'en parler à Francis quand il avait appelé.

– J'ai dit à ma maman que je me sentirais mieux si elle m'achetait un toutou, poursuivit le petit garçon.

– Tu as tout à fait raison, approuva Joyce en les guidant vers la vitrine où trois jeunes cockers s'ébattaient joyeusement au milieu d'une montagne de papier déchiqueté.

Je voudrais bien savoir ce qui me ferait me sentir mieux, pensa Joyce. La soirée en ville avec les copines fera peut-être l'affaire.

12

Francis et Marco traversaient le New Jersey sur la Garden State Parkway en direction d'Atlantic City.

– Qu'est-ce qu'il y a, encore? demanda Marco.

– Rien, répliqua Francis en regardant nerveusement par la vitre. Pourquoi veux-tu qu'il y ait quelque chose?

Marco ayant lâché le volant pour rajuster le torchon bleu de son pansement improvisé, la voiture se déporta sur la droite.

– Fais attention! cria Francis.

– Calme-toi, bon sang.

– Tiens le volant, au moins.

– Je sais conduire, non? J'ai jamais eu d'accident.

– Tu m'as dit aussi que tu t'étais jamais fait arrêter.

– Très drôle! T'as l'air énervé et tu desserres pas les dents depuis ton coup de téléphone à Joyce. Pourquoi?

– Je m'en veux. Je l'ai laissée tomber samedi dernier et on recommence aujourd'hui. C'est vraiment pas sympa.

– Elle s'en remettra. Dis donc, mon poignet me fait un mal de chien.

– Tu devrais aller voir un docteur à Atlantic City.

– Je te répète que c'est pas une bonne idée.

– T'as sûrement besoin de sutures. Dis simplement au docteur que tu t'es coupé. Ça ne veut pas dire que tu as commis un crime, même si c'est vrai.

– C'est vrai pour toi aussi. Oh, bon Dieu! Qu'est-ce que?...

Marco venait de voir dans le rétroviseur une voiture de police qui le suivait de près, gyrophares allumés. Il ralentit et s'arrêta sur le bas-côté en lâchant un juron.

– On est foutus, gémit Francis. Faits comme des rats.

– Qu'est-ce qui te prend? On n'a rien fait de mal.

– Et les robes dans le coffre?

– Ah, oui. Merde.

Dès qu'il eut arrêté sa vieille guimbarde sur le bas-côté, Marco baissa sa manche pour couvrir son pansement et prépara ses papiers, dans l'espoir d'abréger l'épreuve. Un imposant policier s'approcha bientôt côté conducteur. Marco lui tendit immédiatement ses papiers, qu'il emporta dans sa voiture aux fins de vérification sur le terminal d'ordinateur. Entre-temps, une autre voiture de police s'était arrêtée devant celle de Marco.

– Ils prennent pas de risques, grommela Francis. Ils doivent rechercher de la drogue. S'ils savaient ce qu'il y a dans le coffre...

– Ta gueule, gronda Marco. Il y a aussi du fric, dans le coffre.

Au terme d'une attente qui leur parut interminable, le premier policier redescendit de voiture et se posta devant la vitre ouverte.

– Vous êtes pressés, les gars? voulut-il savoir.

– Non, monsieur.

– Vous en donniez pourtant l'impression.

– C'est vrai? demanda Marco en feignant la surprise. À combien je roulais?

– À vingt à l'heure au-dessus de la limite de vitesse. Voilà votre contravention, plus une autre pour le feu stop cassé.

– J'ai un stop cassé? s'écria Marco, sincèrement étonné.

– Oui. Faites-le réparer au plus vite, ça peut être dangereux. Et votre pneu avant gauche est sans doute mal gonflé. Vous voulez le changer maintenant? Mieux vaut prévenir que guérir.

– Tout de suite? Non, monsieur l'agent, c'est pas la peine. Je préfère m'arrêter à la prochaine station-service, je ferai réparer le stop et regonfler le pneu en même temps. J'en profiterai aussi pour faire laver la voiture.

– Ça ne serait pas du luxe. Attendez une minute.

Il retourna à l'arrière, inspecta le feu stop dont il enleva un morceau de verre cassé. Francis était au bord de l'évanouissement. Il suffisait d'une simple pression pour ouvrir le coffre, pas besoin de clé. Si l'agent continuait à trifouiller là-derrière, il pouvait appuyer par inadvertance, et alors ce serait le désastre...

Mais le policier revenait déjà vers la portière.

– Vous êtes immatriculé dans l'État de New York. Je peux vous demander où vous allez?

Ne dis surtout pas à Atlantic City, pensa Francis avec assez de force pour espérer influencer Marco. Ne fais pas cette connerie-là.

– On va rendre visite à un vieux copain d'école qui vient de se faire opérer. Rien de grave, heureusement, mais nous voulons lui remonter le moral.

– Ah oui? Quel genre d'opération?

76

– Au... genou. Il était footballeur professionnel et ses vieilles blessures sont revenues le tracasser.

Francis se força à rire en montrant son genou.

– Moi, j'ai eu un accident de travail qui m'a arrêté plusieurs mois. Il faut croire que nous sommes tous maudits des genoux. C'est pour ça qu'on tient à aller voir notre copain.

La radio de la voiture de police émit des bruits de voix confus signalant un accrochage sur la route. Le policier donna une tape sur le toit de la voiture.

– Bon, allez-y les gars. Mais surveillez votre vitesse.

– Oui, monsieur l'agent. Et merci, répondit Marco avec une politesse dont il n'était pas coutumier.

Pendant que le policier regagnait son véhicule, Francis poussa un soupir de soulagement.

– Tu lui as vraiment joué le grand jeu, commenta-t-il.

– Et toi? T'avais pas besoin de lui dire que tu avais eu un accident. Moins on donne de renseignements aux flics, mieux ça vaut.

– Bon, excuse-moi. Mais je n'avais encore jamais vécu comme un criminel endurci.

– Il faudra t'y faire, mon pote.

Marco démarra. Quelques kilomètres plus loin, il dépassa sans ralentir une station-service.

– Eh! protesta Francis. Tu t'arrêtes pas?

– Il y a bien trop de monde. J'en trouverai une tranquille plus loin. On a ces foutues robes dans le coffre, t'as déjà oublié? Je tiens pas à ce

77

qu'un mécano les découvre en fourrageant dans le coffre.

– Alors, il vaut mieux s'en débarrasser. On trouvera bien une décharge ou une grande poubelle collective à la prochaine sortie.

– Pas question, ça serait de l'argent fichu en l'air. Ces robes vont partir à Las Vegas. Tu te rends compte qu'il y a là-bas cent mille nanas qui disent «Oui» tous les ans? Mon copain Marty sera pas en peine d'en trouver prêtes à sortir une poignée de dollars pour une belle robe. D'ailleurs, pour être franc, il faut dire qu'Alfred a du talent.

– Tu as pourtant écrit que ses fringues étaient dégueulasses.

– Parce que je savais que ça lui ferait mal, expliqua Marco avec un sourire carnassier. Je savais aussi qu'en mettant le message dans le frigo, ça lui flanquerait encore plus les jetons.

Francis regrettait avec une amertume croissante de ne pas être tranquillement chez lui avec Joyce. Il ne se doutait évidemment pas que sa chère et tendre s'apprêtait à se consoler de son absence en passant une folle nuit en ville avec sa bande de copines.

13

Lorsque Tracy émergea de la salle de bains, elle avait le regard à peu près aussi flou que ces acteurs, dans les films d'épouvante, interprétant un psychopathe sur le point de commettre les pires atrocités. Regan ne manqua pas de remarquer que son maquillage, en revanche, était irréprochable.

Vaste et lumineux, le loft devait inspirer des idées créatives les jours heureux où les jeunes mariées, souriantes, venaient essayer la robe la plus précieuse de leur vie. En ce moment, pour la deuxième fois en douze heures, il était le théâtre de tragédies intimes. Quand elle avait reçu son coup mortel, Tracy se tenait à l'endroit même où Brianne s'était écroulée en larmes sur les lambeaux ensanglantés de sa belle robe.

Aucune des deux ne pourrait jamais oublier le moindre détail des moments terribles vécus dans le loft d'Alfred et de Charisse, Regan en était certaine. La blessure de Tracy était cependant la plus profonde. Y a-t-il rien de pire que d'être brutalement repoussée à quelques jours de son mariage? Quelle autre infortune est capable de métamorphoser en un clin d'œil une personne saine d'esprit, aussi nerveuse et hypersensible soit-elle, en une folle furieuse?

Charisse s'appliquait à servir le thé comme si sa vie en dépendait. Nora et Kit lui prodiguaient félicitations et encouragements. La mine défaite, Alfred était effondré sur le canapé. Au retour de Tracy, il fit l'effort de se redresser. Tracy marcha droit sur lui :

– Ma vie est brisée à cause de vous. Quand j'ai voulu prendre ma robe il y a quinze jours, vous m'avez dit qu'elle n'était pas prête. Elle n'était toujours pas terminée la semaine dernière...

Tiens, tiens, pensa Regan, il n'en avait pas soufflé mot.

– Si elle avait été prête au jour dit, poursuivit Tracy d'un ton à donner froid dans le dos aux plus téméraires, elle n'aurait pas été volée. Et si elle n'avait pas été volée, je n'aurais pas été plaquée comme la dernière des dernières.

Oui, pensa Regan, mais si vous aviez épousé cet individu, vous seriez cent fois plus malheureuse. Il n'accorde manifestement aucune valeur à la formule «pour le meilleur et pour le pire».

Un silence pesant s'était abattu sur la pièce.

– Avez-vous quelque chose à dire, Alfred? Une excuse?

– Pas vraiment.

Tracy ferma les yeux, comme si cela l'aidait à assimiler cette réponse à tout le moins inattendue.

– Jeffrey, mon ex-fiancé, est extrêmement pointilleux. Moi aussi. Que je ne me sois pas assurée que ma robe serait prête à temps et que maintenant je n'aie même plus de robe l'a sans aucun doute amené à douter de mes compétences. De ma valeur en tant que compagne et associée de sa vie. Avoir choisi un fournisseur aussi irresponsable que vous l'a amené à penser que je serais incapable de prendre les décisions appropriées dans les domaines les plus...

Sa voix se brisa et elle ne put achever.

– Alfred et Charisse sont les victimes d'un acte criminel, intervint Regan. Ils étaient ligotés, bâillonnés, réduits à l'impuissance. Nous avons de la chance qu'ils n'aient été ni tués ni blessés.

Tracy daigna tourner son regard vers elle.

– Vous avez encore un fiancé, mais votre robe s'est envolée elle aussi. Comment pouvez-vous être aussi indulgente?

– Je suis détective de profession. Je m'efforce d'aider Alfred et Charisse à élucider cette affaire dans l'espoir de retrouver les coupables.

– Tant mieux pour vous. Pendant que vous y êtes, si vous dénichez quoi que ce soit de préjudiciable sur un certain Jeffrey Woodall, faites-le-moi savoir. Si je ne peux pas le tuer de mes mains, je veux au moins avoir de quoi lui empoisonner l'existence.

– Ma chère enfant, intervint Ellen, ne sois pas aussi vindicative.

– Rompre une semaine avant le mariage! s'exclama Tracy dont la maîtrise de soi commençait à craquer. Comment a-t-il eu la cruauté de m'infliger un coup pareil?

– Il ne m'a jamais plu, commenta Adele avec conviction. Il est bien trop coincé.

– Toi, je ne t'ai rien demandé! explosa Tracy. Tais-toi.

– Je voulais simplement dire quelque chose pour que tu te sentes mieux.

– Ma vie est brisée, je ne me sentirai jamais mieux! Je me moque de ce qui pourra m'arriver maintenant... J'attrape encore une de mes atroces migraines, ajouta-t-elle en se frottant les tempes.

– Rentrons, ma chérie, suggéra sa mère. Ce soir, nous irons faire un bon dîner au Club.

– Au Club? Je ne peux plus me montrer au Club! hurla Tracy. C'est là que ma réception devait avoir lieu.

Pendant ce temps, Charisse tournait vigoureusement le sucre dans sa tasse.

– Vous savez, Tracy, cela arrive beaucoup plus souvent qu'on le croit et c'est toujours pour le meilleur, dit-elle d'un ton apaisant. Nous faisons des robes de mariées depuis des années. Vous seriez étonnée d'apprendre combien n'ont jamais été terminées! Nous pourrions vous citer des dizaines de cas, poursuivit-elle en se forçant à rire. Mais en fin de compte, il a toujours été prouvé que le fiancé n'était pas du tout le mari qu'il fallait. Vous en trouverez bien un qui vous conviendra mille fois mieux, nous vous ferons une robe merveilleuse et...

– Plutôt crever! explosa encore une fois Tracy.

– Elle sera à nos frais! tenta de l'amadouer Alfred.

– Pas question! Rendez-moi mon argent, je sortirai d'ici et je n'y remettrai jamais les pieds. Cet endroit est un cauchemar.

Charisse courut chercher le chéquier.

– Si cela ne vous ennuie pas, dit-elle en revenant un instant plus tard, je le postdaterai de quelques jours. Nous allons devoir procéder à des virements. Les voleurs nous ont pris tout

82

notre argent liquide, vous savez. Il y avait une grosse somme, sans parler de mes bijoux.

– Si vous me donnez un chèque en bois, vous vous en mordrez les doigts. Mon avocat vous poursuivra en justice.

Le téléphone sonna, Alfred s'empressa de décrocher. Regan s'étonna qu'il n'ait pas laissé sonner jusqu'à ce que l'appel soit pris par la boîte vocale, mais il avait à l'évidence envie d'échapper à cette pénible conversation.

– Bonjour. Oui, c'est Alfred à l'appareil... Vous aimez mes robes? Merci, j'en suis ravi... Oui, c'est affreux ce qui nous est arrivé... C'est un journaliste de *Galaxy*, dit-il en couvrant le combiné d'une main. Il voudrait faire un article sur les pauvres futures mariées dont les robes ont été volées...

Tracy bondit et interrompit la communication.

– Espèce d'imbécile! rugit-elle. Je ne veux sous aucun prétexte voir mon nom dans les journaux!

Alfred lui tendit docilement le combiné qu'elle reposa avec un claquement sec avant de se pencher vers lui.

– Si mon nom apparaît à cause de vous, je vous détruirai, vous comprenez? Je vous ruinerai, je vous démolirai! Je n'ai pas besoin que le monde entier apprenne que j'ai été plaquée par un goujat huit jours avant mon mariage! Je souffre déjà assez que tous les membres du Club soient au courant, inutile d'en rajouter. Si jamais cela se produisait, je vous poursuivrai pour cruauté mentale, pour...

La sonnerie du téléphone et celle de la porte résonnèrent en même temps. Charisse saisit l'occasion de prendre le large.

– Ce doit être une livraison, murmura-t-elle en courant vers la porte. Mais comment ont-ils fait pour entrer dans l'immeuble?

Regan s'abstint d'établir une comparaison peu flatteuse entre celui-ci et un moulin ouvert à tous les vents.

Tandis que le téléphone continuait à sonner avec insistance, Charisse tira le large battant métallique et se trouva nez à nez avec une jeune journaliste flanquée d'un cameraman qui braqua immédiatement son appareil sur l'assistance. Le flash intégré illumina la pièce. D'un bond digne d'une championne olympique, Tracy disparut derrière le canapé en exhalant un gémissement de bête traquée.

– Nous avons appris ce qui vous est arrivé et nous aimerions..., commença la journaliste.

– Le moment est mal choisi, l'interrompit Charisse en repoussant la porte.

– Mais nous voudrions vous être utiles en..., essaya d'ajouter la journaliste alors que la porte se refermait.

Tel le phénix renaissant de ses cendres, Tracy émergea de derrière le canapé en lâchant un soupir à fendre l'âme.

– Me voilà maintenant bloquée ici. Je veux rentrer chez moi!

– Charisse va se débarrasser de ces gens, affirma Alfred. Elle est très douée pour ce genre de choses, elle s'y prend avec douceur et gentillesse. Quand ils seront partis, nous vous ferons sortir par l'escalier de service, personne ne vous verra.

– Un traitement de star, Tracy! commenta Adele avec un grand sourire. C'est génial, tu ne trouves pas?

– Je ne suis pas une star! fulmina son aimable sœur.

– Pour les stars qui se font plaquer en public, c'est vraiment dur, insista Adele. Tout le monde en parle et...

– Maman, je t'en supplie, fais-la taire! l'interrompit Tracy.

– Tais-toi, Adele, déclara Ellen.

– Pourquoi Jeffrey m'a-t-il fait un coup pareil? gémit Tracy. Pourquoi, oui, pourquoi?

– Pourquoi, en effet? approuva Regan.

Prise au dépourvu par ce qu'elle prit pour une marque de sympathie, Tracy cessa de gémir.

– Écoutez Tracy, enchaîna Regan, je vais interviewer toutes les mariées dont la robe a été volée et nous essaierons ensemble d'en déterminer le responsable. Ce vol est peut-être l'effet du hasard, mais il peut aussi avoir été commis par une personne cherchant à nuire à l'une d'entre nous. Vous plaisantiez sans doute en me demandant d'enquêter sur votre ex-fiancé, mais je ne manquerai pas de le faire.

Tracy salua cette promesse par un rire hystérique.

– C'est fabuleux! Je me réjouis d'avance de découvrir les squelettes que cet ignoble individu cache dans son placard pathologiquement bien rangé!

– N'anticipons pas. Je voudrais simplement vérifier s'il a quelque chose à voir ou pas dans cette malheureuse affaire. Aurait-il eu dans le passé des démêlés avec la justice?

– S'il est coupable de quelque chose, c'est d'être prodigieusement barbant, tint à préciser Adele.

– Ça suffit, Adele! lâcha Tracy. Non, poursui-vit-elle à l'adresse de Regan, il n'a jamais été arrêté, si c'est ce que vous entendez par là. Il est trop soucieux de ce que les autres pensent de lui. Mais allez-y, enquêtez, vous avez ma béné-diction. Je serais ravie que vous exhumiez sur son compte des détails bien sordides, je me ferais un plaisir de les lui jeter à la figure. S'il a vraiment quelque chose à se reprocher, au moins je pourrai dire que j'ai été plaquée par un vaurien.

Pour la première fois, Tracy paraissait presque heureuse.

– Tu pourrais devenir une sorte de modèle, lança Adele.

– Modèle de quoi?

– Eh bien, l'incarnation du proverbe : «Qui sème le vent récolte la tempête.» Mais toi, tu serais celle qui a vu venir le coup de vent.

Tracy ne savait pas trop où sa sœur voulait en venir. Elle cligna des yeux et se tourna vers Alfred.

– Jusqu'à nouvel ordre, mon nom ne doit apparaître à aucun prix, vous comprenez? Parce que si Jeffrey est innocent, je serai la pauvre idiote qu'il a plaquée sans raison.

Alfred acquiesça d'un signe de tête résigné.

– Sinon, je vous colle un procès!

Alfred hocha de nouveau la tête.

Un quart d'heure plus tard, pendant qu'Ellen et Adele allaient chercher la voiture, Regan et Alfred escortèrent Tracy dans l'escalier. Elle avait enfilé un des imperméables de Charisse pourvu d'une capuche qui lui cachait presque le visage. Comme il pleuvait toujours, le déguisement passait inaperçu. Au bas des marches, Tracy bondit à l'arrière de la voiture, claqua la portière et l'infortuné trio démarra en trombe vers les espaces verdoyants du Connecticut.

– Pour rien au monde, je ne voudrais me trouver dans cette voiture, commenta Alfred.

– La pauvre fille, dit Regan. Elle pleurait toutes les larmes de son corps.

– Bah! Elle s'en remettra. Si vous trouvez vraiment quelque chose sur son ex, elle s'en remettra encore plus vite.

– C'est une lourde responsabilité, murmura Regan.

– La vengeance est douce, déclara Alfred avec une conviction qui dénotait une certaine expérience.

– N'est-ce pas plutôt un plat qui se mange froid?

– Chaude ou froide, Regan, la vengeance est délectable.

Quand ils remontèrent à l'étage, il était plus de trois heures de l'après-midi. Les autres futures mariées n'avaient pas répondu aux messages d'Alfred. Charisse avait déjà sorti leurs dossiers et préparait les commandes d'étoffes pour la fabrication des nouvelles robes.

– Tracy se trouve dans une triste situation, dit Charisse. Mais au moins, nous n'aurons pas besoin de refaire sa robe.

– Et s'ils se réconciliaient? objecta Alfred.

– Elle aurait grand tort de le reprendre, affirma Kit.

– C'est exact, approuva Nora. Alfred, Charisse, croyez-vous vraiment pouvoir remplacer la robe de Regan d'ici la semaine prochaine? Soyez francs. Parce que sinon, nous devrons chercher le plus vite possible.

– Je m'en porte garant! affirma Alfred. Regan aura sa robe quoi qu'il arrive. Nous allons d'ailleurs nous y mettre immédiatement. Ni voleurs ni menaces n'empêcheront Alfred et Charisse de réaliser leurs créations et de tenir parole.

– Charisse, intervint Regan, appelez un serrurier. Si un individu malintentionné est en possession de vos clefs, je ne tiens pas à vous savoir tous les deux seuls ici cette nuit.

– Vous avez raison, admit Charisse. Je l'appelle tout de suite.

– Où habitent les deux dernières clientes? demanda Regan.

– Ici, à Manhattan.

– Je ferais peut-être bien d'aller les voir et de leur apprendre la nouvelle de vive voix. Si elles sont absentes, je leur laisserai un mot. Vous l'écrirez vous-même, bien entendu, de manière à ce qu'elles ne vous accusent pas de ne pas tout faire pour les contacter. Après la scène avec Tracy, on est en droit de se demander si elles ne cachent pas des secrets, elles aussi.

– Il faut toujours s'attendre à tout, soupira Charisse. Surtout avec ces deux-là. Elles sont un peu... différentes.

14

En sortant de chez Alfred, Brianne et sa mère s'étaient rendues directement chez Kleinfeld, où elles furent cordialement accueillies.

– Vous vous mariez samedi prochain? s'exclama la vendeuse, stupéfaite. Vous venez de vous fiancer, alors?

Teresa entreprit de lui expliquer leur triste situation.

– Vous êtes une des victimes du vol des robes de mariée? Seigneur, quel drame! Imaginez un peu qu'on nous vole toutes nos robes, ce serait une catastrophe!

Une autre vendeuse s'approcha en dévisageant Teresa.

– Pardon, madame, il me semble vous reconnaître. N'êtes-vous pas déjà venue ici?

– Vous avez raison, admit Teresa. Mais Charisse et Alfred avaient un modèle qui plaisait beaucoup à ma fille.

Les deux vendeuses prirent une mine apitoyée.

– D'habitude, dit la première, nous ne recevons personne sans rendez-vous, surtout un jour comme aujourd'hui où nous sommes débordées. Mais nous ferons de notre mieux pour vous dépanner. Je vais vous présenter nos modèles.

– Nous apprécions infiniment l'aide que vous pourrez nous apporter, déclara Teresa avec soulagement.

Les deux vendeuses commencèrent à décrocher des robes, mais aucune n'eut le bonheur de plaire à Brianne. De plus en plus frustrées, elles laissèrent entendre que si ces dames n'étaient pas venues à la dernière minute, elles auraient eu le temps de choisir la robe qui leur convenait, qu'elles n'auraient pas eu un problème aussi grave à résoudre dans la précipitation, etc.

Brianne n'en pouvait plus. Elle avait chaud, elle était fatiguée et les innombrables robes qui l'entouraient lui donnaient le vertige. Aucune n'était à sa taille, encore moins à son goût, et il était maintenant trop tard pour en commander une conforme à ses désirs. Le spectacle des autres futures mariées qui riaient gaiement avec leurs mères, leurs sœurs ou leurs amies ne faisait qu'aggraver son désarroi.

Au bout d'une heure, Teresa l'attira un peu à l'écart.

– Ta chère défunte grand-mère se réjouirait au Ciel si tu portais sa robe, lui souffla-t-elle.

– Et si elle était abîmée? gémit Brianne.

– Impossible, elle a été emballée avec le plus grand soin. Je m'en veux de ne pas t'avoir décidée à l'essayer avant d'aller chez ces prétendus stylistes.

– Mais enfin, maman, Debbie portait une de leurs robes à son mariage et elle était ravissante!

– Elle a pourtant divorcé il y a six mois.

– Et alors?

– Leurs robes portent malheur, j'en suis persuadée.

– Mais si je porte ta robe, il faudra retourner chez eux pour la faire retoucher! Personne d'autre ne pourrait le faire aussi vite.

– Ce n'est pas pareil. De toute façon, il vaut mille fois mieux que tu portes une robe de famille. Tu ne le regretteras pas, je te le garantis. Et si tu ne te trouves pas assez belle, tu pourras me le reprocher.

Elles remercièrent les vendeuses dépitées et reprirent le chemin de Long Island. Le père de Brianne revenait d'une partie de tennis. Il avait appris le vol des robes, mais n'en paraissait pas affecté.

– Je me suis froissé un muscle de la jambe en glissant pour rattraper une balle, geignit-il en se frottant le membre endolori.

Teresa leva les yeux au ciel.

– À cinquante-cinq ans, tu as mieux à faire qu'aller glisser je ne sais où et te rendre malade.

– Et tu ferais bien de rester en forme pour m'accompagner à l'autel samedi prochain, ajouta Brianne.

– Ne t'inquiète pas, ma chérie, répondit-il en allant prendre une bouteille de soda dans le réfrigérateur. Plus une partie jusqu'à ton mariage. J'aurais eu le temps d'y aller samedi matin avant la cérémonie si ta mère ne me l'avait pas interdit.

— Formellement interdit, précisa Teresa.

Howard ne releva pas.

— Alors, tu as récupéré ton argent? s'enquit-il.

Brianne prit le chèque dans sa poche et le posa dans la main de son père.

— C'est bien, approuva-t-il, tu es une bonne fille.

Brianne le récompensa du compliment par un baiser.

— Tu sais, j'ai été interviewée à la télévision.

— Arrange-toi pour demander une cassette, nous la passerons pour les amis. Tout s'arrange, tu vois. Ce qui compte, ma chérie, c'est que tu épouses un brave garçon. Pas comme l'énergumène avec qui tu sortais l'année dernière.

— Je sais, je sais...

— C'était quoi son nom, déjà?

— Bill.

— C'est ça. Bill la Bile.

— Bon débarras! commenta Teresa. Tu aurais pu te retrouver avec un individu tel que lui, toujours à se plaindre, toujours à geindre, toujours patraque. Dieu merci, tu as trouvé un gentil garçon comme Paul. Il manque un peu de raffinement, mais il s'arrangera.

— Il ne me m'a toujours pas rappelée, lui fit observer Brianne. Je lui avais pourtant laissé un message il y a des heures.

— Il a sans doute pensé que tu serais débordée toute la journée. Ou alors, il est allé au cinéma se changer les idées. Heureusement qu'il a enfin

92

trouvé un job! Vous pourrez travailler tous les deux jusqu'à ce que tu aies un bébé. Après, nous verrons.

– Il n'est resté sans emploi que deux ou trois mois, maman!

– Même pour quinze jours, le chômage peut sérieusement altérer le moral d'un homme, surtout quand il est sur le point de se marier. Viens, montons chercher la robe.

Sur le palier de l'étage, Brianne tira sur une corde pour ouvrir la trappe par laquelle on accédait au grenier à l'aide d'une échelle pliante qui se déploya automatiquement. Après en avoir vérifié l'assise, elle entreprit d'en gravir les échelons.

– Fais attention! lui ordonna sa mère. Je monte derrière toi.

Parvenue à destination, Brianne s'avança avec précaution, évitant les endroits qui ne pouvaient supporter quelqu'un pesant plus de cent kilos. Y marcher signifiait une chute directe dans la chambre d'amis. Elle tira sur le cordon d'allumage d'une ampoule qui pendait du faux plafond. Il y eut un bref éclair de lumière suivi d'un claquement sec.

– Papa! cria-t-elle. L'ampoule est grillée! Apportes-en une autre!

À mi-chemin du sommet, Teresa se retourna.

– Howard! répéta-t-elle un ton plus haut Une ampoule neuve!

Howard obtempéra avec célérité. La mère et la fille purent alors entreprendre leur recherche de la précieuse robe.

– Quel fouillis! s'exclama Brianne au bout de deux minutes. Je croyais que tu l'avais rangée avec soin!

– Bien sûr, mais la famille a accumulé tant de choses avec le temps. Il va falloir remettre de l'ordre, je l'admets. Oh, regarde! Tes photos d'école!

– Nous n'avons pas le temps maintenant, maman. Où est cette robe? Je te jure que si jamais je mets la main sur celui qui a détruit la mienne, je le tuerai de mes mains!

– Du calme, ma chérie. Voyons... Ah, la voilà! Dans ce coin.

Elle déplaça un carton pour prendre une boîte rectangulaire d'un blanc jauni, dont le couvercle transparent laissait voir le corsage brodé de perles de la belle robe de mariée.

– La voilà! répéta-t-elle. Encore dans l'emballage de ce teinturier qui a fait faillite. Il travaillait admirablement, mais il faut dire aussi que le propriétaire était si désagréable que les clients ne voulaient plus aller chez lui. Personne n'accepte de se faire maltraiter quand il dépense son bon argent, parce qu'il était cher, ce teinturier!

Impatiente, Brianne se précipita pour regarder cette robe légendaire qu'elle n'avait jamais vue que sur les photos du mariage de ses parents. L'emballage avait été exécuté avec soin et son premier coup d'œil lui redonna espoir, car la robe paraissait en effet très belle. Teresa se félicita de cette réaction positive de sa fille, si difficile à contenter.

– Descendons, ma chérie, tu vas l'essayer. Tu seras ravissante, je te le promets.

Comme un enfant devant ses cadeaux le matin de Noël, Brianne se précipita en bas de l'échelle au risque de se rompre le cou. Teresa la suivit de manière à peine plus prudente et elles coururent jusqu'à la chambre des parents. Brianne posa la boîte sur le grand lit double, souleva le couvercle... et poussa un hurlement d'horreur.

Des fourmis noires grouillaient par centaines sur le satin blanc.

Pour la deuxième fois ce jour-là, Brianne tomba à genoux en sanglotant sur le désastre de sa belle robe de mariée.

– Howard! clama Teresa. Viens tout de suite, il faut emporter cette robe dans le jardin! Et apporte une bombe d'insecticide!

15

– Je commence à me sentir bien quand j'arrive près de la mer, déclara Marco. Il doit y avoir quelque chose dans l'eau salée. Tu te rappelles l'été de notre dernière année au lycée? On avait fait la tournée de toutes les plages, de Long Island à South Jersey pour draguer des filles.

L'air sombre, Francis regardait par la vitre le paysage qui défilait.

– Il fallait tout le temps aller ailleurs, répondit-il avec aigreur. Tu promettais à toutes les filles de les rappeler, si bien qu'on ne pouvait plus retourner aux mêmes endroits.

Marco baissa sa vitre et alluma la radio.

– On se marrait quand même bien, non? Regarde, le temps se lève, ça me donne envie de chanter.

Francis vérifia les messages de son portable dans l'espoir que Joyce l'ait appelé. Elle n'avait pourtant aucune raison de le faire, surtout depuis qu'il l'abandonnait deux samedis soir de suite.

– Tu devrais faire réparer le feu arrière. Il manquerait plus qu'un autre flic nous arrête.

– T'inquiète donc pas. Écoute.

La voix des animateurs d'une station locale faisait vibrer le haut-parleur.

– Après la musique, Kenny et Jess sont de retour. Nous avons des tas de nouvelles à vous donner et la plus imprévue de la journée est celle du vol d'un lot de robes de mariée dans l'atelier d'un styliste de Manhattan...

– Oh, bon Dieu! exhala Francis.

– ... dont une a été laissée sur place, lacérée et ensanglantée. Les mariages devaient avoir lieu d'ici la fin du mois. À ton avis, Jess, qu'est-ce que doivent faire ces pauvres filles?

– Elles peuvent toujours chercher une autre robe sur Internet. Tu n'imagines pas le nombre de robes mises tous les jours en vente sur la Toile. Et pas chères du tout. De vraies bonnes affaires.

– Pourquoi autant de femmes veulent-elles revendre leur robe de mariée? s'étonna Kenny.

– Sans doute parce qu'elles en ont marre d'être seules au lit.

– Ouille! Ça fait mal, ça!

Jess pouffa de rire.

– Je peux te dire que si ça m'arrivait, je ne m'en remettrais pas! Quand je me suis mariée, j'ai passé des mois à chercher une robe, sans compter les essayages et le reste. Un travail épuisant! Se donner tout ce mal pour rien, c'est un crime.

– Je me demande où sont passées ces robes et ce que les voleurs comptent en faire.

– Ils vont probablement essayer de les vendre. Mais ils feraient bien de ne pas le faire dans la région de New York, les radios et les télévisions n'ont parlé que de ça toute la journée.

Marco décocha à Francis un sourire en coin en pianotant gaiement sur le volant.

– Tu vois que j'avais raison? Il faut les fourguer à Las Vegas.

– J'ai une idée! annonça Kenny. On va faire un concours pour voir lequel de nos auditeurs trouvera l'idée la plus originale sur l'endroit où les voleurs cachent les robes.

Francis devint livide.

– Oui, ça pourrait être amusant, approuva Jess. Une sorte de course au trésor. Appelez notre standard quand vous aurez une idée, et ouvrez l'œil. Si vous remarquez quoi que ce soit d'inhabituel...

– Ou si vous repérez les fameuses robes, enchaîna Kenny, dans une décharge ou une poubelle...

– Appelez-nous, déclara Jess.

– Nous vous offrirons même une récompense, promit Kenny.

Marco éteignit la radio.

– Je t'avais bien dit que l'idée de la décharge ou de la poubelle ne valait pas un clou, dit-il d'un ton triomphant.

– Il faut à tout prix nous débarrasser de ces robes, Marco! Tout le monde va les chercher, maintenant. Nous ne pourrons même pas nous arrêter dans un parking si les flics ont l'idée de fouiller les coffres des voitures. Rentrons, c'est plus sûr.

– Pas question de rentrer, ce perroquet me rend cinglé. On est presque arrivés, j'ai besoin de marcher sur la plage pour me refaire.

– Alors, il faut trouver une boîte assez grande pour expédier ces maudites robes à Las Vegas.

– Tu as raison, dit Marco après une minute de réflexion. Ce ne serait pas prudent de nous balader partout avec. On a aussi l'argent et les bijoux, mais ils sont plus faciles à planquer.

– Où allons-nous trouver une grande boîte? insista Francis. Il ne doit pas y avoir des marchands de boîtes, par ici.

– Eh bien, on va acheter quelque chose qui est livré dans une grande boîte.

– Quoi, par exemple? Tu as une idée?

Marco ralentit pour s'engager dans une bretelle de sortie.

– Tu t'en veux d'avoir laissé tomber Joyce ce soir, n'est-ce pas?

– Oui, et alors? Je commence à penser que je devrais l'épouser. Une vie rangée m'irait mieux que celle que je mène avec toi.

– Comme tu voudras, mon pote. Ce que j'allais dire, c'est que son lave-vaisselle fuit. Je lui en ai parlé et elle m'a dit qu'elle en voudrait bien un neuf. Pourquoi ne pas lui en faire la surprise? Quand on rentrera demain matin, tu lui offriras un beau lave-vaisselle pour te faire pardonner.

– Un lave-vaisselle? s'exclama Francis, stupéfait. Tu parles d'un cadeau sentimental et romantique! Une bague, elle comprendrait.

– Ces robes ne tiendront pas dans un écrin! Je fais de mon mieux, là! hurla Marco.

Francis ferma les yeux. Il imaginait sans peine ce que ferait Joyce quand il lui offrirait un beau lave-vaisselle tout neuf – sans son emballage d'origine.

D'accord, se dit-il avec résignation, je mettrai un ruban rouge autour. Et je lui promettrai que Marco déguerpira avant la fin de la semaine. Il ouvrit les yeux, jeta un coup d'œil à son partenaire dans le crime puis les ferma de nouveau. Cette promesse-là, ajouta-t-il tristement, j'espère au moins être capable de la tenir.

16

Au volant de la voiture de Nora, Regan entra dans le parking de l'immeuble de Central Park South où les Reilly avaient depuis des années un appartement qui leur servait de pied-à-terre

à New York. Ce jour-là, Nora était particulièrement soulagée de ne pas être obligée de
conduire jusque dans le New Jersey avant de
pouvoir se reposer.

– Quelle journée! soupira Nora. Je ne m'y
attendais vraiment pas.

– J'ai l'impression que les réjouissances ne
font que commencer, commenta Regan en cou-
pant le contact.

Kit et elle accompagnèrent Nora à l'appartement, d'où l'on découvrait un panorama spectaculaire sur Central Park. La pluie avait enfin
cessé et, à la fin d'un long hiver, le parc redeve-
nait verdoyant.

– Voulez-vous une tasse de thé avant de partir, les filles? leur demanda Nora.

– Merci maman, mais j'ai eu plus que ma dose
de thé pour un mois.

– Le thé à la lavande de Charisse ne se laisse
pas oublier facilement, approuva Kit. Tu sais,
Regan, si jamais je rencontre l'homme que je
voudrais épouser, je préférerais la fuite romantique et le mariage secret.

– Ta mère ne te le pardonnerait jamais, Kit!
dit Nora en riant.

– Je crois au contraire que si elle devait endu-
rer tout ce que nous venons de subir, elle irait
jusqu'à m'acheter une échelle pour passer par la
fenêtre.

Nora alla ouvrir la baie vitrée donnant sur le
balcon.

– Un peu d'air frais nous fera du bien.

– L'endroit qui en aurait grand besoin, commenta Kit, c'est le loft d'Alfred et de Charisse. Il leur faudrait même un magnétiseur pour en chasser toutes les ondes négatives.

– Laissons-les d'abord s'occuper de la robe de Regan, dit Nora.

– Sans parler des autres, opina Regan. Kit et moi devons nous dépêcher, maman. Nous irons en taxi chez les deux clientes et j'espère que nous les trouverons. Jack est retourné à son bureau, nous le rejoindrons plus tard. À quelle heure papa doit-il arriver ?

– Il a dit vers six heures. Nous dînerons au restaurant avant de rentrer à la maison. La semaine prochaine s'annonce plutôt agitée. Écoute Regan, poursuivit-elle en hésitant, je sais que tu veux aider Alfred, mais il s'agit de ton mariage. Nous avons tant à faire, tu ne peux pas tout laisser tomber pour t'occuper de lui.

– Je sais, maman. Mais nous avons une semaine entière devant nous.

– À peine une semaine, précisa Nora. Rien que les plans de table nous prendront des heures.

– Je te promets de ne pas y consacrer plus de deux jours, maman. Après, j'aurai l'esprit tranquille pour me concentrer sur le mariage.

– Tu as attendu ce jour-là toute ta vie, ma chérie, dit Nora en souriant tendrement à sa fille unique. Et tu as la chance d'avoir rencontré l'homme parfait que tu attendais.

– Je sais, maman.

– Alors, je voudrais que tu sois détendue, reposée. Il y a assez de raisons de stresser sans en ajouter d'autres.

– Regan ne peut pas s'empêcher de s'en mêler, intervint Kit. Après tout, elle est détective et sa robe a été volée.

– Elle a ça dans le sang, je sais, répondit Nora avec un sourire las. C'est comme si on me disait de ne plus écrire. Mais promets-moi au moins d'être prudente, Regan.

Regan constata que sa mère, toujours si énergique, paraissait réellement fatiguée. Elle s'était chargée de milliers de détails pendant que Regan était à Los Angeles. Sa fille n'avait pas le droit d'aggraver sa fatigue et son inquiétude.

– Je te le promets, maman, dit-elle avec sincérité.

Nora tendit les bras et embrassa tour à tour les deux amies.

– Bien, ma chérie. La semaine prochaine à cette heure-ci, nous serons à l'église. Tu t'approcheras de l'autel où Jack t'attendra...

Malgré elle, Regan sentit sa gorge se nouer.

– Je sais, maman. Je ne te causerai pas de crises de nerfs ni d'insomnies, je te le promets, dit-elle en l'embrassant. Allons-y, Kit.

– Je te suis, j'ai hâte de faire la connaissance de ces deux-là. Et puis, tu sais quoi? Tu devrais te renseigner le plus vite possible sur l'ex de Tracy. On ne sait jamais, il me conviendrait peut-être et je pourrais l'avoir comme cavalier à ton mariage.

– Dehors, vous deux! s'exclama Nora en riant. Et tenez-moi au courant.

– Nous n'y manquerons pas, l'assura Regan.

La porte refermée, Nora sortit sur la terrasse s'accouder à la balustrade. La pluie avait lavé le ciel et les arbres, Central Park était plus beau que jamais. Le bruit des sabots d'un cheval attelé à une calèche qui montait jusqu'à elle la fit sourire. Regan et Jack feraient le trajet de l'église sur Park Avenue au lieu de la réception dans l'une de ces calèches. Jack voulait en faire la surprise à Regan, qui adorait se promener dans ces voitures quand elle était petite. Il avait donc loué la plus belle et demandé au cocher d'être en habit. L'équipage se tiendrait devant l'église quand les jeunes mariés en sortiraient. Nora se réjouissait d'avance de voir l'expression de Regan quand elle le découvrirait.

Dans une semaine à cette heure-ci, pensa-t-elle. Je serai incapable de me détendre avant que Jack et Regan s'avancent sur la piste de danse pour ouvrir le bal.

17

Regan et Kit hélèrent un taxi et donnèrent au chauffeur l'adresse de Victoria Beardsley, dans l'Upper West Side. La traversée de Central Park leur offrit une vue imprenable de l'imposant Time Warner Center, où l'on trouvait les appartements les plus chers, les boutiques les plus élégantes et les restaurants les plus réputés, y compris le célèbre Per Se aux additions délirantes. Ce n'était pas le genre d'endroit où l'on va grignoter à l'improviste, car on ne pouvait pas s'y attabler sans avoir réservé deux ou trois mois à l'avance.

Le taxi contourna le Columbia Circle pour s'engager dans Broadway. En ce samedi après-midi du début d'avril, les rues étaient noires de monde. La pluie avait fait courir les promeneurs à l'abri, mais à peine avait-elle cessé qu'ils avaient reparu. En passant devant le Lincoln Center, Regan reçut sur son portable un appel de Jack qui lui parla du dernier hold-up.

– Dès qu'il se met à pleuvoir, il passe à l'acte. Un de nos hommes l'a surnommé «la Douche». Je crois que ça lui restera.

– Il me plaît, ce surnom, commenta Regan en riant. Il faut que j'en trouve un aussi bon pour les types que nous recherchons.

Elle lui décrivit la triste situation dans laquelle se retrouvait Tracy et lui communiqua le nom et l'adresse de Jeffrey Woodall. Jack l'assura qu'il lancerait une recherche. Ils décidèrent ensuite de se retrouver chez lui en fin d'après-midi et d'aller ensemble à Atlantic City, au casino où Alfred avait joué et peut-être perdu ses clefs le week-end précédent. De retour à New York, ils comptaient explorer le quartier du loft d'Alfred et de Charisse après minuit.

104

– Un programme chargé, commenta Kit quand Regan raccrocha.

– Préfères-tu aller te reposer dans l'appartement de mes parents?

– Je ne voudrais manquer cela pour rien au monde! Qui sait, je ferai peut-être la connaissance d'un type très bien à Atlantic City.

Regan sourit, amusée. Elle savait que Kit plaisantait, mais elle savait aussi qu'elle espérait toujours trouver «un type très bien» qui pourrait l'accompagner au mariage.

– Ne t'inquiète donc pas, il y aura bon nombre de célibataires à la réception. Jack a un cousin dans nos âges et il a invité plusieurs de ses anciens amis de fac.

– Encore célibataires? Ils ont des problèmes?

– Aucun, la rassura Regan en riant.

Le taxi s'engagea dans une rue transversale en roulant lentement pour trouver l'adresse. La rue était bordée d'élégantes *brownstones*, anciens hôtels particuliers, mais le vieil immeuble de brique devant lequel le taxi s'arrêta ne faisait pas partie du lot. Regan paya le chauffeur et gravit avec Kit les trois marches du perron. Dans le hall d'entrée, elle pressa le bouton de l'interphone au nom de Victoria Beardsley. Au bout d'une longue attente, elle recommença.

– Qui est là? s'enquit enfin une voix ensommeillée.

– Vous êtes Victoria Beardsley?

– Oui.

– Je suis Regan Reilly, je viens de la part d'Alfred et de Charisse.

– Ah oui, Alfred et Charisse, répondit Victoria qui, à l'évidence, bâillait à se décrocher la mâchoire.

– Je peux monter vous voir un instant? Je dois vous remettre une lettre de leur part.

– Tout va bien?

– Oui, ils vont bien. Il y a juste un problème au sujet des robes. Je vous l'expliquerai si...

– Appartement 4 B, l'interrompit Victoria, qui actionna en même temps l'ouverture de la porte.

Elles gravirent à pied les quatre étages, en entendant au passage les bruits de la vie quotidienne : de la musique, les pleurs d'un bébé, une télévision et même les vocalises d'une cantatrice. Au quatrième étage, elles s'arrêtèrent devant une porte remarquable par sa profusion de verrous. Le coup de sonnette de Regan déclencha les cliquetis de leur ouverture. Des yeux noirs, pétillants de curiosité, apparurent par l'entrebâillement de la porte.

Regan se nomma et présenta son amie Kit. Victoria dégagea la chaîne avant de rouvrir en grand. Pieds nus, vêtue d'un caftan vivement coloré, elle leur fit signe d'entrer.

– Désolée de vous déranger, s'excusa Regan. Nous vous avons réveillée?

– Je faisais la sieste, répondit-elle gaiement. Mais maintenant, je suis debout et le café est en train de passer. Entrez donc.

L'appartement était sombre et exigu. On dépassait d'abord une kitchenette aménagée au bout d'un petit living au parquet usé, qui donna d'emblée à Regan l'impression que Victoria

106

n'accordait pas plus de temps au rangement qu'à la décoration. Des étagères bourrées de livres, de CD, de cassettes et de bibelots indéfinissables occupaient un mur. Deux posters dépareillés couvraient celui d'en face. Un canapé, un fauteuil et une table basse, encombrée d'un petit téléviseur, de livres et de bougies, constituaient l'ameublement ainsi que deux tabourets devant le comptoir séparant la kitchenette du living. Une porte fermée donnait probablement accès à la chambre à coucher. La lumière passait chichement par l'unique fenêtre qui faisait face au pignon de l'immeuble voisin. Un agent immobilier aurait qualifié le logement d'intime pour appâter le client éventuel.

– Asseyez-vous, mettez-vous à l'aise, dit Victoria en enlevant à la hâte une couverture du canapé, qu'une demi-douzaine de coussins envahissaient déjà.

Regan estima que Victoria avait une trentaine d'années. Avec ses longs cheveux bruns bouclés, ses grands yeux noirs et son teint clair, elle devait être ravissante dans une robe d'Alfred. Parmi les livres et les cassettes empilés sur la table basse, elle remarqua le titre d'un livre sur la méditation positive et la jaquette d'une cassette incitant l'auditeur à développer sa force intérieure. Tant mieux, se dit-elle. Si Victoria cultive sa force et sa paix intérieures, elle accusera le coup dans de meilleures conditions que Brianne et Tracy.

Regan lui relata les événements et lui donna la lettre d'Alfred.

– C'est affreux, commenta Victoria en pouffant de rire. C'est vraiment terrible une histoire pareille.

Ces cassettes doivent être réellement efficaces, pensa Regan.

– Vous devez croire que je suis un peu cinglée, poursuivit Victoria sans réussir à reprendre son sérieux, mais j'imagine ce pauvre Alfred en train de piquer une crise d'hystérie. Avouez que c'est drôle.

Regan ne put s'empêcher de rire à son tour.

– Disons qu'il est un peu... secoué.

– J'avais voulu lui prêter une de mes cassettes, dit Victoria en les montrant, mais il m'a répondu que cela ne l'intéressait pas. Il ne fonctionne, a-t-il dit, que dans l'agitation.

– Il en raffole. Je crois pourtant que ce coup-là était un peu trop rude, même pour Alfred. Il m'a dit que vous deviez vous marier dans trois semaines, n'est-ce pas?

– Oui.

– Alfred et Charisse ont prévu de travailler jour et nuit pour remplacer votre robe.

– C'est trop gentil. Mais je ne voudrais pas qu'ils aient une dépression nerveuse à cause de moi. Une de mes amies a encore une très belle robe, je pourrai la lui emprunter.

– Surtout pas! intervint Kit. Un remboursement de plus plongerait Alfred dans la plus noire déprime.

– En plein dans le mille! apprécia Victoria en riant de plus belle.

Cette fille jouit d'une paix intérieure à toute épreuve, se dit Regan en riant elle aussi.

– Où allez-vous vous marier, Victoria?

– À la campagne.

– Ce sera sûrement très agréable. Où cela?

– En Pennsylvanie. Café? s'enquit Victoria en se levant.

Kit et Regan déclinèrent. Bien sûr, pensa Regan, elle n'est pas obligée de répondre à mes questions, mais elle pique ma curiosité. Elle prend la nouvelle presque trop bien.

– Votre fiancé ne sera sans doute pas content que vous deviez subir tous ces tracas à cause de votre robe.

– Oh! mon fiancé est merveilleux. Pour lui, cela n'a aucune importance. Il est parfait. Parfait, répéta-t-elle.

Elle se versa une tasse de café au comptoir de la kitchenette et revint s'asseoir en tailleur sur le fauteuil.

– Où est-il, en ce moment? demanda Regan.

– Il vit en Pennsylvanie. J'ai fait sa connaissance par Internet. C'est trop difficile de faire des rencontres dans cette ville.

– C'est difficile partout, intervint Kit. Quel site avez-vous consulté?

– Flèche de Cupidon, l'informa Victoria.

– Je ne le connais pas, celui-là. Pourtant, j'en ai essayé beaucoup. Mon amie ici présente s'inquiète que je sorte avec des inconnus, mais je fais attention. Jusqu'à présent, en tout cas, je n'ai encore rencontré personne de valable.

– C'est dur, je sais, déclara Victoria avec conviction en saisissant la main de Kit. Mais vous trouverez l'âme sœur. Il faut avoir la foi!

Regan nota que c'était le sous-titre d'un des livres. Victoria en a eu pour son argent, pensa-t-elle.

– Je ne l'ai jamais perdue, répondit Kit en riant. D'ailleurs, ce n'était pas plus facile pour Regan jusqu'à ce qu'elle rencontre Jack. Au moins, elle et vous, vous avez trouvé la personne qu'il vous fallait.

– Sans aucun doute, approuva Victoria avec un sourire radieux.

– Mon fiancé et moi nous sommes aimés à distance, nous aussi, dit Regan. Je suis contente que ce soit enfin terminé. Allez-vous vous installer en Pennsylvanie, ou votre fiancé viendra-t-il ici?

– Nous continuerons à vivre chacun de notre côté, répondit Victoria avec un geste évasif. Nous irons l'un chez l'autre pendant les week-ends et les vacances.

Regan cligna des yeux d'étonnement.

– La séparation empêche la lassitude, commenta Kit. Comme cela, vous n'aurez pas l'occasion de vous disputer.

– C'est exactement ce que nous pensons, approuva Victoria. Nous verrons d'abord si cela fonctionne, après nous aviserons. J'ai si longtemps vécu seule que je ne sais pas comment je supporterais de vivre avec quelqu'un vingt-quatre heures sur vingt-quatre, dit-elle avec un sourire contrit. Et puis, j'aime mon métier et j'adore New York. Je n'ai pas envie de quitter la ville. Pas encore, du moins.

– J'adore New York et mon fiancé aussi, déclara Regan. Vous aimez votre métier, dites-vous. Qu'est-ce que vous faites?

– Je travaille au Queen's Court.

– Un des meilleurs hôtels de Manhattan, commenta Regan.

– C'est vrai. Je suis réceptionniste de nuit, c'est pour cela que je faisais la sieste. J'y suis depuis un an, mais mon système ne s'est pas encore habitué à ces horaires. Je ne m'en plains quand même pas, je n'ai jamais aimé la routine. Avoir mes journées libres me convient tout à fait et je m'arrange pour dormir par tranches, c'est bien suffisant. Vous êtes sûres que vous ne voulez rien boire?

– Merci, répondit Kit. Nous avons ingurgité toute la journée le thé à la lavande de Charisse.

– Charisse est adorable, dit Victoria avec un sourire attendri.

– C'est elle qui a pris l'engagement de refaire nos robes en temps voulu, dit Regan. Dites-moi, Victoria, nous essayons de déterminer si celui qui a volé les robes avait une raison de se venger d'Alfred et de Charisse ou d'une des mariées. Connaîtriez-vous quelqu'un qui savait que vous achetiez votre robe chez Alfred et qui aurait eu une raison de gâcher votre mariage en volant votre robe?

– Absolument personne. J'ai souvent taquiné mon fiancé en lui disant qu'il avait dû briser des centaines de cœurs jusqu'à présent, mais je

111

doute qu'il s'agisse d'une amoureuse jalouse, ajouta-t-elle en souriant.

– Comment s'appelle-t-il, votre fiancé?

– Frederick Dortmunder. Il est très fier de ses origines. Il dit souvent que sa famille remonte à très, très loin.

Comme beaucoup de familles, s'abstint de commenter Regan.

– Et que fait-il en Pennsylvanie?

– Il est peintre et il a énormément de talent. Chez lui, il passe le plus clair de son temps dans son atelier. Il ne peut pas peindre ici parce qu'il n'y a pas assez de lumière. C'est pour cela que nous nous voyons chez lui la plupart du temps. Il me dit que je suis sa muse et que je l'inspire quand je le regarde peindre. Alors, je passe des heures assise à côté de lui à admirer les merveilleuses images qu'il crée.

Moi, pensa Regan, je deviendrais folle.

– C'est merveilleux, en effet. De toute façon, Albert et Charisse sont décidés, quoi qu'il arrive, à vous refaire une nouvelle robe à temps pour votre mariage. Je suis heureuse que vous ne le preniez pas plus mal, parce que les deux clientes que nous avons vues aujourd'hui n'ont pas réagi aussi calmement que vous.

– J'en suis choquée, bien sûr. Mais j'ai appris à ne me concentrer que sur ce qui compte réellement dans la vie. Depuis un an, dit-elle en montrant ses livres et ses cassettes, je m'entraîne à maîtriser mes impulsions et à écouter ma musique intérieure. Je suis venue à New York de l'Iowa pour tenter ma chance dans le show-business. Chez moi, je chantais et je dansais dans toutes les productions théâtrales, mais à New York la concurrence est impitoyable. Au bout de quelques années, j'ai pris conscience que je n'avais plus confiance dans mon talent. Alors, je me suis mise à la méditation et elle a changé ma vie. J'ai fait le tri de ce que je voulais le plus sérieusement, j'ai découvert que c'était l'amour et je l'ai trouvé. Pour moi, c'est ce qui compte avant tout. Maintenant, je connais la vraie joie de vivre. Alors, à terme, une robe volée n'a pas grande importance.

– Vous avez entièrement raison, approuva Regan. En tout cas, ces voleurs ont attiré sur eux l'attention des médias. Plusieurs journalistes veulent sortir des articles sur les «Mariées d'avril», comme Alfred nous a surnommées. L'une de nous est enchantée d'avoir été interviewée alors que l'autre, pour des raisons qui lui sont propres, le refuse catégoriquement. Et vous, Victoria, voudriez-vous parler aux journalistes de vos réactions? Elles leur plairaient certainement et si vous vouliez retourner dans le monde du spectacle, cela pourrait vous faire une bonne publicité.

– Non Regan, répondit Victoria sans hésiter. Frederick n'approuverait pas. Il aime la tranquillité et il jugerait que ce serait un manque de dignité de ma part de me trouver mêlée au cirque des médias. Il a des principes auxquels il tient.

– Vous abandonnez donc le show-business?

113

– Nous verrons bien. Pour le moment, je veux simplement être amoureuse et en profiter au maximum.

Regan se leva pour prendre congé.

– Je vous comprends, dit-elle avec sincérité.

– Bien sûr que vous me comprenez, vous êtes amoureuse vous aussi! répondit Victoria avec enthousiasme. Je suis ravie d'avoir fait votre connaissance à toutes les deux. Et vous, ajouta-t-elle en regardant Kit dans les yeux pendant qu'elle ouvrait la porte, il faut avoir la foi, ne l'oubliez pas! Dressez une carte des buts que vous voulez atteindre dans la vie et accrochez-la au mur. Écrivez la liste de vos pensées les plus positives. Pour créer la vie dont vous rêvez, il faut réaliser vos rêves.

– Je consulterai le site dont vous m'avez parlé, répondit Kit.

Quand elles furent dans la rue, elles échangèrent un regard déconcerté.

– Je l'aime bien, dit Kit. Elle est un peu bizarre, mais elle ne manque pas de charisme.

Regan répondit par un haussement de sourcils perplexe.

– Quoi? C'est tout ce que tu en dis?

– Elle est très sympathique, c'est vrai, mais elle ne donne pas du tout l'impression d'une fille qui va se marier dans trois semaines. Elle se moque du vol de sa robe et je n'ai rien vu dans l'appartement qui indique qu'elle a envoyé des invitations ou qu'elle a déjà reçu des cadeaux. Ou même qu'elle prépare son mariage. Elle n'a aucun magazine ni aucun catalogue se rapportant au mariage, rien que des livres et des cassettes sur la méditation ou la paix intérieure. Quelqu'un qui dépense autant d'argent pour acheter une robe d'Alfred doit au moins le célébrer d'une manière ou d'une autre.

– Tout ce dont tu parles est peut-être chez Frederick.

– Possible. Mais s'il a autant de talent qu'elle le dit, pourquoi n'y a-t-il sur ses murs que de simples posters? Elle devrait avoir au moins un de ses tableaux, ne serait-ce que pour l'admirer ou le montrer à ses amies.

– Tu n'as peut-être pas tort.

– Et ce n'est pas tout, Kit. Ces deux-là ne me paraissent vraiment pas faits l'un pour l'autre. Elle ne veut pas quitter la ville ni lui la campagne. Elle aime s'amuser et avoir de la compagnie, il s'inquiète de voir son nom dans les journaux. Permets-moi de te dire que s'il veut vendre ses tableaux, un peu de publicité ne lui ferait pas de mal. Mais comme elle ne veut pas le brusquer, elle reste dans l'ombre.

– Ce Frederick doit avoir d'autres talents cachés.

– Je n'en sais vraiment rien.

– Tu n'as jamais entendu dire que les extrêmes s'attirent?

– Bien sûr. Mais il y a dans ce couple quelque chose qui ne colle pas, dit Regan en hélant un taxi. Cinquième Avenue et 75ᵉ Rue, dit-elle au chauffeur.

– Belle adresse, commenta-t-il. C'est là que vous habitez?

115

– Non.

– C'est pas grave, du moment que vous êtes heureuse. Vous voyez ce que je veux dire? Pour moi, l'important c'est d'être heureux. Je vais bien, ma femme va bien, nous sommes heureux. C'est tout ce qui compte, non?

Regan et Kit écoutèrent en souriant le chauffeur poursuivre son monologue sur le sens de la vie. Regan aurait parié qu'il n'aurait pas terminé en arrivant à destination, chez la cinquième « Mariée d'avril ».

Quelle surprise allait-elle lui réserver?

18

Jack avait regagné son bureau. Travailler le samedi n'avait pour lui rien d'exceptionnel, mais il avait ce samedi-là au moins deux impérieuses raisons de le faire : à compter du samedi suivant, il serait quinze jours absent. La Douche avait encore frappé et était toujours en liberté.

Jack soupira avec lassitude. À New York, il y avait tous les jours des hold-up dans des banques. Avec un peu de chance et une bonne préparation, les voleurs restaient souvent impunis. Le classique hold-up au guichet ne leur rapportait guère plus de quelques milliers de dollars chaque fois. Mais que le même malfaiteur réussisse tous ses coups depuis ces trois derniers mois, comme Jack et ses collaborateurs

116

en étaient désormais presque certains, avait de quoi les frustrer.

Les inspecteurs avaient interrogé toutes les personnes présentes dans les banques au moment des hold-up, ainsi que les passants ayant pu faire aux alentours une observation utile à l'enquête. Malgré tout, chaque vol ayant eu lieu par temps de pluie ou de neige, chacun se préoccupait plus de lui-même que de ce qui se passait autour de lui. Quand on s'efforce de trouver un abri ou de ne pas voir son parapluie retourné par une bourrasque, on n'a pas d'autres soucis en tête.

Jack et les membres de son équipe avaient scruté à plusieurs reprises les bandes de vidéo-surveillance du dernier hold-up.

– L'individu ressemble à la Douche, avait dit Len Fisher, le «profileur». Il a la même forme de visage. La barbe et la moustache sont différentes des autres fois, mais il a la même carrure, la même taille. L'imperméable et les grosses chaussures à semelles de caoutchouc sont d'une autre marque mais du même genre. Comparez, avait-il dit en visionnant la bande vidéo du précédent hold-up. Il la même démarche, les mêmes gestes. Il a un don pour le déguisement, c'est vrai, mais s'il se donne une allure différente, on le reconnaît quand même.

– On croirait qu'il a pris des leçons auprès de Willie Sutton.

– Et Willie prenait son travail très au sérieux, répondit Len d'un ton ironique.

Jack avait toujours été fasciné par Willie Sutton. Légendaire voleur de banques né à Brooklyn en 1901, sa carrière avait débuté à la fin des années 1920 pour s'achever en 1952 avec sa dernière arrestation. Surnommé «l'Acteur» pour son aptitude à assumer des rôles aussi nombreux que variés, il était un maître inégalé dans l'art du déguisement. Il endossait parfois des tenues d'ouvrier ou de livreur afin de mieux passer inaperçu. Entre sa libération définitive en 1969 et sa mort en 1980, il était apparu dans de nombreux spots publicitaires pour une chaîne de cartes de crédit et était accueilli avec les égards dus à une célébrité aux inaugurations d'agences bancaires.

Dieu bénisse l'Amérique! pensa Jack avec une ironie mêlée d'agacement.

Selon sa légende, Willie aurait répondu à un journaliste qui lui demandait pourquoi il volait les banques : «Parce que c'est là qu'il y a de l'argent.» Plus tard, il avouera que la phrase avait été inventée par le journaliste. «En réalité, je volais les banques parce que j'aimais ça. Je me sentais plus en vie dans une banque que j'étais en train de dévaliser qu'à aucun autre moment de ma vie. Je m'amusais tellement que j'étais impatient de recommencer.»

Jack laissa échapper un nouveau soupir. Le premier hold-up de la Douche datait du début de janvier. Il préparait peut-être un nouveau raid, mais il ne pourrait le réaliser que si le temps était de son côté. Or, la météo prévoyait du soleil les prochains jours. La Douche n'y pouvait rien sauf, à la rigueur, persuader un Indien d'exécuter une danse de la pluie. Ou aller exercer sa coupable industrie à Seattle, ville réputée pour son climat pluvieux. Ce type attaque-t-il les banques pour le plaisir ou pour l'argent? se demandait Jack en pianotant sur son bureau. Ou pour les deux?

Un de ses hommes avait trouvé par terre dans la banque une facturette de carte bancaire. Des achats pour un montant de mille dollars avaient été réglés à une boutique à l'enseigne de Dan's Discount Den par un client du nom de Chris Diamond. La vérification était en cours. Avec un peu de chance, c'était peut-être le voleur qui l'avait laissée tomber de sa poche. Jack savait bien entendu que si c'était le cas, il était peu probable que la carte lui appartienne. Les escroqueries à la carte bancaire devenaient de plus en plus fréquentes. Mais alors, si la Douche volait aussi des cartes bancaires, pourquoi dévaliser des banques en plein jour pour un butin relativement maigre? se demanda Jack, perplexe. Agit-il seul ou en réseau?

Nous disposons des bandes vidéo de surveillance, des procès-verbaux d'interrogatoires et, peut-être, d'une facturette de carte bancaire pour nous aider à trouver cet individu, pensa Jack. Si seulement il avait laissé sur les messages des empreintes ou des traces d'ADN! Jusqu'à présent, la Douche ne leur avait fait cadeau d'aucun indice de cette nature. Il était assez intelligent pour porter des gants.

– Salut, patron!

Jack leva les yeux en reconnaissant la voix de Keith Waters, son premier adjoint. Afro-Américain d'une trentaine d'années bâti en athlète, il avait un sourire communicatif et une énergie inépuisable.

– On a des nouvelles de la carte bancaire, annonça-t-il.

– Alors? demanda Jack en sentant son pouls s'accélérer.

– La banque a pu contacter son titulaire, Chris Diamond. Il est à Londres depuis une quinzaine de jours pour son travail.

– Il n'a donc pas fait d'achats chez Dan's Discount Den à Queens la semaine dernière.

– Non et il a affirmé qu'il n'en avait même jamais entendu parler. Il n'a pas non plus autorisé qui que ce soit à se servir de sa carte, mais il ne savait pas encore s'il l'avait perdue ou si elle lui avait été volée. Il nous le confirmera dès que possible.

– Où est-il domicilié?

– Dans le Connecticut.

– Avez-vous découvert à quoi correspondent ces achats?

– Nous sommes en train de vérifier. Mais connaissant les goûts vestimentaires de la Douche, on n'a pas de mal à imaginer qu'il s'est refait une garde-robe. Dan's n'est pas précisément l'endroit où on trouve du haut de gamme. Joe, poursuivit-il en indiquant le bureau des inspecteurs, dit que sa femme n'y fait pas de gros achats, mais qu'elle aime bien l'endroit. On y trouve de tout. Mais écoutez le plus beau.

120

Pour Halloween de l'année dernière, elle y a acheté les déguisements des enfants. Il y a un rayon qui vend toute l'année des perruques, des fausses barbes et des fausses moustaches qui sont paraît-il très bien imitées. Quand elle a vu son gamin de six ans avec une barbe, elle a failli craquer. Les gamins adorent ce rayon-là.

– Espérons que la Douche l'adore aussi. Pour un montant pareil, il a dû faire un stock de tenues de travail, si vous voyez ce que je veux dire. Imper, grosses chaussures, fausses barbes, etc.

– C'est probable, opina Keith.

– Avons-nous une chance de découvrir ses empreintes sur cette facturette?

– Le labo travaille dessus.

– Tenez-moi au courant. Je dois bientôt aller rejoindre Regan.

– Vous savez, patron, on ne parle en ville que des robes volées.

– Je sais.

– Et Regan est en plein dans le coup.

– Cela vous étonne? demanda Jack en souriant.

– Pas le moins du monde, patron. Il n'y en a pas deux comme elle. On se réjouit tous d'aller à votre mariage samedi prochain. Il y aura trois cents invités, à ce qu'on dit?

Jack éprouva un indéfinissable sentiment de malaise. Il aurait préféré ne pas attendre une semaine de plus. Il déplorait que la robe de Regan ait été volée. Elle accusait le coup en beauté, comme d'habitude, mais il avait dû être rude.

– Oui, plus ou moins. Ce sera une belle fête. Je regrette seulement qu'elle n'ait pas lieu dès demain. Au fait, Keith, j'aimerais que vous fassiez une vérification sur un type du nom de Jeffrey Woodall, dit-il en lui tendant une feuille de papier. Il n'est peut-être coupable que de muflerie aggravée, mais on ne sait jamais.

19

Les craintes de Kit et de Regan étaient injustifiées : lorsque le chauffeur les déposa à l'adresse indiquée, il mit fin en même temps à son monologue philosophique. Regan se hâta de payer la course tandis que le portier de l'immeuble venait déjà lui ouvrir la portière.

– Qui désirez-vous voir? demanda-t-il avec componction.

– Shauna Nickles.

– Puis-je vous demander votre nom?

– Regan Reilly. Je viens de la part des couturiers à qui elle a commandé sa robe de mariée.

Regan crut voir un sourire ironique apparaître sur les lèvres du portier, mais il retrouva si vite sa mine compassée qu'elle se demanda si elle l'avait imaginé.

– Si vous voulez bien entrer, dit-il en ouvrant la porte, le concierge préviendra de votre arrivée.

Regan et Kit traversèrent un vaste hall de marbre jusqu'à un comptoir d'acajou verni. Encore plus cérémonieux que le portier, le concierge l'écouta se présenter et exposer l'objet de sa visite avant de décrocher le téléphone intérieur.

– Monsieur Ney, annonça-t-il, il y a ici deux jeunes femmes qui viennent voir Mlle Shauna au sujet de sa robe de mariée.

D'un signe de tête, il signifia que les visiteuses avaient le droit de poursuivre leur chemin. Dans l'ascenseur, un liftier en gants blancs les déposa au dixième étage.

– Au fond du couloir à gauche, dit-il avec gravité.

– Alors, tu n'es pas déprimée de ne pas habiter à une aussi belle adresse, comme disait le chauffeur de taxi? chuchota Kit pendant qu'elles foulaient l'épaisse moquette de l'interminable couloir,

– Je serais plutôt déprimée d'être obligée d'y vivre, répondit Regan sur le même ton. Cet endroit est sinistre.

Un élégant octogénaire, en complet sombre et cravate de soie, répondit à leur coup de sonnette.

– Bonjour..., commença-t-elle.

– Je suis Arnold Ney. Entrez.

C'était un ordre. Elles obéirent.

L'appartement, qui dominait les arbres de Central Park, n'avait rien de commun avec celui d'où elles arrivaient. Un somptueux tapis persan ornait le centre de l'immense salon regorgeant d'antiquités. Dans un cadre doré à l'or fin, le

123

portrait d'une dame aux cheveux gris en robe de bal, digne comme une reine, trônait au-dessus d'un canapé tapissé de soie brochée. Pas du tout le genre de canapé où l'on peut se vautrer pour faire la sieste, estima Regan, encore moins se pelotonner pour regarder la télévision, car cet objet était notoirement absent de la pièce. Seul signe d'un certain modernisme, un piano à queue près de la fenêtre était couvert de photos de famille dans des cadres d'argent.

– Nous voudrions voir Shauna quelques minutes, dit Regan.

– Je sais. Shauna! appela-t-il en se tournant vers le couloir. Elle arrivera dans un instant.

– Merci, monsieur.

Regan et Kit s'assirent avec délicatesse sur le canapé de soie pendant que le maître de céans prenait place dans une bergère près de la cheminée.

– Quel ravissant appartement, dit Regan pour meubler le silence. Est-ce ici que Shauna a grandi?

Arnold Rey la regarda comme si elle avait proféré une énormité.

– Certainement pas! Elle n'est arrivée que depuis quelques semaines pour préparer le mariage.

– Ah, oui...

Kit lança à Regan un regard amusé signifiant : «Je suis contente de ne pas avoir posé la question.»

– Me voilà! annonça Shauna en entrant dans la pièce.

D'un coup d'œil exercé, Regan estima qu'elle avait environ quarante ans. Menue, les cheveux châtains bouclés, les traits fins, elle avait un abord plaisant. Sa tenue décontractée cadrait mal avec le cadre luxueux de l'appartement, pantalon kaki, sandales de chez Birkenstock et pull rustique.

Arnold fit les présentations sans commentaires. Shauna prit place dans un fauteuil à côté du canapé.

– Il paraît que vous avez des mauvaises nouvelles à m'annoncer? demanda-t-elle avec un éclair de malice dans le regard.

– Quelles mauvaises nouvelles? voulut savoir Arnold.

– Ma robe a été volée, l'informa Shauna en élevant la voix. Je suis au courant, poursuivit-elle d'un ton normal, Alfred m'a téléphoné.

– Votre robe, volée? répéta Arnold.

– Oui, c'est terrible, n'est-ce pas? Mais soyez tranquille, Alfred m'a promis d'en refaire une autre à temps pour le mariage!

– Mais le mariage a lieu dans trois semaines! protesta Arnold.

– Il affirme qu'il y arrivera.

Ces dernières heures, Regan s'était trouvée mêlée à d'étranges situations, mais aucune de comparable à celle-ci. Le vieux monsieur était-il le jeune marié? Elle n'osa pas le demander.

– Alfred et Charisse sont désespérés de vous avoir..., commença-t-elle.

– Je les adore! l'interrompit Shauna. Et j'adore leurs robes. Je ne suis pas fanatique de haute couture, mais le style *vintage* qu'ils ont

125

créé pour ma robe me va à merveille. Arnold a vu les photos, il trouve que cette robe me donne une allure romantique. N'est-ce pas, Arnie?

– Leurs robes me plaisent, répondit-il avec un geste évasif.

Quels peuvent bien être leurs rapports? s'étonna Regan, de plus en plus perplexe. Elle ne pouvait quand même pas le leur demander de but en blanc. Mieux valait adopter un autre angle d'attaque.

– J'avais moi aussi commandé ma robe de mariée à Alfred et Charisse. Mon fiancé voulait la voir, mais je lui avais dit...

Elle laissa sa phrase en suspens en voyant l'expression stupéfaite de Shauna.

– Vous ne croyez quand même pas que?... Arnie, vous avez entendu? ajouta-t-elle en éclatant de rire.

– Quoi donc?

– Elle croit que c'est nous qui nous marions!

– Elle est bien bonne, celle-là! s'exclama-t-il en riant à son tour. Attendez que je la raconte à Pamela!

– Mais non, je ne croyais pas que..., tenta de se justifier Regan.

Une exclamation sonore l'interrompit.

– Oh! Qu'est-ce qui se passe?

Regan se retourna. Un jeune homme d'une trentaine d'années, les cheveux tombant jusqu'aux épaules, un anneau d'or à l'oreille et le visage couvert d'une barbe de trois jours, fit son entrée. Il était vêtu d'un jean déchiré aux bons endroits et d'un T-shirt blanc qui mettait

126

en valeur son torse musclé. Dire que sa tenue branchée détonnait dans un endroit pareil aurait été du domaine de la litote.

– Je vous présente Tyler, mon fiancé, dit Shauna en lançant au susnommé un regard chargé d'amour.

– Salut, dit Tyler en agitant la main.

Pour une surprise, c'en est une, pensa Regan. Il y a une minute, je croyais que Shauna épousait un homme du double de son âge et voilà que le promis a une bonne dizaine d'années de moins qu'elle.

– Nous parlions à Shauna de sa robe volée, lui dit-elle.

– Sale coup, commenta sombrement Tyler.

– Ce n'est quand même pas trop grave, le rassura Regan. Shauna aura une robe aussi belle pour votre mariage. Alfred et Charisse voulaient seulement que vous soyez informés et vous assurer que tout ira bien.

– Alfred m'a tout raconté, dit Shauna en prenant la main de son cher et tendre. C'est Pamela qui sera la plus déçue si ma robe n'est pas prête à temps, dit-elle en montrant le portrait de sa main libre. Elle adore les robes de haute couture et il nous a fallu beaucoup de temps et d'efforts pour choisir la mienne. Elle croit que grâce à elle, conclut-elle en souriant, j'aurai l'air d'une princesse.

– Fantastique, commenta Tyler.

– Vous vous mariez dans trois semaines, n'est-ce pas?

– Oui.

– Alors, dites bien à Pamela de ne pas s'inquiéter, la robe sera prête à temps, déclara Regan avec une confiance qu'elle n'était pas sûre d'éprouver. Et où le mariage aura-t-il lieu?

– Au club d'Arnie et de Pamela. Ce sera une cérémonie intime, pas plus d'une cinquantaine d'invités, mais très élégante.

– Ces deux-là sont comme nos enfants, grommela Arnold. Quand nous les avons rencontrés à Santa Fe, Pamela et moi, nous avons eu l'impression de les connaître depuis toujours.

– Tyler et moi avons une boutique sur la grand-place de Santa Fe où nous vendons les plus beaux bijoux en turquoise. Arnie avait acheté pour Pamela un superbe collier et nous a invités à dîner ce soir-là. Nous nous y sommes rendus, Dieu merci, parce que Pamela s'est étranglée avec un morceau de steak et Tyler lui a sauvé la vie.

Tyler approuva d'un air pénétré. Arnold paraissait sur le point de fondre en larmes.

– Alors, depuis, nous sommes inséparables. Nous avons encore dîné ensemble le lendemain, mais dans un restaurant végétarien cette fois. Pamela voulait savoir pourquoi nous n'étions pas mariés. Nous avons répondu que nous faisions des économies et que nous irions sans doute nous marier devant un juge le moment venu. Pamela en a été indignée! Elle nous a dit qu'elle voulait que nous venions à New York pour nous marier en grande pompe. Et voilà! Nous sommes comme une vraie famille, maintenant.

– Une belle histoire, commenta Regan.

– Ce sont de bons petits, grommela Arnold d'une voix étranglée par l'émotion.

– J'ai une telle chance dans la vie, déclara Shauna les larmes aux yeux. La chance d'aimer Tyler de tout mon cœur, la chance d'avoir rencontré des gens aussi merveilleux qu'Arnie et Pamela. J'ai perdu mes parents quand j'étais toute petite. C'est peut-être pour cela que je n'avais jamais eu envie d'un grand mariage ni même de me fixer. Alors, faire la connaissance d'un couple qui me traite comme la fille qu'ils n'avaient pas pu avoir...

– Et moi comme un autre fils, intervint Tyler. Pas vrai, papa?

– Arrêtez, vous deux! Vous allez encore me faire pleurer, dit Arnold en s'essuyant les yeux.

– Votre bonheur me touche, dit Regan.

Entre le sourire et les larmes, Shauna approuva d'un signe de tête.

– Vous devez bien connaître Alfred et Charisse, dit-elle en battant des cils.

– J'ai été amené à bien les connaître pendant qu'ils préparaient ma robe. Mais je suis aussi détective privée, c'est pourquoi je ne peux pas m'empêcher de m'intéresser au vol dont ils ont été victimes. Je dois vous poser les mêmes questions qu'aux autres mariées affectées par ce vol. Connaîtriez-vous quelqu'un qui chercherait à vous nuire, à vous ou à Tyler? Ou même à Arnold ou Pamela?

– Non, répondit Tyler, ahuri. Nous ne connaissons personne ici.

– Aucune idée, déclara Arnold.

– Ce serait trop douloureux, enchaîna Shauna.

129

– Bien. Encore une question. Ce vol fait beaucoup parler de lui. Les journalistes veulent tous écrire un article sur les mariées privées de leurs robes. Le sujet a pour eux un aspect humain qui intéressera leurs lecteurs, vous comprenez. Accepteriez-vous d'être interviewée, Shauna?

– Pas question! aboya Arnold. Il y a déjà trop de gens qui me courent après pour mon argent, je ne veux pas que tout le monde sache que leur mariage est à nos frais! Cela ne ferait que salir nos rapports de confiance et d'affection mutuelles.

Regan se demanda si Shauna avait l'air déçue.

– Je vous comprends, se borna-t-elle à dire.

– Arnold Rey a travaillé dur pour gagner sa fortune sou par sou! déclara celui-ci. Je n'ai pas besoin qu'une foule de solliciteurs viennent frapper à ma porte.

Il en trépignait presque dans sa bergère. Shauna se précipita l'embrasser sur les joues.

– Calmez-vous, cher Arnie, lui dit-elle d'un ton apaisant.

Regan et Kit battirent en retraite le plus vite possible.

– Ouf! s'exclama Kit quand elles furent dans la rue. Des cinq Mariées d'avril, Brianne et toi êtes les seules normales en fin de compte.

– Cela dépend de ce que tu qualifies de «normal», répondit Regan. Prenons un taxi, il faut que j'aille retrouver Jack.

– Si vous voulez rester seuls ce soir ou même en profiter pour vous marier en cachette, je n'en serais pas vexée pour deux sous, tu sais.

– Ne me tente pas! dit Regan en riant.

20

Peu avant Atlantic City, Marco et Francis quittèrent l'autoroute en direction d'un magasin célèbre pour son choix d'appareils ménagers à des prix imbattables. Un vendeur s'approcha avec un sourire engageant.

– Bonjour! Je m'appelle Roy. Qu'est-ce que je peux vous vendre, aujourd'hui?

– Nous cherchons un lave-vaisselle, répondit Marco.

– Un lave-vaisselle? s'étonna Roy. Pas de problème. Mais je vous aurais plutôt cru intéressés par des perceuses ou des tronçonneuses.

– Ça nous intéresse pas, dit Marco avec aigreur.

– Le lave-vaisselle est un cadeau pour ma fiancée, se hâta de préciser Francis.

– Alors, vous tombez bien! s'exclama Roy avec enthousiasme. J'ai justement un tout nouveau modèle qui va la faire craquer. Admirez! Il lave plus propre que propre et il est tellement silencieux qu'on ne se rend pas compte qu'il est en marche.

– Vous en avez pas un moins gros?

Une demi-heure plus tard, Marco rapprocha la voiture de la porte dans l'intention de charger le lave-vaisselle sur la banquette arrière. Roy l'attendait, sourire aux lèvres. Pour lui, la vente était un sacerdoce. Le client devait recevoir le meilleur service entre le moment où il entrait dans le magasin et celui où il en sortait avec ses achats.

– Allez, les gars! s'exclama-t-il en tapant sur le coffre. Ouvrez ça, je me charge d'y mettre le bijou.

– Le coffre est plein, maugréa Marco. On le mettra sur la banquette arrière, mais je voudrais d'abord l'enlever de la boîte.

– Tout de suite?

– Oui. Mais on gardera la boîte pour le cas où il faudrait vous le rapporter sous garantie.

– Pas de problème! affirma Roy, toujours serviable. Vous pourrez nous le rapporter sans l'emballage d'origine.

– Je vous dis qu'on veut *garder la boîte*, gronda Marco, agacé.

– Comme vous voudrez, s'empressa d'acquiescer Roy, déconfit. Elle est à vous de toute façon.

Ils enlevèrent l'appareil de sa boîte et réussirent à caser les deux sur la banquette arrière. Le sourire de Roy et ses signes d'au revoir s'éloignèrent bientôt dans le rétroviseur, ce qui priva Marco et Francis d'entendre les commentaires peu flatteurs qu'il leur adressait.

– Il nous soupçonnait, gémit Francis.

– Mais non! Tout ce qui l'intéresse, c'est sa commission.

– Espérons-le. Qu'est-ce qu'on fait, maintenant?

– On va chercher un endroit tranquille.

– Dans ce secteur? Pas possible.

– Mais si, tu verras. Ne sois pas toujours défaitiste.

Par des routes secondaires, ils tournèrent en rond afin de ne pas trop s'éloigner d'Atlantic City, leur destination finale. Mais Marco avait beau prendre des chemins de campagne et des rues désertes, aucun lieu assez écarté ne se présenta. Finalement, il se trouva sur un chemin étroit qui traversait un petit bois et se terminait par un virage à angle droit. Arrivé là, il s'arrêta pile et poussa un sifflement de satisfaction.

– Tiens, qu'est-ce que je te disais? Regarde.

Devant une grille en fer forgé, une pancarte annonçait :

BIENVENUE AU CIMETIÈRE DU REPOS CÉLESTE.
ENTRÉE LIBRE DE L'AUBE AU CRÉPUSCULE.

Et la grille était grande ouverte.

– Dépêchons-nous, dit Francis. Je ne sais pas à quelle heure tombe le crépuscule, mais il ne devrait pas tarder.

Marco démarra, franchit la grille, dépassa une statue d'allure religieuse qui les accueillit à bras ouverts et descendit une allée en pente. On voyait des rangées de tombes dans toutes les directions. Au premier embranchement, il prit à gauche une allée bordée d'imposants mausolées qui remontait en pente douce.

Marco stoppa entre deux monuments. Sans mot dire, les deux complices mirent pied à terre. Le silence complet qui régnait sur la nécropole n'était troublé que par le bruissement de la brise et le gazouillis occasionnel d'un oiseau.

133

– Tu crois qu'on est en sûreté? s'inquiéta Francis.

– C'est désert, tu vois bien. Il ne reste sans doute que le type chargé de fermer tout à l'heure.

Ils sortirent la boîte du lave-vaisselle, la posèrent par terre derrière la voiture, ouvrirent le coffre, dégagèrent une par une les robes de mariée entassées en désordre et les fourrèrent sans précaution dans la boîte en carton.

– J'espère qu'elles tiendront toutes, murmura Francis.

– On les fera tenir, déclara Marco en tassant sans ménagement les belles robes que Charisse et Alfred avaient fabriquées avec d'infinies précautions. Passe-moi l'adhésif.

Francis se pencha dans le coffre et lui tendit le rouleau d'adhésif avec lequel ils avaient bâillonné Alfred et Charisse. Marco scella la boîte, la jeta dans le coffre et ils démarrèrent en trombe.

Un instant plus tard, une dame âgée sortit d'un mausolée où elle était venue se recueillir. Un objet sur le sol attira son attention. Elle se pencha difficilement pour ramasser un beau bouton en dentelle, arraché à une robe par les brutales manipulations qu'elle avait subies.

– Oh, mon chéri! murmura-t-elle en se retournant vers la tombe de son défunt mari. Chaque fois que je te rends visite, tu me donnes une preuve que tu es conscient de ma présence auprès de toi.

Elle examina l'objet avec un sourire teinté de nostalgie, parce qu'il lui rappelait la belle robe de mariée qu'elle avait portée soixante ans plus tôt. En regardant de plus près, elle distingua un petit monogramme gravé sur la face intérieure du bouton.

– A/C, murmura-t-elle. Ce ne sont pas nos initiales, mais cela ne fait rien. Ce bouton ne me sera pas moins précieux.

Quelques minutes plus tard, son chauffeur s'arrêta à sa hauteur et éteignit la radio avant de descendre ouvrir la portière à sa patronne.

Ce qu'il avait écouté pour meubler son attente, c'était le programme de Jess et de Kenny. L'histoire des robes volées et l'annonce du concours l'avaient vivement intéressé.

21

Le samedi d'avant le mariage est peut-être stressant pour un homme, mais pas à ce point, pensait Paul Sanders en regagnant son spacieux trois pièces de l'Upper East Side. Son colocataire avait décampé le mois précédent pour céder la place à Brianne. Il était à peine parti qu'une camionnette avait débarqué un important chargement des affaires de Brianne et de pots de peinture.

« Cet endroit a besoin d'un bon coup de neuf », avait-elle déclaré. Paul n'en voyait nullement le besoin. Il avait eu la chance de l'acheter juste avant que les prix de l'immobilier s'envolent jusqu'à crever tous les plafonds et la chance de pouvoir le garder pendant son chômage. Se retrouver sans emploi à la veille de se marier l'avait rudement secoué. Devant occuper son nouveau poste au retour de leur voyage de noces, il avait hâte de se remettre au travail et de toucher de nouveau un salaire régulier.

Dans le vestibule de son appartement, il enleva son imperméable sombre encore dégoulinant, qu'il laissa par terre à côté de ses grosses chaussures de caoutchouc.

– C'est bien une des dernières fois où je pourrai encore m'en tirer, marmonna-t-il en allant dans la chambre à coucher.

Il se changea pour mettre des vêtements secs, s'assit sur le lit pour enfiler des chaussettes blanches. Tout en reprenant haleine, il regarda autour de lui.

Brianne et le décorateur chez qui elle travaillait avaient fait irruption tous les deux jours dans l'appartement pour travailler à leur « bon coup de neuf ». Il y avait de quoi rendre fou un homme normalement constitué. Le repaire de célibataire de Paul était maintenant « embelli » par des rideaux à fleurs aux fenêtres et des amoncellements de coussins sur lesquels il n'était pas question de se vautrer. Paul subissait cependant tout avec stoïcisme parce qu'il aimait Brianne. Elle lui tenait tête, bien sûr, mais elle était la première fille dont il était tombé réellement amoureux et il ne voulait pas la perdre.

Le téléphone sonna à côté de son lit. Il décrocha et reconnut aussitôt la voix de sa bien-aimée.

– Bonjour, ma chérie.

– Pas de ça, je te prie! hurla Brianne. Où étais-tu?

– Quelque chose qui ne va pas?

– Qui ne va pas? J'ai reçu le choc le plus dur de ma vie et j'étais incapable de te joindre! Tu n'as pas écouté ton répondeur?

– Non, j'avais beaucoup de choses à faire. Si tu veux tout savoir, je croyais que tu serais occupée avec ta mère toute la journée. C'est mon dernier samedi de célibataire, j'avais besoin de réfléchir.

– Réfléchir! hurla Brianne. C'est bien le moment! Tu ne m'as pas vue à la télé, sur la Une?

Un bip dans l'écouteur signala à Paul qu'un autre correspondant demandait son attention.

– Une seconde, ma chérie, dit-il en pressant le bouton. Allô?

– Paul! As-tu vu Brianne sur la Une? s'enquit Tony, son témoin.

– Non et elle est justement en train de me descendre en flammes. Je ne sais même pas de quoi il s'agit. Je te rappelle dans cinq minutes.

Paul rappuya sur le bouton pour revenir en ligne avec Brianne.

– C'était Tony, il t'a vue sur la Une.

137

– Comment m'a-t-il trouvée?

– Il ne me l'a pas dit et je ne lui en ai pas laissé le temps. Qu'est-ce qui t'est arrivé, ma chérie?

Paul s'étendit sur le lit pendant que Brianne l'informait dans le moindre détail de ce qui lui était arrivé.

– Et la robe de ma grand-mère était non seulement couverte de fourmis, mais elle était mangée aux mites! conclut-elle. Ma mère voulait appeler le teinturier pour lui sonner les cloches, mais il a fermé boutique il y a vingt ans.

– Tu pourrais peut-être mettre la robe de ma sœur...

– Pas question! hurla Brianne. Elle s'est mariée il y a tout juste un mois, je refuse de m'exhiber dans la même robe qu'elle! Les taches de champagne n'ont même pas eu le temps de sécher! De toute façon, elle n'avait pas le droit de se marier avant nous, nous étions fiancés bien avant elle!

– D'accord, d'accord, ce n'était qu'une idée.

– Excuse-moi, Paul. Ne crois surtout pas que je suis contrariante.

Paul leva les yeux au ciel en chantant doucement «Je t'aime comme tu es».

– C'est notre chanson, commenta Brianne.

– Oui.

– Moi aussi, je t'aime comme tu es, dit-elle d'un ton fort peu convaincant.

– C'est bien ce que nous avions décidé. Ne pas nous mettre l'un l'autre sur un piédestal. Ne pas

138

se faire d'illusions. Pour le meilleur et pour le pire. Compter l'un sur l'autre quoi qu'il arrive, n'est-ce pas?

– Qu'est-ce que tu faisais toute la journée? s'enquit Brianne, soudain soupçonneuse.

Paul se redressa, lança un bref regard à son imperméable trempé et à ses grosses chaussures par terre dans le vestibule.

– Rien de particulier.

– Tu es sûr?

– Certain.

– As-tu été chercher les boutons de manchettes chez le bijoutier?

– J'ai oublié.

– Et ton nouveau costume chez le tailleur?

– Non.

– Alors, qu'est-ce que tu as fabriqué toute la journée?

– Rien. J'étais trop énervé.

– Donc, tu n'as pas rapporté la télévision chez Dan's Discount Den?

– Je croyais que nous allions la garder, bredouilla-t-il.

– Absolument pas! Ce poste est trop encombrant. J'en veux un petit pour le regarder dans la cuisine pendant que je te préparerai des bons dîners. Tu as trop maigri, ces derniers mois.

– Nous pourrions y aller demain en nous promenant et c'est toi qui rendrais le téléviseur.

– Moi?

– Ça me gêne de rendre des choses. J'ai toujours été comme ça. Ma mère avait l'habitude de rendre des vêtements après les avoir portés, ça me rendait malade.

– Tu ne me l'avais jamais dit.

– J'avais trop honte. Mais cela m'a traumatisé, c'est vrai.

– Écoute, Paul, nous n'avons jamais allumé cette télévision, nous l'avons tout juste sortie de sa boîte et elle est encore enveloppée dans le film plastique. Je ne vois vraiment pas le problème. Quant à ta mère, elle ne m'a jamais donné l'impression d'être du genre à rendre des vêtements après les avoir portés.

– D'accord, Brianne, d'accord. Alors, qu'est-ce que tu comptes faire au sujet de ta robe? demanda-t-il pour changer de sujet.

– Mon père a appelé Alfred et l'a menacé de poursuites s'il n'avait pas une robe neuve pour moi mercredi.

– Mercredi? Mais...

– Disons jeudi au plus tard, l'interrompit Brianne en réussissant à rire. Quelle journée, si tu savais! Ce soir, avec mes amies, j'ai la ferme intention de m'éclater!

Paul lança un bref regard à son image dans le miroir à côté de la penderie. Les cheveux collés par la pluie, il avait une mine hagarde.

– Tu as raison, ma chérie. Amuse-toi bien. Il faut profiter de la vie tant qu'on peut. J'essaierai d'en faire autant ce soir.

– Es-tu sûr qu'il ne t'est rien arrivé?

– Oui. Pourquoi?

– Tu as l'air bizarre. Si tu passes la soirée avec tes amis, tu ne devrais pas seulement *essayer* de t'amuser. Ne t'amuse quand même pas trop! s'empressa-t-elle d'ajouter. Ah, pendant que j'y pense! Tu n'es pas non plus allé à la banque aujourd'hui?

– À la banque? répéta-t-il en frissonnant. Pourquoi?

– Chercher nos chèques de voyage. Tu as encore oublié?

– Je pensais y aller lundi.

– Oui, c'est vrai, tu as toute la semaine prochaine devant toi. Nous avons dépensé beaucoup d'argent, ces derniers temps, c'est pourquoi je veux être sûre que nous en aurons pour notre voyage de noces. Si les chèques de voyages sont volés, ils peuvent toujours être remplacés. Ce n'est pas comme l'argent liquide.

Paul déglutit avec peine.

– Se marier coûte cher, se contenta-t-il de commenter.

– Pense à la mariée. Cela lui coûte cent fois plus.

– Merci, mon rôle me suffit.

– Un jour, j'espère que tu seras le père de la mariée et là, tu comprendras. Nous serons si heureux, mon Paul chéri, dit-elle avec douceur. Nous allons mener une vie merveilleuse, tous les deux.

Paul fut secoué par un nouveau frisson.

– Bien sûr, ma chérie, se força-t-il à dire avec une confiance qu'il était loin d'éprouver. Je n'en doute pas un instant.

22

Joyce avait eu une journée de travail exceptionnellement pénible à l'animalerie. Dans leur grande majorité, ses clients étaient des gens normaux et gentils qui, comme elle, aimaient les animaux. Pas ce jour-là, au point qu'elle se demandait si la pleine lune avait sur les humains une influence néfaste qu'il ne fallait pas sous-estimer. Pendant les deux dernières heures avant la fermeture, excentriques et grincheux s'étaient succédé sans interruption.

Teddy, le patron, avait vu dans un catalogue une publicité de gilets de sauvetage pour chiens. Amusé, il en avait commandé une douzaine. Ils venaient d'être livrés et, à la surprise générale, s'étaient vendus comme des petits pains. Certains clients de longue date avaient manifesté un vif mécontentement de n'avoir pas été informés de la sortie de cette nouveauté révolutionnaire.

– J'en aurais acheté deux, bien entendu! déclara une cliente d'un ton acariâtre. Vous me décevez, Joyce, vous auriez dû m'en mettre de côté. Lucky et Jigsaw adorent se baigner quand nous allons à la plage.

Joyce savait pertinemment que les deux toutous chéris n'étaient jamais allés plus près de l'eau que celle de la borne d'incendie du bout de la rue.

– J'appellerai le fabricant pour lui demander une livraison urgente, répondit-elle avec un sourire apaisant.

Une autre cliente qui devait se marier avait commandé pour son chien un collier assorti à celui que son fiancé lui avait offert. L'objet n'avait pas encore été livré. Le mariage n'aurait lieu que dans six mois, mais la cliente était dans tous ses états.

– Ce retard me met hors de moi, gémit-elle en caressant le caniche miniature qu'elle serrait amoureusement sur sa poitrine.

– Nous avons encore le temps, tenta de la raisonner Joyce.

– Fifi veut son collier tout de suite, n'est-ce pas mon chéri? dit-elle en posant un baiser sur sa truffe. Fifi doit être beau pour le mariage de sa maman.

Fifi se contenta de bâiller tandis que la cliente qui attendait derrière elle donnait des signes d'impatience.

– Vous n'avez pas entendu parler du vol des robes de mariée à Manhattan? demanda-t-elle avec aigreur. Deux voyous se sont introduits dans l'atelier des couturiers et sont partis avec les robes, l'argent et les bijoux. Ça, c'est une bonne raison d'être hors de soi, non? Qu'est-ce que vous diriez si vous deviez vous marier la semaine prochaine et que vous appreniez qu'on vous a volé votre robe?

La maman du Fifi adoré ne parut pas émue outre mesure.

– Des robes, on en trouve partout, déclarat-elle. Mais pas ces colliers. Appelez-moi dès qu'il arrivera, Joyce.

– Vous pouvez y compter, affirma celle-ci.

143

– Viens, mon Fifi. Maman va t'offrir une gâterie.

Fifi ne protesta pas. De toute façon, il n'avait pas le choix puisqu'il était toujours dans les bras de sa chère maman. L'une portant l'autre, ils quittèrent les lieux avec la dignité d'altesses outragées.

L'autre cliente déposa sur le comptoir un assortiment de jouets.

– Si ces couturiers avaient eu un chien comme mon King, ces robes ne se seraient pas envolées, c'est moi qui vous le dis. King aurait arraché un bon morceau de peau à ces deux voyous. Jamais mon King ne laisserait quiconque lever le petit doigt sur moi.

– Ils étaient deux? demanda Joyce distraitement en pianotant sur la caisse enregistreuse.

– Oui, deux. Combien je vous dois?

– Trente-neuf dollars quatre-vingt quinze cents.

– Ça les vaut bien. Mon King sera si heureux.

Lorsque Joyce rentra enfin chez elle, elle était contente de s'y retrouver seule avec son perroquet pour lui tenir compagnie. Quand elle avait acheté Roméo, on lui avait dit que l'espérance de vie d'un perroquet était d'environ soixante-dix ans, ce qui leur promettait de bonnes et longues années ensemble. Cela donnait aussi à Roméo le temps d'enrichir son vocabulaire.

– Tas de feignants! cria-t-il en entendant la porte.

– Non, Roméo, c'est moi, dit Joyce en s'approchant de la cage. Les deux feignants sont de sortie ce soir.

– T'as les jetons! T'as les jetons!

– Hein? s'exclama Joyce, qui n'avait jamais encore entendu ces mots sortir du bec de son perroquet.

– T'as les jetons! répéta Roméo.

– Qu'est-ce que tu veux dire? demanda-t-elle en riant. C'est Marco qui t'a appris ça?

– Salut!

– J'aime mieux ça, dit-elle en lui caressant les plumes. Salut, Roméo.

Elle aimait beaucoup son perroquet, avec son plumage d'un vert éclatant et sa huppe jaune, elle appréciait de l'avoir pour compagnon, mais elle regrettait de ne pas avoir aussi un chien. Le problème venait de ce que Francis se disait allergique aux poils de chien et de chat. Aucun club de rencontres ne les aurait jamais mis en rapport mais, comme Joyce l'avait expliqué à sa mère, ce qui paraît prometteur sur le papier ne fonctionne pas toujours dans la réalité. Et vice versa, avait-elle ajouté.

– Vice versa, mon œil! avait grommelé sa mère, qui adorait tous les animaux sans distinction de poils ni de plumes. Entre vous deux, ça ne marchera pas. Et contrairement à la plupart des humains, un chien ne te laissera jamais tomber.

Après avoir donné à Roméo sa gourmandise préférée, un yaourt couvert de raisins secs, Joyce alla dans la salle de bains, où elle remarqua une fois de plus dans la poubelle les serviettes en papier tachées de sang. Francis avait eu des saignements de nez, mais ils remontaient à au moins deux mois. Ces serviettes ensanglantées lui donnèrent un soudain accès de panique. Était-il réellement plus mal en point qu'elle le croyait?

Elle courut à la cuisine, composa le numéro de son portable, mais elle coupa la communication avant qu'elle soit établie. Pourquoi l'appeler maintenant? se demanda-t-elle, le combiné à la main. Il va manifestement assez bien pour traîner à Atlantic City avec ce bon à rien de Marco. La sonnerie du téléphone la fit sursauter. C'était son amie Cindy.

– Alors, prête à faire la fête?

– Je me prépare, répondit Joyce.

– Bon. Je passerai te prendre à huit heures. Après le dîner, nous irons dans un nouveau club sensationnel, d'après ce qu'en dit une de mes copines qui habite à côté. Elle y viendra ce soir avec tout un groupe et ils sont décidés à s'amuser.

– Génial, parvint à répondre Joyce avec un enthousiasme qu'elle n'éprouvait guère.

Elle était de plus en plus tentée de passer une soirée tranquille avec Roméo, mais elle savait que Cindy serait mortellement vexée si elle lui faisait faux bond à la dernière minute.

– Tu verras! Ma copine aura dans son groupe une fille qui doit se marier la semaine prochaine et la robe de la pauvre fille a été mise en lambeaux pendant le cambriolage de Manhattan.

– Oui, j'en ai entendu parler.

– Ma copine m'a dit que si cette fille, Brianne, met un jour la main sur les types qui ont fait ça, ils connaîtront leur douleur! C'est une vraie dure, paraît-il. Son père vient d'offrir une récompense de dix mille dollars à celui qui lui apporterait des informations pouvant permettre l'arrestation des voyous.

– La soirée promet d'être intéressante.

– Je ne te dis que ça! Huit heures, sois prête.

Joyce raccrocha en souriant et alla dans la salle de bains. Un bon bain chaud me détendra, se promit-elle. Mais la vue des serviettes ensanglantées dans la poubelle raviva son sentiment de malaise. Une fois de plus, elle pensa qu'elle en avait plus qu'assez de la présence de Marco chez elle. Il va falloir que je mette les points sur les i, se dit-elle. Si Francis ne m'en débarrasse pas, je les jetterai tous les deux dehors. Et puis, qui sait? Je rencontrerai peut-être quelqu'un de bien ce soir.

Joyce sentait que le vent du changement ne tarderait pas à souffler dans sa vie. Elle se déshabilla et se glissa avec délices dans la baignoire remplie d'eau chaude.

– T'as les jetons! lui lança Roméo.

Excédée, Joyce se leva à moitié et claqua la porte de la salle de bains. Un geste symbolique, pensa-t-elle. À partir de maintenant, plus personne ne me fera subir quoi que ce soit.

En replongeant dans l'eau, elle se sentit libérée. Ce soir, j'entame une nouvelle période dans ma vie. C'est ça ou la porte pour Francis. Il en sera surpris, mais la vie est toujours pleine de surprises.

Elle ne pouvait pas se douter du nombre de surprises qui l'attendaient.

23

– Te voilà chez toi, maintenant, dit Kit lorsque Regan et elle descendirent du taxi devant l'immeuble de Jack.

– L'appartement est une merveille, répondit Regan en souriant. Je n'arrive pas encore à croire que cet immeuble était un entrepôt.

Le grand-père paternel de Jack, homme d'affaires prospère, avait légué un généreux héritage à chacun de ses petits-enfants. Avec sagesse, Jack en avait investi une partie dans l'achat d'un vaste loft qu'il espérait partager un jour avec l'âme sœur. Jusqu'à ce que Regan apparaisse dans sa vie, il désespérait de la rencontrer. Il ne désirait désormais que la garder pour toujours.

Son grand-père maternel avait été lieutenant de police. Après avoir terminé ses études universitaires à Boston, Jack avait lui aussi voulu faire carrière dans la police et gravi rapidement les échelons, de simple agent au grade de capitaine, avant de devenir chef de la Brigade spéciale. Il avait pour objectif avoué de devenir chef de la police de New York. Nul ne doutait qu'il parviendrait à son but.

Il attendait avec impatience l'arrivée de Regan et de Kit.

– Comment va ma promise? demanda-t-il en embrassant Regan quand il ouvrit la porte.

– Beaucoup mieux, répondit-elle en souriant. Quel après-midi!

– Et sa demoiselle d'honneur? demanda Jack en donnant à Kit un petit baiser sur la joue.

– Mieux moi aussi, surtout en sachant que nous allons à Atlantic City. J'espère bien gagner de quoi prendre une retraite anticipée.

– J'espère surtout glaner des informations utiles sur nos voleurs de robes, enchaîna Regan en entrant dans le spacieux living où les caisses qu'elle avait envoyées de Californie étaient alignées contre un mur.

– J'ai contacté le chef de la sécurité au Gambler's Palace, dit Jack. Stan Visoff est un ancien agent du FBI que j'ai rencontré deux ou trois fois. Il nous préparera les bandes de vidéosurveillance du samedi soir.

– Parfait, approuva Regan.

Une fois de plus, elle ne pouvait s'empêcher d'admirer la pièce. Jack avait créé un décor chaleureux à l'aide de tapis d'Orient, de meubles anciens et de tableaux contemporains achetés dans les galeries avoisinantes. De même que le loft d'Alfred et de Charisse, le sien avait un mur entier en briques d'un rose fané qui contribuait à l'atmosphère presque campagnarde. Regan s'y sentait chez elle. Partager sa vie avec celle de Jack lui paraissait évident.

– Voulez-vous que je vous raconte ce que nous avons découvert sur les autres mariées? demanda Kit.

– Oui, mais quand nous serons en voiture, répondit Jack. Il ne faut pas nous attarder si nous voulons rentrer à une heure raisonnable pour patrouiller dans le quartier de Charisse et d'Alfred.

Dix minutes plus tard, il s'engageait dans le Holland Tunnel.

– Alors, dites-moi maintenant comment elles ont pris la nouvelle.

– Étonnamment bien, répondit Regan. Surtout par comparaison avec les réactions des deux premières.

– Votre adorable fiancée mise à part, intervint Kit de la banquette arrière, les mariées d'Alfred sont d'étranges spécimens. Les deux auxquelles nous avons rendu visite cet après-midi ont manifesté une telle indifférence à la disparition de leurs robes que je n'en croyais pas mes oreilles. La première pratique la méditation et cultive sa paix intérieure au point que son futur mari et elle n'envisagent même pas de vivre ensemble. Ils ne feront que se rendre des visites.

– Ce ne sera pas notre cas, dit Jack qui pouffa de rire en prenant la main de Regan.

– Il n'en est pas question, approuva-t-elle.

– Quant à l'autre, enchaîna Kit, c'était le bouquet.

Elle entreprit alors un récit circonstancié de leur visite à l'appartement de la Cinquième Avenue.

– Arnold Ney? Le nom me dit quelque chose, commenta Jack.

– Il est riche comme Crésus et il ne veut pas que son nom apparaisse dans les journaux, dit

150

Kit. Il a peur d'être harcelé par des solliciteurs attirés par sa fortune.

– Et toi? demanda Regan en se tournant vers Jack. Comment s'est passée ta journée? Encore aucune piste pour la Douche?

Jack fit le point de la situation.

– La caissière doit bientôt se marier elle aussi, conclut-il. Son fiancé qui venait la chercher était effondré. Il veut l'emmener à Las Vegas se changer les idées quelques jours. La pauvre fille était encore en état de choc. J'ai hâte qu'on mette la main sur ce type.

– Si la semaine prochaine à cette heure-ci nous avons réussi à l'envoyer derrière les barreaux avec les voleurs de robes, nous aurons l'esprit tranquille pour partir en voyage de noces.

– Avant de monter dans l'avion pour l'Irlande, déclara Jack, nous devrons nous jurer de ne plus penser à rien de tout cela.

Ils avaient l'intention de passer plusieurs jours en Irlande, dans des relais-châteaux à la campagne, pendant qu'ils visiteraient les lieux d'origine de leurs ancêtres respectifs. En guise de cadeau de mariage, une amie de Regan leur avait offert un abonnement d'un an à un site de recherches généalogiques sur Internet. «Pour Regan et Jack, disait-elle sur la carte accompagnant le présent. En espérant que vous ne vous découvrirez pas cousins, mais bien simples homonymes!» C'est exactement ce dont ils comptaient s'assurer avant de poursuivre leur voyage à Londres et à Paris.

En pensant à leurs projets en Irlande, Regan eut une idée.

– La mariée qui pratique la méditation disait que la famille de son fiancé remonte à très, très loin. Je voudrais bien le vérifier sur le site généalogique. Les gens qui s'attribuent un lignage impressionnant me donnent envie de savoir ce qu'ils considèrent «impressionnant».

– Il ne suffit pas de se mettre une couronne sur la tête pour se prétendre une altesse, intervint Kit. Un soir, à une réunion, j'ai rencontré un type qui se disait prince d'un pays dont je n'avais jamais entendu parler. J'ai cherché sur Google qui n'en savait rien non plus.

Regan et Jack ne purent s'empêcher de rire.

– Je dois dire que les rapports entre cette Victoria et son Frederick ont piqué ma curiosité, dit Regan. D'après le peu qu'elle m'a dit de lui, il m'a paru du genre pontifiant. Je devrais l'appeler pour lui proposer de vérifier son nom sur le site. Ils fournissent des tas de renseignements très intéressants, y compris des actes de naissance et autres documents officiels. Ils m'ont même déjà envoyé une photo du bateau sur lequel mon arrière-grand-père est arrivé en Amérique. Si la famille de Frederick est aussi ancienne qu'il le dit, il ne demandera pas mieux que d'en avoir les preuves.

– Il aurait peut-être peur que tu exhumes un vieux scandale de famille, déclara Kit. Connais-tu une seule famille qui n'ait pas au moins un de ses membres à la réputation plus ou moins douteuse? Du moment que Victoria ne fait pas un drame du vol de sa robe, nous ferions mieux de ne pas aller plus loin.

– Nous verrons bien, répondit Regan. Au fait, je devrais appeler Alfred pour lui dire que toutes ses clientes ont été averties, dit-elle en prenant son portable dans son sac.

Alfred répondit à la première sonnerie.

– Regan! s'exclama-t-il, manifestement surexcité. J'étais justement sur le point de vous appeler.

– Encore un problème?

– Il y a toujours des problèmes, mais il arrive aussi parfois des bonnes surprises.

– Racontez. J'adore entendre des bonnes nouvelles.

– Vous connaissez la nouvelle chaîne câblée d'information, Tiger News? Eh bien, ils veulent nous avoir à l'antenne dimanche matin.

– Qui, nous?

– Charisse et moi avec nos Mariées d'avril. C'est une émission spéciale sur les mariages de printemps. Une de leurs productrices connaît déjà mes robes et les adore! Elle pense que l'histoire du vol serait sensationnelle sur le plan de l'intérêt humain.

– Écoutez, Alfred, vous savez déjà que Tracy refuse catégoriquement de paraître à la télévision. Quant à Victoria et Shauna, elles ne veulent pas de publicité non plus.

– C'est bien ma veine, gémit Alfred. Brianne n'a pas pu trouver d'autre robe et son père m'a menacé du pire si nous ne lui en refaisons pas une autre immédiatement. J'ai peur de l'appeler pour lui parler de l'émission. Pouvez-vous le faire à ma place?

– Pour lui dire quoi?

– Que nous serons demain matin sur le câble et qu'elle doit absolument nous y rejoindre.

– Je ne sais pas s'il faut le lui dire, Alfred.

– Je vous en prie, Regan! Cette émission a un succès fou. On y montrera des photos de mes robes, cela nous fera une merveilleuse publicité, peut-être même cela nous aidera-t-il à retrouver les robes volées. Je vous en supplie, Regan, appelez-la!

– Bon, soupira Regan. Donnez-moi son numéro.

– Merci, Regan, merci! Je vous adore! Je me jette à vos pieds!

– Je vous aime aussi, Alfred.

Jack lui lança un regard perplexe pendant qu'Alfred lui dictait le numéro de téléphone de Brianne.

– À quelle heure devons-nous être au studio?

– À huit heures.

– Je ne dormirai pas beaucoup cette nuit, fit-elle observer.

– Si cela peut vous consoler, Charisse et moi n'allons pas fermer l'œil les trois prochaines semaines!

Pendant qu'elle composait le numéro de Brianne, Regan expliqua à Jack et à Kit qu'elle passerait à la télévision le lendemain matin.

– Regan Reilly, s'annonça-t-elle. Comment allez-vous?

– J'ai vécu des meilleures journées, répondit Brianne d'un ton aussi bourru que le matin. Je suis dans mon appartement avec des amies, c'est une des dernières soirées que j'y passe. Ce soir, nous sortons en groupe.

– Vous avez bien raison, amusez-vous. Je sais que vous avez encaissé un rude coup, c'est bon de se changer les idées, dit Regan en s'efforçant de paraître compatissante avant de lui annoncer qu'elle était attendue au studio de télévision le lendemain matin.

– Quoi? C'est vrai? s'exclama Brianne. Écoutez, vous autres, ajouta-t-elle, je passe sur Tiger News demain matin!

Regan entendit un concert de cris de joie et d'encouragements : «Tu vas être une star, Brianne!» «Dis tout ce que tu as sur le cœur!»

– Le seul problème, reprit Brianne à la cantonade, c'est que je dois y être à huit heures du matin!

Des huées remplacèrent les cris de joie. «Eh bien, on ne se couchera pas de la nuit!» suggéra une amie.

– Brianne! cria Regan pour se faire entendre dans le tumulte. Vous acceptez?

– Plutôt deux fois qu'une! Je pourrai amener mon fiancé?

– Bien sûr. Il patientera avec du café et des viennoiseries pendant que nous serons sur le plateau avec Alfred et Charisse.

– Et les autres filles dont les robes ont été volées?

– Elles ont chacune leurs raisons de ne pas vouloir de publicité.

– Est-ce que ça veut dire qu'elles ont quelque chose à se reprocher?

– Pas du tout, protesta Regan. C'est difficile à croire de nos jours, je sais, mais il y a beaucoup de gens qui n'ont pas envie d'apparaître sur des écrans de télévision ou de voir leur nom dans les journaux.

– Difficile, en effet. Mais dites-moi, Regan, nous ne dormirons pas beaucoup cette nuit. Je ne serai pas au mieux de ma forme.

– Je ne dormirai pas beaucoup non plus, mais ne vous inquiétez pas. Les maquilleuses font des miracles.

Pour la première fois depuis leur rencontre, Regan entendit Brianne rire de bon cœur.

– Nous allons dans un nouveau club de la 14e Rue, le Club Zee dont on dit beaucoup de bien. Venez y faire un tour, si vous voulez.

– Merci Brianne, mais je ne crois pas que nous aurons le temps. De toute façon, je vous appellerai s'il y a du nouveau d'ici demain matin.

– D'accord, je consulterai ma boîte vocale.

– Et puis, n'oubliez pas que la semaine prochaine à la même heure, nous danserons à nos mariages. Alors, gardez le moral.

Regan referma son portable avec un soupir de soulagement.

– C'est ta prochaine meilleure amie? voulut savoir Kit.

– Sûrement pas! Mais son groupe a l'air bien décidé à s'amuser. Elle nous a invitées à les rejoindre au club où elles passeront la soirée.

– Nous devrions peut-être accepter, suggéra Kit.

– Je n'en ai aucune envie. À la réflexion ce serait quand même une bonne idée de surveiller Brianne, ajouta-t-elle. Si elle ne vient pas au studio demain matin, Alfred en fera une maladie.

Jack hocha la tête d'un air désabusé.

– Tes samedis soir seront-ils tous aussi agités? demanda-t-il en souriant.

– Sûrement, jusqu'à ce que la mort vous sépare, intervint Kit du ton d'un pasteur de cinéma célébrant un mariage.

Elle s'en voulut aussitôt. Ses mots n'avaient pas la tournure humoristique qu'elle avait voulu leur donner.

24

Après leur détour par le cimetière, Marco et Francis se lancèrent en vain à la recherche d'un bureau de poste encore ouvert. Ni la pluie, ni le vent, ni la neige, ni la grêle – ou autres catastrophes naturelles – ne pouvaient empêcher le service postal des États-Unis d'Amérique de sillonner le pays pour accomplir sa noble mission. Rien ne pouvait le stopper dans son élan. Rien... sauf l'heure de fermeture du samedi.

Le seul acte utile que Marco et Francis accomplirent fut de faire réparer le feu rouge, encore n'était-ce dû qu'au hasard. Dans l'une des stations-service où ils s'étaient arrêtés pour se renseigner sur l'adresse d'un bureau de poste ou d'un FedEx à proximité, le pompiste n'avait pas manqué d'attirer leur attention.

– Vous ne trouverez aucun bureau de poste ouvert à cette heure-ci. Mais vous devriez me laisser réparer ce feu rouge si vous ne voulez pas récolter une contravention, dit-il d'un ton pouvant faire craindre qu'il appellerait lui-même la police si les clients passaient outre.

– Je sais bien qu'il est cassé, grommela Marco.

– Le samedi soir, les flics du secteur ouvrent l'œil plus que d'habitude. À votre place, je ne circulerais pas avec un feu stop cassé. La nuit, ça se remarque.

Marco accepta en maugréant et démarra aussitôt la réparation terminée.

– J'ai faim et ma jambe me fait mal, geignit Francis.

– Comment tu crois que va mon poignet? rétorqua Marco. Encore une veine que je ne me sois pas coupé une artère.

– Si on s'arrêtait à ce bistrot manger un hamburger? suggéra Francis. On se sentirait mieux après.

Marco approuva et entra dans le parking d'un Madge's 24/24 au bord de la route. À l'intérieur, une fois installés à une table, une serveuse à qui son travail n'apportait visiblement aucune satisfaction daigna prendre leur commande. Le pire n'est pas toujours inéluctable : quand elle les leur apporta, les hamburgers étaient chauds et succulents, les frites croustillantes et la bière glacée à souhait.

Une fois rassasié, Marco s'essuya la bouche avec une serviette en papier et poussa un soupir de satisfaction.

– Je me rendais pas compte que j'avais aussi faim. C'est vrai, on n'a pas mangé grand-chose aujourd'hui.

– On n'a pas beaucoup dormi non plus la nuit dernière. Je suis crevé, gémit Francis. Je préférerais être à la maison.

Marco balaya du regard la salle déserte.

– Courage! souffla-t-il en se penchant vers Francis. On a vingt mille dollars en cash et on va à Atlantic City. Quand tu seras dans le casino et que t'entendras les pièces qui dégringolent dans les sébiles des machines à sous, tu seras bien content d'être venu. Ce soir, on va doubler nos vingt mille dollars!

– Tu crois? demanda Francis qui s'en voulut de sa question alors même qu'il la posait.

– J'en suis sûr! Je vais aux toilettes me rincer le poignet, je voudrais pas que des microbes viennent s'y mettre. Attends-moi deux minutes, ça sera pas long.

Seul dans la salle déserte au décor déprimant, Francis compara mentalement l'établissement avec le restaurant, sensiblement plus accueillant, où sa mère travaillait. Il se souvint alors qu'elle lui avait dit au téléphone que tout le monde parlait du vol des robes. Une vague de culpabilité et de crainte le submergea. Le sentiment de bien-être procuré par le hamburger et les frites s'évanouit d'un seul coup. Il fallait qu'ils se débarrassent au plus vite de ces maudites robes! Mais de la manière dont les choses se présentaient, ils ne pourraient rien faire avant lundi.

En sortant des toilettes, Marco ramassa l'addition, paya à la caisse et ils regagnèrent la voiture. La lumière d'un des réverbères du parking tombait directement sur la banquette arrière, où elle conférait au lave-vaisselle de Joyce l'éclat d'un premier prix de jeu télévisé.

Ils s'engagèrent bientôt sur l'autoroute. Il était déjà neuf heures du soir et Marco alluma la radio : «Si vous remarquez quoi que ce soit, disait le présentateur, appelez-nous. Ces robes doivent être quelque part dans la nature et la police est aux aguets...»

Marco éteignit la radio. Les deux complices gardèrent un silence pesant pendant le reste du trajet.

La vue des enseignes au néon qui brillaient au-dessus des casinos apparut bientôt, leur promettant les faveurs de la Chance.

– Regarde, le Gambler's Palace. Notre porte-bonheur, dit Marco avec un optimisme forcé.

Mais à peine avaient-ils pris la file des voitures qui accédaient au parking souterrain du casino que Marco freina brutalement.

– Merde! Qu'est-ce que?...

Un panneau lumineux avertissait les automobilistes qu'ils devaient ouvrir leurs coffres avant de pouvoir y pénétrer.

– Bon Dieu! gémit Francis. Foutons le camp!

Marco exécutait déjà un demi-tour sur place.

– Quand tu disais que les flics allaient inspecter les coffres, grommela-t-il, je croyais que t'étais parano.

– J'y croyais pas vraiment moi-même. On ferait mieux de rentrer. Avec ce lave-vaisselle sur la banquette arrière, on a l'air de vraies cloches. De toute façon, je suis crevé.

– Pas question! gronda Marco. Il faut emporter ces foutues robes à Las Vegas. La meilleure manière, c'est d'y aller.

– Vas-y tout seul. Je rentrerai en bus.

– Non, tu viens avec moi.

– Je peux pas.

– Pourquoi?

– Qu'est-ce que je dirai à Joyce?

– Trouve quelque chose, pour changer! On sera revenus dans deux jours au plus. Je t'offrirai même l'avion, si tu y tiens. Moi, je continuerai sur la Californie.

– C'est vrai? demanda Francis avec espoir.

– Pas la peine d'avoir l'air aussi content.

– Je suis pas content, crois-moi. Je suis pas content du tout.

– Joyce veut plus me voir, je sais. Je peux même la comprendre. En attendant, on va à Vegas, je ferai soigner mon poignet, mon copain Marty fourguera les robes et on se partagera le bénéfice. N'oublie pas non plus les vingt mille dollars, on a de quoi faire. Même de quoi se payer des bons restaurants.

161

Francis se carra dans son siège. Marco avait peut-être raison, après tout. Aller directement à Las Vegas était peut-être la solution.

Pendant que Marco téléphonait à son copain Marty, Francis se remonta le moral en pensant qu'il serait bientôt débarrassé de Marco, avec en plus dix mille dollars dans sa poche. Dès son retour, il paierait à Joyce un dîner à tout casser. Il envisageait même d'essayer les nouvelles pilules anti-allergéniques pour que Joyce puisse s'acheter le chien dont elle rêvait.

La dernière des choses que l'un et l'autre auraient pu imaginer, c'est qu'un des passagers de la voiture juste derrière la leur, au moment où Marco effectuait son demi-tour, avait été intrigué par leur départ précipité. Ils ignoraient que cette voiture était aussi celle de Jack Reilly.

25

Jeffrey Woodall ressentait un soulagement plus profond qu'il n'en avait jamais éprouvé de sa vie entière. Il avait réussi à se débarrasser de Tracy et, divine surprise, c'est elle qui lui en avait apporté le prétexte sur un plateau d'argent! Il n'avait pas même eu le besoin de lui dire d'un air gêné «il faut que nous parlions». Quand elle lui avait annoncé le vol de sa robe, les mots qu'il refoulait depuis des semaines lui étaient montés d'eux-mêmes aux lèvres.

Alors qu'il débouchait une bouteille de champagne dans son appartement de Central Park West, il était en proie à une joyeuse ivresse avant même d'en avoir bu une gorgée. Il avait passé son après-midi au téléphone pour avertir ses invités qu'ils pouvaient, le samedi 9 avril, faire d'autres projets qu'assister à son mariage. Quant à ceux qui avaient déjà envoyé des cadeaux, ils étaient assurés de leur restitution.

La mère de Jeffrey était mortifiée, son père n'avait presque rien dit comme à son habitude. C'est de lui que Jeffrey tenait ses piètres dispositions pour la communication.

– Qu'allons-nous dire à nos amis? se lamentait sa mère.

– Que ça n'a pas marché, c'est tout, avait répondu Jeffrey, non sans à-propos.

– Nos billets d'avion ne sont pas remboursables. Ton père et moi irons quand même à New York voir une pièce de théâtre, cela nous changera les idées, avait suggéré sa mère.

– Pourquoi pas? avait répondu Jeffrey avec indifférence.

Il aurait toutefois préféré que ses parents ne viennent pas, il avait d'autres projets pour passer le temps et se changer les idées. Beau garçon, blond et riche, Jeffrey était à trente ans ce qu'on appelle un beau parti. À condition, bien sûr, qu'une femme soit attirée par un individu perpétuellement crispé, ordonné et méticuleux jusqu'à l'obsession et handicapé par son manque de confiance en soi.

Issu d'une respectable famille de Chicago, il s'était installé à New York à la fin de ses études de gestion et d'économie. Depuis sept ans, il travaillait dans la même compagnie d'assurances où il poursuivait une carrière aux objectifs établis une fois pour toutes et dont il avait peur de dévier d'un pas. Mais maintenant, tout allait changer. Son existence rigide avait été bouleversée par une femme capable de limer les aspérités de son caractère, une femme qui le mettrait au défi de devenir lui-même et le libérerait de ses entraves. Tracy et lui n'étaient pas faits l'un pour l'autre, était-il désormais convaincu, parce qu'ils étaient trop semblables. Trop soucieux du qu'en dira-t-on, trop préoccupés par le choix du bon appartement dans le bon quartier, du club comme il faut, des meilleures écoles pour leurs futurs enfants. Sa nouvelle bien-aimée était le yin de son yang et le contraire de tout ce qu'il croyait avoir toujours souhaité.

Jeffrey sentait qu'il avait enfin découvert la clef du bonheur. Il était prêt à se métamorphoser, le risque en valait la peine. Plus inattendu encore, la femme qui l'avait ensorcelé ne sortait pas d'une école huppée et n'avait pas non plus de situation prestigieuse. Il ne cessait de s'en émerveiller, car il se croyait incapable d'aimer une personne qui ne soit pas taillée dans la même étoffe que lui. Il avait maintenant hâte de mieux la connaître, tout s'était passé trop vite. Pourtant, depuis le jour de leur rencontre, il savait que sa vie serait transformée à jamais.

Le vibreur de l'interphone résonna. Jeffrey décrocha et entendit le portier lui annoncer sa visiteuse.

– Dites-lui de monter, répondit-il avec un large sourire.

Il versa deux flûtes d'une des bouteilles de champagne ayant survécu aux nombreuses réceptions de ses fiançailles avec Tracy. Il avait calculé au dollar près le budget prévisionnel de leur mariage. Quel gaspillage, pensa-t-il par un dernier réflexe de son ancienne personnalité. Heureusement, il avait été assez prévoyant pour s'assurer sur le coût de leur voyage de noces aux Caraïbes. Il pourrait récupérer au moins une partie de la somme.

À moins qu'il n'ose faire le voyage avec une autre...

La sonnette de sa porte tinta. Jeffrey jeta un coup d'œil à son image dans le miroir du vestibule et se lissa les cheveux avant d'ouvrir. Un sourire de bonheur lui éclaira le visage à sa vue. Dieu, qu'elle est belle! pensa-t-il.

– Mon chéri! dit-elle en se jetant dans ses bras tendus.

Il la serra très fort contre lui.

– Cela nous arrive vraiment, à nous? lui murmura-t-il à l'oreille en s'enivrant de son parfum.

– J'ai moi aussi peine à y croire.

– Jamais je n'avais été aussi heureux.

– Moi non plus, soupira-t-elle. Alors, tu es vraiment libre de m'aimer, de n'aimer que moi?

– Oh oui, mon amour. Et toi, tu t'es débarrassé de lui?

Elle répondit par un soupir.

Il la fit entrer, referma la porte derrière elle, lui prit tendrement le visage entre ses mains.

– Victoria, je t'en prie, dis-moi que tu as annulé ton mariage avec Frederick.

– Ne t'inquiète pas, mon chéri, dit-elle avec un sourire radieux. Frederick sera désormais le dernier de nos soucis.

26

– Cette voiture était vraiment pressée de partir, commenta Regan en écrivant dans le bloc-notes dont elle ne se séparait jamais les quelques chiffres qu'elle avait pu relever. Ils ne devaient pas avoir envie qu'on inspecte leur coffre.

– Ou bien ils n'avaient pas envie d'attendre, suggéra Kit.

– C'est possible. Relever ce numéro est peut-être inutile, j'ai accumulé des centaines d'informations qui ne servent à rien depuis des années, mais on ne sait jamais. C'était bien une berline grise, n'est-ce pas Jack?

– Oui. Deux personnes, le conducteur et un passager, mais je n'ai pas pu distinguer si le passager était un homme ou une femme. Tiens, dit-il en regardant dans le rétroviseur, la voiture de sport rouge derrière nous fait demi-tour, elle aussi. Un jeune couple. Peut-être ont-ils bu un peu trop et ne veulent-ils pas se laisser contrôler.

Kit se retourna pour lire le numéro de la voiture qu'elle répéta à Regan.

– Je pourrais passer la soirée à relever pour rien des numéros d'immatriculation, dit-elle en riant. Mais quand un demi-tour aussi soudain se passe sous mon nez, je ne peux pas m'empêcher de le remarquer.

À l'entrée, le garde jeta un rapide coup d'œil dans le coffre de la voiture et leur fit signe de passer. En sortant de l'ascenseur qui les déposa dans le hall, ils furent immédiatement assaillis par les crépitements et les tintements des dizaines de machines à sous alignées contre les murs. Des haut-parleurs déversaient une musique entraînante comme pour fêter la chance des gagnants qui empochaient leurs pièces.

– Allons directement au bureau de Stan, dit Jack.

Ils se frayèrent un passage dans la grande salle de jeu où les joueurs se pressaient autour des tables. Stan, un quinquagénaire trapu, les attendait et salua Jack d'une vigoureuse poignée de main. S'ils ne se connaissaient qu'assez peu, la camaraderie des hommes partageant l'idéal de pourchasser les malfaiteurs se manifesta aussitôt.

– Content de vous revoir, Jack.

– Moi aussi, Stan, dit Jack après avoir fait les présentations. Vous avez une soirée chargée, ma parole. Les gardes à l'entrée du parking ont inspecté le coffre de ma voiture.

– Nous avons dans la salle de bal un gala auquel assistent un certain nombre d'hommes politiques. Dans ce genre d'occasions, nous préférons ne pas prendre de risques.

– Vous avez raison, approuva Jack.

– J'ai préparé la vidéo de la table où vous m'avez dit que votre ami a joué samedi dernier.

– Merci, dit Regan, vous nous rendez un grand service.

– Je crois que je vais tenter ma chance avec les bandits manchots, dit Kit. Je gagnerai peut-être de quoi t'offrir un beau cadeau de mariage.

– Vous avez notre soutien moral, dit Jack en souriant.

– N'éteins pas ton portable, lui recommanda Regan. Je t'appellerai quand nous aurons fini, l'endroit est si grand et il y a tant de monde, nous pourrions nous perdre.

Stan accompagna Regan et Jack dans un bureau tranquille, où il les installa devant l'écran d'un lecteur de DVD.

– Vous savez comment il fonctionne, n'est-ce pas? dit-il après avoir allumé la machine. Bien, je vous laisse, je vous rejoindrai un peu plus tard.

Le visage d'Alfred apparut en gros plan sur l'écran.

– Nous voilà bien avancés, soupira Regan.

27

Après un cocktail à l'appartement, Shauna, Tyler, Pamela et Arnold étaient sortis dîner à Il Tinello, dans la 56e Rue près de la Cinquième Avenue. Il Tinello était un restaurant italien renommé pour l'élégance de son décor, l'excellence de sa cuisine et le style empressé mais jamais obséquieux de son service. Mario, le propriétaire, avait toujours veillé à lui conserver son charme et son cachet européen. Il était aux petits soins pour les Ney, qui venaient régulièrement chez lui au moins une fois par semaine depuis plus de quinze ans.

– Cette histoire de robe me stupéfie, dit Pamela de sa voix distinguée. La préparation d'un mariage est une expérience unique.

Elle portait un tailleur-pantalon de soie grège et certains de ses bijoux préférés, un collier de saphirs assorti à ses boucles d'oreilles et un bracelet de diamant.

– La robe que je porterai est sans importance, dit Shauna en souriant. Je suis déjà trop heureuse d'avoir eu la chance de mieux vous connaître, Arnold et vous. C'est pour moi la seule chose qui compte, ainsi bien sûr que Tyler et moi soyons enfin mariés.

– Qu'est-ce que vous attendiez, vous deux? demanda Arnold en goûtant son vin. Pourquoi ne vous êtes-vous pas mariés plus tôt?

– Voyons, Arnold, le morigéna Pamela, Shauna nous a déjà dit pourquoi. Elle n'a plus de famille. Êtes-vous sûre de n'avoir pas de cousins, même éloignés, que vous aimeriez inviter, Shauna?

– Non, je suis vraiment seule au monde, répondit-elle, les larmes aux yeux. Je n'ai que Tyler. Et vous deux, maintenant.

– Et vous, Tyler? demanda Pamela avec douceur. J'ai revu la liste des invités, je déplore qu'il n'y ait de votre côté personne avec qui vous aimeriez partager ce grand jour.

Tyler répondit par un soupir en mordant dans son petit pain, le regard dans le vague. En temps normal, Pamela se serait offusquée de voir quiconque mordre dans un petit pain au lieu de le rompre délicatement, mais son affection pour Tyler lui fit fermer les yeux sur ce manquement aux règles. Il lui avait sauvé la vie, après tout. Désormais, elle pouvait le voir lécher son couteau sans sourciller.

Tyler sortit enfin de son mutisme, but une gorgée d'eau et posa une main sur celle de Shauna.

– Avant de nous rencontrer, Shauna et moi, nous avions l'impression d'être seuls sur cette planète. Et puis, quand nous nous sommes trouvés, c'était comme si nous étions le seul couple au monde. Vous deux, vous nous apprenez qu'avoir une famille, ça veut dire quelque chose. On leur dit, Shauna?

– Dire quoi? voulut savoir Arnold.

– Maintenant que tu as parlé, répondit Shauna en pouffant de rire, nous ne pouvons plus reculer. Voilà, poursuivit-elle en se tournant vers Arnold et Pamela, nous pensions qu'il valait mieux attendre après notre mariage, parce que nous avions peur que vous désapprouviez. Vous savez déjà que nous vivions ensemble.

Arnold et Pamela firent un geste signifiant : «La belle affaire.»

– Eh bien..., reprit Shauna.

– Elle est enceinte, l'interrompit Tyler en donnant un coup de poing enthousiaste sur la table. Si c'est un garçon, nous l'appellerons Arnold et si c'est une fille, Pamela. Voilà!

Il ponctua sa déclaration d'un nouveau coup de poing sur la table qui fit tinter les couverts et attira les regards courroucés des autres clients.

– Oh! s'exclama Pamela, bouche bée. Oh, mon Dieu!

– Nous sommes si heureux, enchaîna Shauna. Nous pensions ne pas pouvoir avoir d'enfants et je suis persuadée que l'amour que vous nous manifestez a opéré ce miracle. Alors, nous tenons à ce que vous soyez les grands-parents adoptifs de notre enfant.

Arnold ne put s'empêcher de sourire.

– Je rêvais d'être grand-mère, dit Pamela d'une voix tremblante d'émotion, et je sais qu'Arnold partage ce rêve. Notre fils est marié, mais je crois que notre belle-fille et lui se sont résignés à l'idée d'une existence privée d'enfants.

– J'arrive à un âge où il est difficile d'avoir des enfants, je sais, dit Shauna en joignant les mains comme pour prier. C'est pourquoi j'ai pour vous une si profonde gratitude.

– Nous aussi, nous avons eu notre Alex sur le tard, lui fit observer Pamela. Mais je ne voulais pas vous demander si vous projetiez de fonder une famille, c'est un sujet trop personnel.

– Vous pouvez demander tout ce que vous voulez, déclara Tyler. Nous sommes une famille, maintenant. Ce bébé sera à nous quatre.

– Rien ne me ferait plus plaisir que de dorloter un enfant, dit Pamela. N'est-ce pas, Arnold?

Arnold approuva d'un hochement de tête.

– Donc, reprit Pamela, au moment des fêtes de fin d'année, nous aurons un bébé parmi nous. Ce sera merveilleux!

– Au petit Arnie ou à la petite Pammy! dit Tyler en levant son verre. Il ou elle sera avec nous pour Thanksgiving.

Ils trinquèrent en riant de joie.

Après le dessert et le café, ils décidèrent de rentrer à pied par la Cinquième Avenue. En cette soirée d'avril, l'air était frais et pur.

– Quelle pluie nous avons eue cet après-midi! commenta Pamela. Au fait, Tyler, j'ai vu votre imperméable noir accroché dans l'entrée de service. Il était trempé, comme vos grosses chaussures noires. Vous attirez la pluie à chaque fois que vous sortez, ma parole! Vous n'auriez pas pu attraper un taxi?

– J'étais sorti faire quelques courses et quand il s'est mis à pleuvoir, impossible de trouver un taxi libre. Mais ça m'est égal, j'aime bien la pluie.

– Heureusement que vous avez été assez prévoyant pour prendre votre imperméable. Cette terrible averse est arrivée si soudainement qu'elle a surpris presque tout le monde. Quand je suis sortie ce matin, je ne me doutais pas qu'il pleuvrait aussi fort.

– Quand on vit dans la nature, comme Shauna et moi, on sent d'instinct si le temps va changer.

– C'est possible. J'espère au moins que vous n'avez pas attrapé un méchant rhume.

– Non, je vais très bien, affirma Tyler.

– Nous ne voudrions pas d'un jeune marié qui éternue pendant toute la cérémonie, dit Pamela en riant. Un futur papa encore moins. Quand nous serons rentrés, je vous donnerai de la vitamine C.

– Vous êtes merveilleuse, Pamela. J'aurais bien voulu que ma mère me soigne aussi affectueusement.

– J'ai toujours eu l'instinct maternel.

– Je sais que je l'aurai aussi, dit Shauna. J'espère que ma grossesse se passera sans problème.

– Soyez tranquille, la rassura Pamela, tout se passera très bien.

De retour chez eux, Arnold et Pamela souhaitèrent bonne nuit aux jeunes et se retirèrent dans leur chambre. Une fois couchés et la lumière éteinte, Pamela prit la main d'Arnold.

– Tu sais, mon chéri, j'ai réfléchi. Nous devrions peut-être changer nos testaments pour assurer l'avenir de Shauna et de Tyler. Ils veulent fonder une famille, la vie est si difficile de nos jours. Et puis, ils veulent donner nos prénoms à leurs enfants.

Arnold fit une grimace que Pamela ne vit pas dans l'obscurité.

– Nous le pourrions, bien sûr, mais je préférerais qu'ils aient de l'argent tant que nous sommes en vie. Nous pourrions plutôt leur acheter un logement convenable et ouvrir un compte d'épargne au nom du bébé.

– Et Alex, qu'en fais-tu?

– Nous avons largement de quoi leur faire plaisir à tous sans léser personne. Notre fils a déjà une belle fortune et je n'ai pas l'impression qu'il aura à se soucier d'entretenir une famille.

– Oui, tu as raison, grommela Arnold. J'appellerai notre avocat lundi matin.

– Je n'arrive pas encore à croire que nous aurons enfin un bébé qui portera notre nom, soupira Pamela en fermant les yeux.

– Il nous aura fallu longtemps, admit Arnold. Profitons-en au moins avant de mourir.

Et ils s'endormirent tous deux du sommeil du juste.

28

Une pareille tourmente hystérique ne s'était jamais encore abattue sur la famille Timber. D'habitude, ils réagissaient aux vicissitudes de la vie avec une réserve de bon ton. Pas cette fois.

Effondrée sur le canapé du petit salon dans la coquette résidence de ses parents au cœur du

Connecticut, Tracy, le visage trempé de larmes, avalait son deuxième cocktail en six minutes. Montgomery, son cher papa, allumait un feu dans la grande cheminée de pierre sculptée, moins pour combattre la froidure que pour égayer l'atmosphère – et, surtout, parce que cela l'occupait.

– Tracy chérie, lui conseilla Ellen, sa mère, tu ne devrais pas boire tant. Tu n'as même pas touché au délicieux poulet aux amandes que j'avais commandé spécialement pour toi.

– Ma vie est anéantie, bafouilla Tracy d'une voix pâteuse.

– Pas du tout! protesta Montgomery. Une Timber mérite cent fois mieux qu'un Jeffrey Woodall, tu le sais fort bien.

– Tout ce que j'espère, c'est que cette détective, Regan Reilly, découvrira quelque chose qui ravage la vie de Jeffrey, gronda Tracy entre deux reniflements. Qu'il n'ait pas payé ses impôts, par exemple, et qu'on l'envoie en prison, précisa-t-elle en lampant une nouvelle rasade de son breuvage rose, à l'apparence inoffensive mais trompeuse.

– Je n'arrive toujours pas à comprendre ce qui lui est passé par la tête, dit Ellen avec un geste d'impuissance. Se dédire comme cela, à la dernière minute, c'est insensé.

– Ne le reprends surtout pas! aboya Montgomery. Tu es une Timber, ne l'oublie jamais. Tes ancêtres ont combattu durant la guerre d'Indépendance.

– Je suis une Timber, je sais! dit Tracy en levant la main droite comme pour prêter serment. Et de la manière dont ça se présente, je ne serai jamais rien d'autre.

Sa sœur, Adele, pelotonnée sur un fauteuil où elle était absorbée par l'examen de l'extrémité fourchue de ses cheveux, s'anima enfin.

– Je ne te donne pas trois mois pour être enchantée qu'il t'ait laissée tomber, crois-moi. Tu as senti le vent du boulet, tu y as échappé de justesse. Je ne digère pas qu'il ait tenu une comptabilité de l'argent qu'il dépensait pour te sortir dîner avant que vous soyez fiancés. Être radin à ce point, c'est pathologique.

– Je veux me venger! rugit Tracy.

– Cette Regan Reilly a l'air charmante, intervint Ellen. S'il y a quelque chose à découvrir sur le compte de Jeffrey, je suis sûre qu'elle le découvrira. Malgré tout, ma chérie, à quoi cela t'avancerait?

– Je veux qu'il souffre comme je souffre en ce moment! Je veux qu'il sente longtemps sa douleur! Très longtemps!

Ellen vint s'asseoir avec sollicitude à côté de sa fille.

– Tu sais, Bonne-maman a appelé tout à l'heure pendant que tu te détendais dans la baignoire.

– Tout ce qu'elle a su me dire, répondit Tracy, c'est qu'elle était heureuse d'être encore en vie quand je me marierai.

– Je sais, mais, à quatre-vingt-douze ans, elle est encore en bonne forme. Elle m'a dit quelque chose que j'ignorais. Elle voulait que tu saches qu'avant d'épouser Bon-papa, elle a été plaquée elle aussi.

Du coup, Adele se désintéressa de l'état de sa chevelure.

– Bonne-maman, plaquée? Ça alors!

– Je ne l'avais jamais su, poursuivit Ellen. Elle m'a raconté qu'un garçon l'avait demandée en mariage, ils ont dit à tout le monde qu'ils étaient fiancés et, là-dessus, le garçon est parti avec une autre fille qui venait d'arriver en ville. Bonne-maman s'est réjouie de me dire qu'ils ont été très malheureux par la suite. Quant à elle, bien sûr, elle a épousé Bon-papa et ils ont vécu très heureux.

– Bravo, Bonne-maman! s'exclama Adele.

– Elle m'a dit aussi, reprit Ellen, qu'elle n'aurait pas pu imaginer de vivre sans ton grand-père. Elle m'a même rappelé que je ne serais pas née si elle s'était mariée avec l'autre, ce qui veut dire que tu ne serais pas née toi non plus.

– Si je comprends bien, j'aurai un de ces jours un bébé qui n'aurait pas pu naître si je n'étais pas malheureuse en ce moment?

– Exactement. Ce qui prouve...

– Ce qui prouve quoi? explosa Tracy avec un nouveau déluge de larmes. Que l'homme que j'aimais n'a pas voulu de moi, voilà tout!

La sonnette de l'entrée tinta à point nommé. Trop heureux de pouvoir s'évader un instant, Montgomery se précipita pour ouvrir. Les trois meilleures amies de Tracy se tenaient sur le seuil.

Catherine Heaney, son amie d'enfance, se fit leur porte-parole.

– Bonjour, monsieur Timber. Tracy ne veut voir personne, nous le savons. Mais nous sommes ses amies et nous sommes venues au titre de secouristes. Nous allons l'emmener et elle aura beau protester qu'elle ne veut pas sortir, elle sortira.

Un sourire extasié illumina le visage paternel.

– Quelle excellente idée! approuva-t-il.

La vue de celles qui auraient dû être ses demoiselles d'honneur déclencha chez Tracy un nouveau torrent de larmes. Les trois secouristes se hâtèrent de la réconforter.

– Je ne l'ai jamais trouvé sympathique, déclara l'une.

– Il n'était pas digne de toi, affirma l'autre.

– Il était rasant comme ce n'était pas permis, jugea la troisième.

À l'arrière-plan, Adele approuvait vigoureusement.

– Tu vas sortir avec nous, ordonna Catherine.

– Je peux pas, répondit Tracy en reniflant.

– Il le faut. Pas question de rester ici t'apitoyer sur ton sort.

– Je suis trop humiliée! Je ne veux rencontrer personne de connaissance, gémit Tracy.

– On s'en doutait, figure-toi. Donc, nous t'emmenons aux environs dans un bistrot de motards. C'est un bouge, mais il y a un jeu de fléchettes, précisa Catherine en exhibant une photo sur laquelle Jeffrey n'était pas mis en valeur. Nous la fixerons sur la cible, comme cela tu seras sûre de taper dans le mille chaque fois.

Tracy contempla un moment la photo avant d'éclater de rire comme elle ne l'avait pas fait depuis longtemps.

– Ça, dit-elle en se me mettant debout avec une certaine difficulté pour garder son équilibre, ça ce n'est que le début. Je m'arrangerai pour qu'il se morde les doigts jusqu'au sang de ce qu'il m'a infligé, même si je dois y consacrer le reste de ma vie.

Elle fut saisie d'une série de hoquets mêlés de sanglots. Ellen poussa un soupir résigné.

– Sors ma chérie, amuse-toi bien avec tes amies. Et pense à tout le bien qui est arrivé à ta Bonne-maman quand elle a eu la chance d'être plaquée par un vaurien.

29

Il fallut à Jack et Regan près de deux heures pour visionner les bandes vidéo. Pendant ce temps, des joueurs arrivaient ou quittaient la table, sauf Alfred qui n'avait aucune raison d'abandonner. Il gagnait sans arrêt et ne faisait aucun effort pour tempérer sa joie indécente.

– Si j'avais su qu'Alfred nous offrirait un aussi long spectacle, j'aurais apporté du pop-corn.

Quel comédien! commenta Regan en le voyant exulter en s'applaudissant lui-même.

– Il se faisait aussi servir à boire, observa Jack. J'aurais moi-même volontiers grignoté du pop-corn cet après-midi pendant que nous visionnions les bandes du dernier hold-up.

– Elles t'ont été utiles, au moins? demanda Regan.

– Non, mais je suis convaincu qu'il doit y avoir sur les bandes vidéo des précédents hold-up un indice qui nous échappe encore.

Ils continuèrent à regarder l'écran jusqu'au moment où Alfred se leva enfin pour quitter la table. Il plongea la main dans sa poche, en retira une poignée de billets et de papiers puis, s'appuyant à la table pour ne pas vaciller, il entreprit de distribuer ses cartes de visite.

– Il m'avait parlé des cartes, dit Regan. J'imagine sans peine le boniment qu'il débitait en même temps.

– Aucun de ces joueurs n'a pourtant l'allure de s'intéresser à des robes de mariée.

Alfred salua le groupe comme un roi qui prend congé de sa cour et se retira avec dignité – et en réussissant à marcher droit.

– Je savais qu'Alfred aimait soigner ses entrées, commenta Regan. Je constate maintenant qu'il en fait autant pour ses sorties.

Jack soupira d'un air désabusé.

– Alors, qu'est-ce qu'on fait, maintenant?

– Il ne nous reste qu'à... Attends, Jack! Regarde.

Un autre joueur venait de se lever et se penchait comme pour ramasser quelque chose par terre, près de l'endroit où s'était tenu Alfred. Quand il se redressa, il sortit sans se retourner.

– Les clefs, murmura Regan. Serait-ce lui qui a ramassé les clefs d'Alfred?

Un autre joueur se leva aussitôt après et partit en courant pour rejoindre le premier.

– On dirait qu'il boite, dit Regan. Alfred et Charisse disaient qu'un de leurs agresseurs leur paraissait boiter légèrement, tu t'en souviens?

Jack rembobina la bande pour revoir ce passage et s'arrêta sur l'image à plusieurs reprises avant de revenir plus loin en arrière.

– Ces deux types étaient déjà là quand Alfred est arrivé, commenta Jack. Ils étaient assis côte à côte. Demandons à Stan s'il peut tirer des gros plans de ces individus à partir de la bande. Si le croupier qui était de service ce soir-là est ici, ce serait encore mieux.

Vingt minutes plus tard, un homme d'une quarantaine d'années au teint halé et aux doigts soigneusement manucurés vint regarder la bande en leur compagnie.

– Je n'aurais pas pu oublier celui à la veste verte, déclara-t-il. Il s'appelle Alfred, dites-vous?

– Oui.

– Il avait une chance de tous les diables, ce soir-là. Il s'était à peine assis à ma table qu'il a commencé à gagner. Plus il gagnait, plus il faisait du cirque. Un joueur normal essaie de ne rien manifester de ce qu'il pense, surtout quand

181

il gagne, mais lui, il se déchaînait. Je voyais bien que ça agaçait ces deux joueurs, surtout parce qu'ils gagnaient avant que votre homme arrive à la table.

– Ils gagnaient jusqu'à ce moment-là? demanda Regan.

– Oui. Et ils ont tout reperdu à cause de lui.

Voilà un bon mobile, pensa Regan.

– C'est sans doute pour ça qu'ils sont partis dès qu'Alfred s'est retiré en ayant raflé leurs derniers jetons. Je me suis même étonné qu'après un coup pareil, il leur ait donné sa carte de visite, d'autant plus que je les avais entendus un peu plus tôt se moquer de leurs vêtements respectifs.

– Ah oui?

– Votre homme, Alfred, avait une veste de velours verte plutôt voyante, les deux autres étaient en jeans et en T-shirts. Ils n'ont pas les mêmes goûts, c'est sûr.

– Sûrement pas, approuva Regan. Vous rappelez-vous autre chose à leur sujet?

– Ils étaient jeunes, dans les vingt-cinq ans. Ils connaissaient bien les règles du jeu, surtout le petit brun.

– Les reconnaîtriez-vous si vous pouviez les revoir?

– Probablement. Dans ce cas, je préviendrais le chef.

– D'accord, dit Stan. Nous ouvrirons l'œil.

Regan tendit sa carte au croupier.

– Si vous vous souvenez de quoi que ce soit, appelez-moi.

182

Il acquiesça d'un signe et se retira.

– Je ferai imprimer les photos de ces deux individus, Jack, dit Stan après avoir refermé la porte. Je les distribuerai à tout le personnel pour qu'ils ouvrent tous l'œil. Elles ne sont pas très nettes, mais nos gens sont assez physionomistes pour les reconnaître s'ils reviennent ici. Je vous en donnerai aussi des copies avec une copie de la bande. Ce ne sera pas long.

– Quelque chose te chiffonne? demanda Jack en voyant Regan pensive.

– Ces deux-là sont peut-être ceux que nous cherchons. La question maintenant, c'est d'essayer de prévoir ce qu'ils vont faire.

– Nous ne les perdrons pas de vue, assura Stan. Si un membre du personnel les reconnaît, je serai immédiatement averti. Il y a de fortes chances pour qu'ils reviennent, d'ailleurs. Nous saurons comment noter discrètement leurs identités.

– Merci, dit Regan. En vous quittant, nous allons explorer le quartier où le cambriolage a eu lieu hier soir. Avec ces photos, nous rafraîchirons peut-être la mémoire de quelqu'un qui serait sorti dans la rue vers trois heures du matin. Dis-moi, Jack, si nous faisions un tour dans la salle de jeu pendant que Stan prépare les copies?

– Volontiers. D'autant plus que nos clients auront peut-être eu envie de revenir jouer pour récupérer leurs pertes.

– Ce serait un vrai coup de chance, dit Regan en riant.

Ils firent le tour complet de la grande salle de jeu, sans voir qui que ce soit ressemblant de près ou de loin aux deux individus qu'ils recherchaient. Ils ne trouvèrent que Kit en train d'engloutir ses dernières pièces dans un bandit manchot.

– C'est râlant! s'exclama-t-elle en les voyant. Il y a un quart d'heure, j'avais gagné de quoi acheter le service de porcelaine dont tu as envie et peut-être même des verres en plus.

– Ces machines sont conçues pour faire rêver, commenta Regan. C'est même la raison pour laquelle on finit toujours par perdre.

– Et toi? As-tu gagné des informations utiles? demanda Kit pendant qu'ils reprenaient tous les trois le chemin du bureau de Stan.

– Je l'espère, en tout cas.

Jack souriait, mais il était plongé dans ses réflexions et revoyait de mémoire les bandes de vidéosurveillance des banques. Plus il y pensait, plus son instinct lui disait qu'il y avait dans cette affaire bien davantage que les apparences.

Il se disait aussi que s'ils n'attrapaient pas très vite leur voleur, ils avaient peu de chances de lui mettre jamais la main dessus.

30

Dans l'immense salle du Zee Club, où la musique était assourdissante et où les cocktails coulaient à flots, Brianne et ses amies s'en donnaient à cœur joie. Elles avaient dîné dans un restaurant italien de la 14ᵉ Rue, réputé pour son atmosphère bon enfant, la générosité de ses portions et ses prix raisonnables, qui attirait des groupes aussi bruyants que joyeux. Brianne avait déballé en riant aux larmes les cadeaux gags de ses amies et échangé avec elles des plaisanteries salées sur les robes de mariée. Avant leur départ pour le Zee Club, le barman avait présenté à la salle la «Mariée d'avril qui n'avait plus de robe». Juchée sur un tabouret, Brianne avait fait un monologue applaudi avec enthousiasme. Ce soir, elle était une célébrité et elle en savourait chaque instant.

Au club, elles avaient pu obtenir une table au balcon dominant la piste de danse toujours bondée. L'ambiance était survoltée et il fallait hurler pour se faire entendre.

Le groupe de Joyce rejoignit peu après celui de Brianne. En se serrant sur la banquette et en chipant des chaises aux tables voisines, tout le monde parvint à se caser autour de la même table. Beth, l'amie de Cindy, fit les présentations.

– Et notre invitée d'honneur est ce soir mon amie Brianne, dont la robe en lambeaux couverts de sang fait la une de toute la presse! conclut-elle dans le vacarme.

Brianne arborait un sourire radieux comme si elle avait oublié ses soucis. Après tout, elle s'amusait avec ses meilleures amies, la vie était belle, elle avait son Paul chéri et, le lendemain matin, elle serait la vedette d'une émission de télévision sur une chaîne nationale. Que demander de plus?

De son côté, Joyce ne se sentait pas bien du tout. Elle avait bu deux tequilas à l'apéritif, et du vin au dîner. La tête lui tournait et cette ambiance bruyante et surexcitée la déprimait.

Le Zee Club avait pris l'habitude de passer toutes les demi-heures une chanson célèbre d'une époque différente à chaque fois. La voix d'or de Julio Iglesias fit frémir les haut-parleurs de la mélodie dédiée à «*All the girls I loved before*», toutes les filles que j'ai aimées avant. La salle entière reprit le refrain en chœur, Cindy dévala l'escalier vers la piste de danse. La chanson terminée, lorsque le martèlement de la techno reprit ses droits, Beth porta un toast :

– À tous les garçons que Brianne a aimés avant!

– Et j'en ai connu des gratinés! déclara Brianne, les yeux au ciel. Dieu merci, j'ai trouvé mon Paul chéri. Quand je pense à l'autre cinglé qui me laissait seule tous les samedis soir! Comment j'ai fait pour le supporter si longtemps?

C'en était trop pour Joyce, qui se leva précipitamment et courut vomir aux toilettes. Sa vie était devenue un enfer, elle n'aurait jamais dû permettre à Francis de laisser Marco rester aussi longtemps, se répétait-elle entre deux hoquets.

Son estomac enfin vidé, elle se rinça la bouche dans le lavabo. J'ai besoin d'air, se dit-elle. Je vais sortir marcher un peu, la fraîcheur de la nuit me fera du bien.

De retour à la table après avoir dansé, Cindy s'étonna de l'absence de sa voisine et amie.

– Où est Joyce? demanda-t-elle.

– Je crois qu'elle est allée aux toilettes, l'informa Brianne.

Un quart d'heure plus tard, ne la voyant pas revenir, Cindy partit à sa recherche. Mais elle eut beau chercher, Joyce n'était nulle part.

31

Marco et Francis roulaient vers l'ouest depuis maintenant deux heures. La route déserte et noire était déprimante, Las Vegas paraissait de plus en plus loin.

– Pas la peine de continuer, déclara Francis au bout d'un long silence. Ça va nous prendre beaucoup trop longtemps.

– Relaxe, Francis! C'est un voyage d'affaires, pas des vacances. On va ramasser du fric. Quand tu l'auras dans ta poche, tu me diras merci. Remets-toi et appelle Joyce, tu te sentiras mieux, tu verras. Dis-lui simplement que tu seras de retour dans deux jours.

Sans mot dire, Francis prit son téléphone portable et fit une grimace de dépit en regardant l'écran.

– Ma batterie est presque à plat et j'ai pas mon chargeur, gémit-il.

Il composa quand même le numéro de Joyce et tomba sur sa boîte vocale.

– Chérie, c'est Francis. Appelle-moi dès que tu pourras. J'espère que tu passes une bonne soirée.

Il avait à peine raccroché que Marco se moqua de lui en l'imitant : « Chérie, c'est Francis... »

– C'est une fille bien, protesta Francis. Nous avons tous les deux abusé de sa gentillesse.

– Je t'ai déjà dit que je viderai les lieux. Après, tu pourras reprendre avec elle votre petite vie bien excitante.

– J'aime ma vie avec Joyce, le rabroua Francis. De toute façon, ça me regarde.

Il aurait donné n'importe quoi pour être de retour à l'appartement et regarder la télévision assis sur le canapé avec Joyce, l'écouter lui raconter sa journée à l'animalerie. Parce qu'elle était amusante à sa manière, elle avait un bon sens de l'humour. Le perroquet qui ne pouvait pas le sentir serait en train de caqueter des méchancetés à l'arrière-plan et ça aussi, ça lui manquait. Si j'arrive à me sortir de ce guêpier, promit-il à Dieu, je serai si bon et si honnête que Vous ne me reconnaîtrez pas.

Dans la demi-heure suivante, il appela trois fois le numéro de Joyce qui ne répondait toujours pas. Sachant que sa batterie allait bientôt rendre l'âme, il lui dit dans son dernier message de le rappeler sur le portable de Marco et reprit sa morne contemplation de la route qui s'étirait devant lui, droite et monotone. Son anxiété s'aggravait à chaque kilomètre. Et, se tortillant sur son siège, il aperçut le lave-vaisselle sur la banquette arrière.

– Nous ferions mieux de nous débarrasser de cet engin, il attirera l'attention sur nous chaque fois que nous nous arrêterons quelque part. J'achèterai un autre lave-vaisselle à Joyce.

– Pour une fois, mon pote, tu as raison. Je prendrai la prochaine sortie et nous le laisserons sur le bord de la route. Il fera peut-être le bonheur d'une pauvre femme avec un évier plein de vaisselle sale.

Francis poussa un soupir de soulagement. Il se sentirait pourtant mille fois plus soulagé quand Joyce le rappellerait enfin.

Qu'est-ce qui pouvait bien la retenir aussi longtemps?

Dimanche 3 avril – 0 heure 10

32

– En somme, résuma Kit qui avait regagné sa place sur la banquette arrière de la voiture de Jack, tout ce que vous avez récolté, c'est la photo de deux types qui auraient peut-être ou peut-être pas ramassé les clefs d'Alfred.

– Des affaires plus importantes ont souvent été résolues grâce à des indices aussi maigres, répondit Regan. Et si ces deux individus sont ceux qui ont volé ma robe, ils ne l'emporteront pas au paradis. Je veux quand même bien admettre que nous n'avons pas grand-chose.

– Il n'est pire furie dans les Enfers qu'une femme dont on a volé la robe de mariée, dit Jack en souriant.

– Je ne suis pas la seule dans ce cas, lui fit observer Regan. Bien que les deux autres n'aient guère montré de signes de fureur.

– L'une d'elles ne veut pas de publicité, intervint Kit. Et l'autre n'a pas le droit d'en avoir si elle veut que son cher Arnold paie la note de ses noces.

Regan fronça les sourcils.

– Ta mère ne t'a pas dit qu'il ne fallait pas froncer les sourcils? demanda Jack en lui caressant le front.

– Je réfléchis. Je n'en reviens toujours pas que Victoria ne se comporte absolument pas comme une femme sur le point de se marier.

– Pour le moment, dit Jack, tu ne donnes pas non plus l'impression d'une femme qui se prépare à épouser le prince charmant dans huit jours.

– J'avais promis à ma mère, répondit-elle en souriant, que je passerais deux jours sur cette affaire et que la semaine prochaine je me consacrerais exclusivement à nos préparatifs de mariage. Sauf que deux voyous ont jeté un énorme caillou dans les délicats rouages de mes projets de mariage avec le prince charmant.

– J'ai autant envie que toi de mettre la main sur ces individus, tu sais. Alors, dis-moi l'objet de tes réflexions avant que je t'en détourne.

– Les deux mariées que nous avons vues cet après-midi sont aussi bizarres l'une que l'autre. Je demanderai à Alfred ce qu'il sait sur leur compte. Nous devons enquêter sur tous ceux qui, de près ou de loin, ont un rapport avec l'affaire, n'est-ce pas? Y compris les victimes?

– On ne peut écarter personne, c'est exact. Ces deux femmes sont souvent allées dans le loft. Elles auraient pu apprendre qu'il y avait un coffre dans la chambre. L'une d'elles aurait très bien pu mettre la main sur les clefs d'Alfred, pour peu qu'il les ait laissées traîner sur un meuble. Et puis, qui sait? L'une d'elles n'avait peut-être pas envie de devoir payer sa robe.

– Mon père aurait été ravi que je trouve le moyen de me procurer la robe gratuitement.

– Tu es déjà en train de la gagner. Alfred devrait même te fournir des robes toute ta vie.

– Il y a peu de chances qu'il soit aussi généreux.

– C'est peu probable, en effet. Je ferais bien d'appeler le bureau, dit Jack en ajustant l'oreillette de son kit mains libres.

Un des jeunes inspecteurs de permanence décrocha aussitôt.

– Bonsoir, patron! Nous avons quelques renseignements pour vous. Comme il n'y avait rien dans les fichiers sur Jeffrey Woodall, un collègue est passé à son immeuble se tuyauter discrètement. Il a une nouvelle bonne amie chez lui ce soir. Nous avons aussi découvert quels ont été les achats effectués chez Dan's Discount Den avec la carte bancaire volée. Un petit téléviseur figure sur la facture avec des impers pour homme, des chaussures et autres articles vestimentaires. Sans oublier des fausses barbes et des fausses moustaches.

– Je m'attendais à ce que la Douche s'offre au moins une télé grand écran, grommela Jack. Merci, tenez-moi au courant. La Douche s'est bien procuré ses déguisements chez Dan's Discount Den, commenta-t-il à l'adresse de Regan. Quant à Jeffrey Woodall, il a déjà trouvé une nouvelle âme sœur, paraît-il.

– Ils sont aussi infects l'un que l'autre! proclama Kit avec indignation. Les hommes se croient tout permis. Qu'un salaud tel que Jeffrey Woodall ait le culot de décrocher son téléphone pour en appeler une autre le jour même où il laisse tomber sa fiancée a de quoi scandaliser, non?

– Pauvre Tracy! soupira Regan. J'aimerais bien savoir qui est sa remplaçante et depuis combien de temps Woodall la connaît.

– Tracy en fera une maladie quand elle l'apprendra, dit Kit. C'est beau, l'amour!

Regan et Jack échangèrent un regard signifiant : «Nous au moins, nous avons de la chance de nous être rencontrés.»

Il leur fallut près de deux heures pour regagner le centre de Manhattan et, à cette heure-là, Jack trouva sans peine une place de stationnement devant l'immeuble d'Alfred et de Charisse. Charisse avait dit à Regan qu'ils passeraient la nuit à coudre et qu'elle ne devait pas hésiter à les appeler à leur retour d'Atlantic City.

– C'est vous, Regan? répondit Alfred d'une voix ensommeillée. Nous venons juste de nous écrouler. Nous tombions de fatigue et nous voulions prendre un peu de repos pour avoir l'air à peu près frais et dispos demain matin à la télévision.

Eux, au moins, ils le seront, pensa sombrement Regan.

– D'accord, Alfred, reposez-vous. Je vous verrai au studio. En ce moment, nous sommes en bas de chez vous et nous allons essayer de trouver dans le quartier quelqu'un qui aurait remarqué quelque chose la nuit dernière.

– Vous êtes merveilleuse, Regan. Je vous aurais bien dit de monter, mais nous sommes déjà couchés.

Regan coupa la communication et, malgré les conseils de sa mère, ne put s'empêcher de froncer les sourcils.

Deux heures durant, ils arpentèrent le quartier tous les trois en interrogeant les rares passants sortis promener leurs chiens. Personne n'avait rien vu ni entendu d'inhabituel la nuit précédente. Au bout de la rue, ils entrèrent dans un bar encore ouvert, où personne non plus n'avait rien remarqué. Regan savait que la police avait déjà interrogé les autres occupants de l'immeuble, mais quand elle reconnut sur le trottoir le couple qui leur avait ouvert la porte d'entrée le matin, elle les arrêta pour leur poser quelques questions.

– Notre loft est juste au-dessus de celui d'Alfred et de Charisse, répondit la jeune femme, mais nous n'avons rien entendu. Je le regrette, d'ailleurs. Habiter un immeuble où s'est produite une chose pareille, sans même m'en être aperçue, m'inquiète.

– Quand nous avons acheté ce loft, dit le jeune homme d'un air grave, nous avons hésité à cause de la présence d'une affaire commerciale dans l'immeuble. Les allées et venues posent un réel problème de sécurité.

– Pourtant, lui fit observer Regan, vous avez eu l'amabilité de nous ouvrir ce matin.

– Je n'aurais pas dû, déclara-t-il.

– En effet, vous n'auriez pas dû, répliqua Regan sans pouvoir tout à fait effacer le sarcasme de sa réponse. Si vous vous souvenez de quoi que ce soit d'utile à l'enquête, n'hésitez pas à m'appeler, dit-elle en leur donnant sa carte.

– Vous pouvez y compter.

Regan attendit qu'ils se soient éloignés avant de reprendre la parole.

– Trois heures du matin dans une rue aussi déserte que celle-ci, c'est le moment idéal pour cambrioler à son aise. Nos individus ont réussi à disparaître sans laisser aucune trace.

– Inutile d'insister, dit Jack en prenant Regan par la taille. Nous ferions aussi bien d'aller nous coucher.

Elle s'appuyait contre lui quand son téléphone portable sonna dans son sac.

– À une heure pareille, commenta Kit, ce n'est sûrement pas une bonne nouvelle.

Regan répondait déjà.

– Regan? Brianne. Il est tard, je sais...

– Bonsoir, Brianne. Désolée, nous n'avons pas pu aller vous rejoindre.

– Ce n'est pas grave. Mais une des filles de notre groupe a disparu.

– Disparu?

– Oui, depuis plusieurs heures. Elle était partie aux toilettes et n'en est jamais revenue. Je ne la connaissais pas avant ce soir, mais son amie Cindy est sérieusement inquiète et j'ai pensé que vous pourriez peut-être nous aider. Voulez-vous parler à Cindy?

– Bien sûr. Passez-la-moi.

– Vous êtes Regan? fit une voix anxieuse.

– Oui, c'est moi.

– Je suis désolée de vous déranger, mais ma meilleure amie a disparu. Ce n'est pas du tout son genre de faire des escapades, elle est calme et plutôt casanière. Je l'avais décidée à se joindre à nous parce que son petit ami n'était pas là ce soir. Je n'arrive à la joindre ni sur son portable ni chez elle. Je suis vraiment très inquiète.

– Il y a peut-être une explication logique, tenta de la rassurer Regan. S'était-elle disputée avec son ami?

– Je ne crois pas, mais elle n'était pas contente qu'il la laisse encore seule un samedi soir.

– Elle a pu rencontrer un autre garçon.

– Elle m'aurait avertie si elle avait décidé de partir avant moi. Nous la cherchons en voiture dans tout le quartier depuis des heures. Nous avons même exploré les quais, ajouta Cindy d'une voix tremblante. Nous avons arrêté une voiture de police. Ils nous ont dit qu'il était trop tôt pour lancer un avis de recherche, mais nous leur avons donné son signalement et ils ont promis d'ouvrir l'œil.

– Où êtes-vous en ce moment?

– Dans Washington Street, nous nous sommes arrêtés pour vous téléphoner.

– Nous sommes devant le loft d'Alfred et de Charisse. Venez nous y rejoindre, il ne vous faudra pas longtemps à cette heure-ci. Nous déciderons ensemble ce que nous pouvons faire.

– Je ne sais pas comment vous remercier, Regan.

– Ne me remerciez pas encore, nous verrons bien.

Moins de dix minutes plus tard, une voiture pleine de jeunes femmes s'arrêta à leur hauteur. Leur joyeuse excitation de la soirée avait fait place à l'abattement et à l'angoisse. Brianne leur présenta Regan qui, à son tour, présenta Jack.

– Elle est majeure et nous sommes samedi soir, leur fit-il observer. Elle a très bien pu décider d'aller finir la soirée ailleurs et a perdu la notion de l'heure. Avait-elle beaucoup bu?

– Nous avions commencé avec de la tequila à l'apéritif et bu du vin pendant le dîner, répondit Cindy. Joyce boit très rarement de l'alcool, mais elle avait l'air bien.

La tequila sur un estomac vide, pensa Regan, c'est fatal.

– Où habite-t-elle?

– Dans le Queens, du côté de l'aéroport de La Guardia. Son appartement est juste en face du mien.

– Avez-vous le numéro de son ami ou de ses parents?

– Non, mais ils sont sûrement inscrits quelque part chez elle. Et je n'ai pas la clef. Je me sens terriblement coupable. Tout cela, c'est ma faute, je l'avais presque forcée à sortir ce soir. Qu'allons-nous faire?

Regan et Jack se consultèrent du regard.

– Allons dans le Queens, répondit Jack.

Regan approuva d'un signe de tête.

– Nous irons tous ensemble, reprit Jack. Cindy, montez avec nous pour nous montrer le chemin. Je vais transmettre son signalement à mes services et demander que toutes les voitures de patrouille essaient de la localiser. Avec un peu de chance, nous la trouverons peut-être endormie dans son lit quand nous arriverons.

– Merci, merci un million de fois, dit Cindy en montant dans la voiture de Jack. Il faut à tout prix la retrouver.

33

Dans un brouillard cotonneux, Joyce sentait une migraine lui marteler le crâne. Elle essaya d'ouvrir les yeux, mais ses paupières lui donnèrent l'impression de peser des tonnes. Elle se rendit compte qu'elle était sous une couverture et que deux chiens dormaient à ses pieds. Où suis-je? se demanda-t-elle. Est-ce que je suis en train de rêver? Avec un grognement de douleur, elle porta une main à son front, découvrit qu'il était couvert d'un linge humide. Parvenant enfin à ouvrir les yeux, elle tourna la tête et lâcha un cri de surprise. Une vieille femme, au moins octogénaire, au visage plissé de rides sous une tignasse grise en broussaille et dont la dentition nécessitait des soins drastiques, était penchée sur elle.

– Alors, ma petite? s'enquit-elle d'une voix râpeuse. Comment vous sentez-vous?

Terrifiée, Joyce se débattit pour reprendre pied dans la réalité. Elle tenta de parler, mais sa langue refusait de lui obéir.

– Ma tête, bredouilla-t-elle. J'ai mal. Qu'est-ce qui m'est arrivé?

La vieille femme la gratifia d'un sourire édenté.

– Je rentrais chez moi après avoir promené mes quatre toutous quand vous êtes arrivée sur le trottoir. Vous ne vous rappelez pas avoir dit que vous aimiez les chiens? Vous vous penchiez pour les caresser quand mon Porgy vous a sauté dessus tellement il était content, vous vous êtes trouvée tout embrouillée dans leurs laisses et vous êtes tombée sur les marches. J'étais désolée qu'il vous arrive malheur à cause d'eux, vous pensez bien! Vous vous êtes cogné la tête et je crois aussi que vous vous êtes fait mal à un pied. Alors, je vous ai aidée à vous relever et je vous ai emmenée dans mon petit appartement. J'aime soigner les gens, voyez-vous. Presque autant que les chiens. Je vais bien m'occuper de vous.

– Merci, dit Joyce avec effort. Mais il vaut mieux que je rentre chez moi.

– Non, non! Vous devez d'abord vous reposer. Avec le thé spécial que je vous ai fait boire vous vous sentirez mieux.

– Quel thé?

Pourquoi je suis comme ça? eut-elle la force de se demander avant que ses yeux se referment d'eux-mêmes et qu'elle retombe dans un profond sommeil.

Son hôtesse retourna devant le fourneau et se remit à touiller une marmite de soupe. Ses quatre chiens dormaient paisiblement dans le désordre de la petite pièce.

– Vous serez bien sages, les enfants, murmura-t-elle. Notre invitée dort et elle ne se réveillera pas avant un bon moment. J'espère que vous ne m'en voulez pas de lui avoir donné un peu de votre médicament. C'est si bon d'avoir de nouveau de la compagnie! soupira-t-elle. Pourvu qu'elle aime ma cuisine...

34

Dans la voiture de Jack, les poings crispés, Cindy regardait défiler les eaux sombres de l'East River. De sinistres histoires de gens qui avaient glissé dans les tourbillons mortels du fleuve après avoir trop bu, ou qui y avaient été poussés par une main criminelle, lui revenaient en mémoire. Pas Joyce, mon Dieu, pas Joyce! pria-t-elle.

– Ça ne lui ressemble pas du tout de partir sans dire au revoir, s'entendit-elle dire. Elle est trop bien élevée.

– Il y a peut-être une explication logique, Cindy, la réconforta Regan. Les gens dont nous croyons qu'ils ne font jamais certaines choses nous réservent parfois des surprises. Et puis, elle avait bu plus qu'à son habitude. Espérons que Joyce a fini sa soirée dans un autre club et qu'elle est maintenant tranquillement endormie chez elle.

Jack avait appelé le central par radio pour lancer à toutes les voitures en patrouille dans Manhattan un bulletin d'alerte décrivant une jeune femme de vingt-sept ans, de petite taille, les cheveux châtain clair et les yeux verts, vêtue d'un jean et d'un blouson de cuir noir. Ce signalement correspondait à celui de centaines d'autres jeunes femmes dans New York un samedi soir mais, parce qu'elle ne pouvait pas encore être légalement portée disparue, cette alerte officieuse permettrait peut-être de la retrouver avant qu'il ne soit trop tard. Un des collaborateurs de Jack prenait également contact avec tous les hôpitaux pour vérifier si elle y avait été admise en urgence.

La traversée du pont de Triboro les amena à Queens dans la rue où habitaient Joyce et Cindy. Jack s'arrêta devant l'appartement de Joyce. La voiture des jeunes femmes stoppa derrière lui. Toutes les fenêtres de la rue étaient obscures.

– Vous devriez aller frapper ou sonner à sa porte, Cindy, lui dit Jack. Joyce a droit au respect de sa vie privée. Si elle est rentrée, elle n'aura pas envie de découvrir une foule à sa porte au milieu de la nuit.

Cindy mit pied à terre, frappa, garda le doigt plusieurs minutes sur le bouton en faisant assez de bruit pour réveiller un mort. Faute de réponse, elle retourna vers la voiture.

– Elle cachait une clef de secours à côté de la porte de derrière. Allons voir si elle y est encore.

– Je n'ai pas le droit de pénétrer chez elle sans son autorisation ou un motif grave, dit Jack. En tant que membre de la police, ce serait commettre une violation de ses droits civils.

– Je ne violerai rien du tout, moi, répondit Cindy, au bord des larmes. Elle m'a demandé plusieurs fois d'aller donner à manger à son perroquet quand elle restait chez sa mère plus tard que prévu. Nous sommes assez bonnes amies pour que je sache où elle cache sa clef de secours comme elle sait où je cache la mienne. Mais je ne veux pas entrer seule chez elle. Voulez vous m'accompagner, Regan?

– Bien sûr, répondit Regan. Aucune loi ne me l'interdit.

– Sois prudente, dit Jack en lui prenant la main.

– Rassure-toi, je le serai, dit-elle en mettant pied à terre.

Elle contourna la maison derrière Cindy. Par la fenêtre de la cuisine, on voyait briller l'écran d'un petit téléviseur.

– Sa télévision est restée allumée, dit Regan. Elle est donc peut-être rentrée et s'est endormie sans l'éteindre.

– Non, elle laisse toujours la télé allumée pour tenir compagnie à son perroquet quand il n'y a personne chez elle.

Regan s'abstint de demander si ledit perroquet avait un programme préféré.

Cindy souleva une dalle descellée au pied des marches, ramassa la clef, monta les trois marches et introduisit la clef dans la serrure.

– Salut! fit le perroquet quand elle ouvrit la porte.

– Salut Roméo, lui répondit Cindy en allumant la lumière. Le pauvre a dû devenir fou de m'entendre sonner sans arrêt à la porte, sans compter le téléphone toute la nuit.

Surtout s'il essayait de regarder la télévision, pensa Regan.

– Regardons d'abord si Joyce n'est pas déjà rentrée, dit-elle.

Elles traversèrent le living et, comme elles s'y attendaient, trouvèrent la chambre déserte. Regan alluma dans la salle de bains sans cependant y entrer. Elle ne voulait pas envahir l'intimité de Joyce, du moins tant qu'elle n'y serait pas obligée. Et j'espère bien ne pas devoir en arriver là, pensa-t-elle en éteignant.

Elle avait tort de se montrer aussi discrète, car les serviettes ensanglantées dans la poubelle passèrent inaperçues.

De retour à la cuisine, elle regarda avec Cindy une liste de noms et de numéros de téléphone épinglés à côté du téléphone.

– Francis est son ami, l'informa Cindy. Il vit ici avec elle.

– Et il est parti pour le week-end avec un camarade?

– Oui.

– Savez-vous où ils sont allés? L'avez-vous demandé à Joyce?

– Non et je n'ai pas insisté, elle n'avait pas envie d'en parler. Elle a vaguement dit qu'il fallait bien que les garçons s'amusent seuls de temps en temps.

– Le problème, c'est que si Joyce est sortie avec un autre, elle n'aurait sûrement pas envie que Francis l'apprenne sans ménagements.

– Je ne crois pas du tout qu'elle soit avec un autre, déclara Cindy avec conviction. Et si c'est le cas, il serait temps que Francis sache enfin qu'il ne peut pas se permettre d'abandonner Joyce pendant le week-end en s'imaginant qu'elle l'attendra sagement sans rien faire. Si vous hésitez à l'appeler, Regan, je l'appellerai moi-même.

– Tant qu'elle ne sera pas officiellement portée disparue, répondit Regan après avoir réfléchi, il vaut mieux en effet que ce soit vous qui l'appeliez. Vous êtes son amie, vous avez le droit de vous inquiéter à son sujet. Qui sait ce qu'il fait en ce moment, ce garçon? Mais si elle n'était pas rentrée demain...

– Non, ne le dites surtout pas! Vous voulez sans doute protéger sa vie privée, Regan, mais je suis convaincue qu'elle est en danger en ce moment. Il lui est arrivé quelque chose, je le sens.

Elle décrocha, composa le numéro du portable de Francis. La boîte vocale répondit à la quatrième sonnerie.

– Francis, c'est Cindy. Appelez-moi le plus vite possible. Il s'agit de Joyce. Avez-vous eu de ses nouvelles? Nous sommes sorties ensemble ce soir et je ne sais pas où elle est, dit-elle avant de donner son numéro de portable. Je voudrais bien savoir pourquoi il ne répond pas à trois heures du matin, dit-elle après avoir raccroché.

– Tas de feignants! clama Roméo.

– Il ne sait pas dire «Jacquot veut un biscuit» comme tous les perroquets? s'étonna Regan.

– Cet oiseau n'est pas ordinaire, dit Cindy. Joyce est la seule personne qu'il aime. Tous les autres l'agacent.

– J'ai lu quelque part que les perroquets sont particulièrement fidèles. Ils s'attachent à une seule personne et n'en changent plus.

– Je voudrais bien que les types que je rencontre pensent la même chose, soupira Cindy en continuant de regarder la liste de noms. La mère de Joyce fait une croisière en Europe, elle ne doit pas revenir avant une dizaine de jours. Elle est venue voir Joyce il y a quinze jours et elle a dû laisser ses deux chiens dans la voiture parce que Francis est allergique aux chiens. Elle est très remontée contre lui, elle dit que ses allergies sont purement imaginaires.

– Ma mère et moi sommes allergiques aux chiens, nous aussi, et ce n'est pas drôle, croyez-moi. Mais nous ne les aimons pas moins à cause de cela. Où est le père de Joyce?

– Il s'est envolé il y a des années.

– Joyce a-t-elle des frères ou des sœurs?

– Non, elle est fille unique. C'est pour cela qu'elle est tellement attachée aux animaux. Les chiens, surtout, étaient ses seuls compagnons quand elle était petite.

– Et maintenant, elle ne peut pas en avoir à cause de Francis ?

– Eh oui, soupira Cindy.

– Elle doit donc beaucoup tenir à lui.

– Qui sait ? J'ai l'impression que ça ne va pas très bien entre eux, ces derniers temps. L'ami avec lequel Francis est sorti ce soir s'incruste chez eux depuis deux mois et ils laissent tomber Joyce un samedi soir pour sortir ensemble. À sa place, je serais furieuse.

– Pour le moment, Cindy, je ne crois pas qu'on puisse faire grand-chose. Sauf attendre.

– Il faut que vous partiez, je sais, mais moi, je reste. Je m'étendrai sur le canapé. Je ne dormirai sans doute pas beaucoup, mais je veux être ici quand elle reviendra.

– Voulez-vous demander à une de vos amies de vous tenir compagnie ?

– Non. Aucune d'elles ne connaît Joyce. Je serai aussi bien seule.

– Ne vous inquiétez pas, Cindy, dit Regan en lui prenant la main. La police la recherche, essayez de vous reposer. Je vais coucher ce soir chez mes parents, à Manhattan. Voici ma carte, appelez-moi dès que vous saurez quelque chose. Nous devons passer à la télévision à huit heures du matin au sujet de nos robes volées.

– Je sais, Brianne nous en a parlé. Si Joyce n'était pas de retour, ajouta-t-elle, pourriez-vous en dire quelques mots à la télévision ?

– Je ne crois pas, Cindy. Si elle ne rentre pas cette nuit parce qu'elle a rencontré un autre homme, ce serait plus que gênant pour elle d'entendre parler de sa disparition à la télévision. Mais si elle n'est toujours pas revenue dans l'après-midi...

– Je comprends. Je suis très inquiète, voyez-vous.

– Je sais, Cindy.

– Joyce! cria Roméo. Joyce!

– Elle lui manque, dit Cindy en s'approchant de la cage.

Elle passa un doigt entre les barreaux, Roméo s'empressa de la mordre et Cindy retira sa main si vite qu'elle ouvrit la porte de la cage. Roméo saisit cette occasion de reprendre sa liberté et s'envola.

– Salut jolie fille! cria-t-il en frôlant la tête de Regan.

Cet oiseau me plaît, pensa-t-elle en suivant Cindy dans le living où le perroquet tournait en rond en battant des ailes.

– Reviens, Roméo, reviens! lui cria Cindy.

Bien loin d'obéir à cette injonction, il piqua derrière le canapé où Marco entassait ses affaires depuis deux mois. Agenouillée sur le canapé, Cindy réussit à empoigner le volatile, qui tenait dans son bec un objet brillant. Elle le lui arracha, le rejeta sur un des sacs à dos de Marco et se tourna vers Regan, qui attendait la fin de cette séance de domptage.

– Je vais le remettre dans sa cage, annonça-t-elle en se relevant.

– D'accord. Je peux donc vous quitter.

Cindy ne pouvait évidemment pas se douter que l'objet métallique qu'elle venait de rejeter avec tant de désinvolture avait une importance capitale.

Car ce n'était rien de moins que le trousseau de clefs d'Alfred.

35

Les premières lueurs de l'aube striaient de rouge et de bleu le ciel de Manhattan lorsque Jack, Regan et Kit revinrent enfin dans ce quartier.

– J'aurais volontiers englouti un bon steak chez Elaine's, mais ils sont sûrement déjà fermés, soupira Regan. Il vaut quand même mieux essayer de dormir deux heures si nous voulons faire bonne figure tout à l'heure à la télévision.

Elle pensait au légendaire restaurant de l'Upper East Side qui, depuis quarante ans, apaisait jusqu'à quatre heures du matin les fringales des noctambules.

– Qu'est-ce que tu vas mettre? lui demanda Kit.

– Je n'en sais encore rien. Je vais regarder ce que j'ai laissé dans la penderie chez mes parents. Quand je pense qu'en sortant ce matin, nous étions persuadées de nous coucher tranquillement dans leur maison du New Jersey!

– Tu as appelé ta mère pour lui dire de regarder la télévision? demanda Jack.

– Oui. Elle m'a même dit qu'elle espérait que nous irions déjeuner chez elle après l'émission. Elle n'était évidemment pas encore au courant de la disparition de Joyce.

– Il faudra voir comment la situation évolue, soupira Jack.

– Vous ne m'en voudrez pas, j'espère, si je regarde l'émission du fond de mon lit, dit Kit.

Ils longeaient Central Park et allaient bientôt arriver à l'immeuble où se trouvait l'appartement des Reilly.

– Je ne te le reprocherai sûrement pas, répondit Regan. Il n'y a décidément rien de plus calme que Manhattan le dimanche matin, ajouta-t-elle.

– Tout le monde est couché depuis longtemps, commenta Jack.

– Sauf Joyce, dit Regan, à mi-voix.

Jack s'arrêta le long du trottoir. Kit sauta à terre.

– À plus tard, Jack, dit-elle en bâillant.

– Bonne nuit, Kit. Je t'adore, ma mariée de printemps, dit-il en serrant Regan contre lui et en lui donnant un baiser.

– Je t'adore aussi, dit-elle en mettant pied à terre. Serons-nous vraiment mariés samedi prochain? ajouta-t-elle par la vitre ouverte.

– C'est du moins ce qui est prévu, répondit-il en souriant.

– Le temps me paraîtra long, d'ici là.

– À moi aussi. Si tu savais comme j'ai hâte que nous soyons enfin partis, toi et moi. Rien que nous deux, enfin...

– Pense aussi au plaisir que nous prendrons, entourés de nos familles et de nos amis le jour de notre mariage. Quelle que soit la robe que je porterai, ajouta-t-elle en riant.

Jack ne put s'empêcher de rire en écho.

– Repose-toi, ma chérie. Je passerai te chercher à huit heures.

Regan trouva Kit déjà profondément endormie dans son ancienne chambre. Elle se laissa tomber sur le lit de ses parents, régla le réveil à sept heures et ferma les yeux. Il ne lui fallut pas deux secondes pour sombrer dans le sommeil.

36

– Francis, réveille-toi! beugla Marco. Il faut que tu prennes le volant, je peux pas garder les yeux ouverts. Réveille-toi, bon Dieu!

Tout en parlant, il entra dans une station-service et secoua son compagnon, qui se réveilla avec peine. Francis avait essayé de se convaincre qu'il vivait un mauvais rêve, mais tout était trop réel. Marco était assis à côté de lui et, au bout d'une nuit de route, ils n'étaient beaux à voir ni l'un l'autre.

– Où on est? bafouilla-t-il.

– En Pennsylvanie.

– Pas encore dans le Middle West?

– Non, mais on avance.

– Il me faut du café.

– Va en chercher. Moi, je vais aux toilettes.

Dans la boutique de la station, Francis acheta un double café et deux brioches aux raisins. Quand il revint à la voiture, Marco ronflait déjà sur la banquette arrière. Même endormi, pensa Francis avec accablement, il a l'air de mijoter un coup tordu.

Quelques instants plus tard, Francis redémarra. Le portable de Marco était dans le vide-poches entre les sièges avant. Je rappellerai Joyce quand il fera jour, décida-t-il. En ce moment, elle doit encore dormir. J'espère qu'elle ne sera pas furieuse contre moi quand elle se réveillera.

Pourtant, au plus profond de lui-même, il savait que son sort était déjà scellé.

37

Quand Regan entendit son réveil sonner à sept heures, il lui fallut un effort de volonté pour se lever sans attendre et courir se réveiller sous la douche. En sortant de la salle de bains, elle traversa le couloir sur la pointe des pieds et entrouvrit la porte de sa chambre où Kit était profondément endormie. Quel week-end je lui ai imposé! pensa-t-elle. J'espère qu'en guise de compensation, elle fera une bonne rencontre parmi les amis de Jack. Kit avait même suggéré en plaisantant d'inviter l'ex-fiancé de Tracy. Ce Jeffrey Woodall est encore plus lamentable que je ne l'avais imaginé, se dit Regan, curieuse de savoir quelle fille avait remplacé aussi vite Tracy.

Ayant choisi dans sa penderie un pantalon noir, un sweater de cachemire fraise et une veste noire, elle finissait de se coiffer quand le portier lui signala par l'interphone que Jack l'attendait.

– Je descends tout de suite, répondit-elle.

Dans des rues encore quasi désertes, ils allèrent aux studios de Tiger News, situés près de l'Hudson, de l'autre côté de Manhattan. Chaîne câblée nationale de création récente, Tiger News jouissait de pourcentages d'audimat flatteurs. Leurs programmes du dimanche matin, mêlant informations, divertissement, sports et interviews, étaient particulièrement populaires.

Alfred et Charisse étaient déjà arrivés. L'air frais et dispos, ils attendaient en buvant du café. Alfred se précipita vers Regan.

– Ah! Chère Regan, vous voilà! s'exclama-t-il en l'embrassant avec des transports d'affection.

Il est manifestement enchanté de passer à la télévision, pensa-t-elle. Du moment que cela lui fait de la publicité...

– Êtes-vous prêts pour la caméra? demanda-t-elle.

– Fin prêts! Nous sommes arrivés de bonne heure, les maquilleuses ont eu le temps de préparer Charisse et de me poudrer le bout du nez. Au fait, il faut que je vous dise...

– Quoi donc? demanda Regan.

215

– Vous n'avez pas lu le *New York Post* de ce matin?

– Non, pas encore.

Alfred brandit devant elle un numéro du journal. LE BLUES DES ROBES DE MARIÉE, proclamait la manchette à la une. Regan prit le journal. Une photo de Charisse et d'Alfred contemplant tristement la robe ravagée de Brianne occupait la moitié de la page. Les lecteurs étaient invités à lire les détails en page trois, que barrait une autre manchette : LE CAMBRIOLAGE DE L'ATELIER DE COUTURE DE CHARISSE ET D'ALFRED TRANSFORME CINQ JEUNES MARIÉES EN MODERNES CENDRILLON!

– Cendrillon? s'étonna Jack.

– Elle n'avait rien à se mettre pour aller au bal, lui rappela Regan en commençant à lire l'article.

Vous pensiez que Cendrillon avait un problème, parce que sa garde-robe était désespérément vide quelques minutes avant le grand bal? Oui, mais Cendrillon avait pour marraine une bonne fée qui, d'un coup de baguette magique, l'a revêtue d'une robe plus belle que le jour et qui lui allait à la perfection. Alors, que diriez-vous si vous deviez vous marier la semaine prochaine et que vous découvriez que votre robe de rêve a disparu ou est réduite en lambeaux? Si les stylistes Charisse et Alfred ont été victimes dans la nuit de vendredi dernier d'un audacieux cambriolage, ils affirment pourtant qu'ils prendront la place de la bonne fée et referont les robes des jeunes mariées...

– Ils en donnent la liste complète! s'exclama Regan, effarée.

– Oui, c'est regrettable, commenta Alfred en sirotant son café.

– Mais comment ont-ils eu les noms? Vous saviez que Tracy, Victoria et Shauna ne voulaient pas être mentionnées, surtout Tracy!

– Franchement, je n'en sais rien. Ce n'est pas moi qui les leur ai dit, en tout cas.

– Qui, alors?

– Moi non plus! se défendit Charisse. Des journalistes nous ont appelés à plusieurs reprises la nuit dernière pendant que nous travaillions sur votre robe, Regan, mais je n'ai rien dit.

– La robe se présente merveilleusement bien, intervint Alfred.

Regan ne releva pas cette tentative maladroite de lui dorer la pilule.

– Y avait-il quelqu'un avec vous hier soir? demanda-t-elle.

– Oui, un assistant qui travaille pour nous de temps en temps. Il est resté deux ou trois heures et il a répondu au téléphone pendant que nous étions en train de travailler. Nous recevions des quantités d'appels, nous ne pouvions pas répondre continuellement.

– Eh bien, voilà l'origine de la fuite, déclara Jack comme si c'était tout naturel.

Regan se retint de grincer des dents.

– J'espère que Tracy ne vous fera pas un procès, soupira-t-elle.

Car les noms s'étalaient en toutes lettres : Regan Reilly, Brianne Barth, Tracy Timber, Victoria Beardsley et Shauna Nickles. Regan poursuivit sa lecture :

Regan Reilly était sur les lieux hier matin. Détective privée de profession, elle doit épouser le chef de la Brigade spéciale, Jack Reilly. La cérémonie aura lieu samedi prochain dans l'église Saint-Ignace-de-Loyola à Manhattan. Regan est la fille du célèbre auteur de romans policiers, Nora Regan Reilly...

– Comment ont-ils appris tout cela? s'exclama Regan.

– Par les mêmes méthodes que les tiennes, ma chérie, lui répondit Jack avec un sourire amusé.

La porte de l'ascenseur s'ouvrit à ce moment-là pour livrer passage à Brianne, suivie d'un jeune homme qui donnait l'impression de vouloir être n'importe où ailleurs. Brianne présenta à la ronde son fiancé Paul, qui salua gauchement avant de se précipiter au buffet. Il engloutit un *donut* avec un verre de jus d'orange et se resservit aussitôt.

– Avez-vous des nouvelles de Joyce, Regan? demanda Brianne.

– Non. Et vous, avez-vous lu le journal, ce matin?

– Je n'ai pas eu le temps. Il est même tellement tôt que je m'étonne d'avoir pu arriver à l'heure.

Regan lui tendit le journal.

– Regarde, Paul, je suis célèbre! s'exclama Brianne avec un sourire épanoui.

Paul, qui lisait par-dessus son épaule, se borna à hocher la tête.

– Vous êtes le chef de la Brigade spéciale? demanda-t-il à Jack.

– Oui. Pourquoi?

– Pour rien, bredouilla-t-il.

Qu'est-ce qu'il a, ce garçon? se demanda Regan, intriguée par sa nervosité et son évident embarras.

Une assistante vint chercher Regan et Brianne pour le maquillage.

– Rendez-les belles et fraîches comme des jeunes mariées, lui recommanda Alfred. Ne les vieillissez pas, surtout!

L'assistante fit comme si elle n'avait pas entendu.

La maquilleuse et la coiffeuse partageaient une pièce exiguë. Regan avait toujours admiré la rapidité avec laquelle ces artistes parvenaient à tirer le meilleur parti des physionomies les plus variées, parfois les plus ingrates. Elles furent prêtes en quelques minutes avant d'entrer dans le studio, où la climatisation faisait régner un froid glacial avant l'allumage des projecteurs. Des sièges pour six personnes étaient disposés dans un coin de la vaste pièce. Une photo grandeur nature d'une robe conçue par Alfred et Charisse décorait l'arrière-plan.

– Sublime! s'exclama Alfred en battant des mains quand il découvrit sa création ainsi mise en valeur.

Les hôtes de l'émission, Patrick et Jeannie, allaient procéder de concert aux interviews. Jeannie, blonde et bronzée, et Patrick, brun aux yeux bleus, portaient la tenue désormais de rigueur pour les week-ends en ville, jeans, bottes et sweaters de cachemire. Leur show avait pour cible l'auditoire jeune du dimanche matin, attiré par des programmes faciles et distrayants. Aussi, pendant que leurs spectateurs prenaient leur café matinal et lisaient le journal du coin de l'œil, Patrick et Jeannie paraîtraient faire la même chose en bavardant à bâtons rompus avec leurs invités de sujets d'actualité.

Les invités du jour furent guidés vers leurs sièges et pourvus de micros. Patrick et Jeannie les rejoignirent en leur adressant de larges sourires. Au signal de la régie, les caméras commencèrent à ronronner et Jeannie présenta les membres du groupe et le sujet de l'émission.

– Nous entrons dans la saison des mariages, commença-t-elle, période pendant laquelle les futures mariées se démènent afin de tout préparer à temps pour le grand jour. Alors, que feriez-vous si, en plus de vos autres soucis, vous appreniez une semaine, oui, *une semaine* avant la cérémonie, que votre belle robe de mariée a été volée? Eh bien, c'est ce qui est arrivé à deux de nos invitées.

La régie envoya un gros plan de Regan et de Brianne pendant que Jeannie donnait leurs noms. Je dois avoir l'air complètement idiote, pensa Regan.

– Nous avons aussi avec nous les deux merveilleux jeunes créateurs, Alfred et Charisse. Depuis deux ans, la presse spécialisée et les magazines de mode ont consacré des articles élogieux à leurs créations et surtout à leurs merveilleuses robes de mariée. En voici d'ailleurs un exemple – elle montra la photo derrière elle. Par malheur, leurs robes ont été volées. Il n'empêche que je tiens à ce que ce soit vous deux qui fassiez ma robe quand je me marierai !

– Comptez sur nous, promit Alfred, aux anges.

Charisse se contenta de sourire modestement à la caméra.

Jeannie détailla aux téléspectateurs le récit du cambriolage dont ils avaient été victimes puis se tourna vers ses invités.

– Alors, comment vous en remettez-vous ? demanda-t-elle d'un air compatissant.

– Nous sommes épuisés ! soupira Alfred. Nous avons passé notre nuit à coudre ! Mais, quoi qu'il arrive, nous aurons terminé les robes de Regan et de Brianne, qui ont été avec nous des anges de patience et de compréhension.

Patience et compréhension ? se dit Regan, amusée. Le père de Brianne l'a menacé d'un procès et j'ai à peine fermé l'œil de la nuit à cause de cette affaire. Si c'est de la patience...

Patrick prit le relais.

– Nous avons appris que c'est vous, Brianne, qui avez découvert votre belle robe réduite en morceaux et tachée de sang. Pouvez-vous nous dire ce que vous avez éprouvé ?

– Épargnez-moi, de grâce! dit-elle en levant les yeux au ciel. C'était trop épouvantable.

– Je crois aussi qu'en rentrant chez vous, vous avez cherché la robe de votre mère et que vous l'avez trouvée couverte de fourmis.

Brianne pouffa de rire comme si c'était du plus haut comique.

– Alors là, si vous aviez vu ma mère!

Et elle entreprit de relater l'événement en détail.

Lorsque Brianne eut terminé, Patrick se tourna vers Regan.

– Nous avons aussi avec nous Regan Reilly, détective privée professionnelle. Vous enquêtez sur cette affaire, je crois?

– Vous pouvez vous douter qu'elle m'inspire un certain intérêt. Mais rassurez-vous, la police mène son enquête. Officiellement.

– Votre fiancé, Jack Reilly, en est un cadre très important. Il est chef de la Brigade spéciale, n'est-ce pas?

– C'est exact, répondit Regan avec un sourire sincère.

– À vous deux, vous formez donc une équipe de choc pour combattre le crime. Les incorruptibles Reilly!

Jack va me tuer, pensa Regan.

– Disons que nous aimons tous deux notre métier, se borna-t-elle à répondre.

– Parlez-nous de votre enquête.

– Nous recherchons les deux individus qui se sont introduits dans le loft de Charisse et d'Alfred, les ont ligotés, bâillonnés, ont forcé le coffre où ils se sont emparés d'une somme importante et des bijoux de Charisse avant de prendre la fuite avec les robes.

– Comment ont-ils pu entrer? demanda Jeannie.

– Il n'y avait pas de trace d'effraction, répondit Regan.

– Je passe mon temps à perdre mes clefs, avoua Alfred avec un dépit théâtral.

Il ferait décidément n'importe quoi pour se montrer à la caméra, se dit Regan.

– Soyez plus prudents, mes amis, dit Patrick à l'usage de son auditoirc. Vous voyez où la distraction peut vous mener.

– Et changez tout de suite vos serrures, renchérit Jeannie. Vous aviez peur, je suppose, pendant cette agression?

– Peur? répéta Alfred. Ma pauvre Charisse était terrifiée.

– D'autres mariées ont subi les conséquences de ce cambriolage, dit Patrick en consultant ses notes pendant que Regan serrait les dents. Tracy Timber, Victoria Beardsley et Shauna Nickles. Pourquoi ne sont-elles pas venues ce matin? Elles auraient sûrement des choses intéressantes à nous dire.

Si elle vous entend, pensa Regan, Tracy doit être en train de piquer une nouvelle crise de larmes.

– Savez-vous comment elles réagissent à ce drame, Alfred? voulut savoir Jeannie.

Devant son désarroi, Charisse prit la parole.

– De nos cinq infortunées mariées, Regan et Brianne sont celles auxquelles nous consacrons tous nos efforts en ce moment, car elles doivent se marier samedi prochain. Nous avons davantage de temps pour remplacer les robes des autres.

– Bonne chance et bon courage, lui souhaita Patrick avant de se tourner vers la caméra. Nous voulons nous aussi nous rendre utile pour mettre la main sur ces malfaiteurs. Et vous, chers téléspectateurs qui nous regardez de l'Atlantique au Pacifique, votre collaboration peut se montrer décisive. Si vous remarquez quoi que ce soit, si vous avez une information, appelez-nous sans hésiter. Aidez nos jeunes mariées à retrouver leurs belles robes!

– Regardez attentivement cette merveilleuse robe, enchaîna Jeannie en montrant la photo. Celles qui ont été volées sont conçues dans le même esprit. Ces robes sont sûrement quelque part! Notez bien notre numéro spécial...

Pendant que Jeannie épelait les chiffres, Patrick montra à la caméra le numéro du *New York Post* avec sa manchette.

– Je peux vous dire, en tout cas, que ma femme en aurait fait une maladie si cela lui était arrivé huit jours avant notre mariage! Et maintenant, une pause de publicité. À tout de suite, les amis!

Ce segment de l'émission terminé, Patrick dégrafa son micro et se leva.

– Merci à vous tous d'être venus ce matin. Je suis sûr que nous aurons des réactions.

224

Je n'en doute pas un instant, pensa Regan en imaginant celles de Tracy et de Shauna.

Jack et Paul avaient assisté à l'émission dans le studio plutôt que de la regarder sur un moniteur dans la salle d'attente. Regan se hâta de rejoindre Jack.

– Désolée, Superman. Je me n'y attendais vraiment pas.

– Les incorruptibles Reilly, répondit-il en riant. Pourquoi pas? Mais je pense que nous formons une bonne équipe dans d'autres domaines, tu ne crois pas?

Le standard commençait déjà à surchauffer. Jack et Regan, Paul et Brianne, Alfred et Charisse prirent ensemble l'ascenseur. Ils allaient sortir quand un assistant les rattrapa en courant.

– Mademoiselle Reilly, attendez! Mon patron a au bout du fil quelqu'un qui devrait vous intéresser!

38

Dans la luxueuse chambre d'amis de l'appartement des Ney, Shauna et Tyler se réveillaient. Comme presque tous les matins, Tyler prit la télécommande pour allumer le téléviseur et, comme à son habitude, commença à zapper de chaîne en chaîne en accordant à chaque programme une milliseconde de son attention avant de passer au suivant.

Il faillit donc manquer le segment de Tiger News sur les Mariées d'avril. Il avait déjà le doigt sur le bouton quand l'apparition du visage de Regan Reilly à l'écran retint son geste d'extrême justesse.

– Shauna! dit-il en la secouant par l'épaule. Regarde ça.

– Quoi? grogna Shauna.

– Regarde, je te dis!

Ils regardèrent l'émission jusqu'à la fin. Lorsque le nom de Shauna fut cité, ils échangèrent un long regard. Shauna se leva et consulta sa montre.

– Pamela doit être en train de se préparer pour aller à l'église. Ce serait gentil que j'aille voir si je peux l'aider.

– Excellente idée, approuva Tyler.

39

Le dimanche matin, à l'église épiscopalienne St. Bartholomew de Park Avenue, Pamela et Arnold occupaient rituellement une stalle au premier rang, au service de neuf heures. Ce dimanche-ci, toutefois, ils étaient arrivés un peu en retard et avaient dû se résoudre à prendre place vers le fond de la nef. Ce léger désagrément indisposa Pamela.

La veille, ils s'étaient couchés plus tard que d'habitude et avaient eu du mal à reprendre leur rythme le matin. Pamela avait préparé le petit déjeuner en se félicitant que Shauna et Tyler ne soient pas plus matinaux. Elle était enchantée de les accueillir, bien sûr, mais elle appréciait aussi d'avoir parfois un peu de champ libre.

Ainsi, pensait-elle pendant que le révérend faisait un sermon sur la grâce divine, ils attendent un enfant qu'ils baptiseront d'un de nos prénoms. Quel bonheur de tenir enfin un bébé dans ses bras! Pourquoi, alors, éprouvait-elle ce sentiment de malaise? Cette journée devrait être heureuse entre toutes.

En se lissant machinalement les cheveux d'une main, Pamela se rendit compte qu'une de ses boucles d'oreilles manquait. Elle se tâta aussitôt l'autre oreille, constata que la boucle était en place. Cette paire était une de ses préférées, chacune comportait un diamant dans une monture d'or et c'était le cadeau d'Arnold pour leur dernier anniversaire de mariage. L'aurais-je perdue? se demanda-t-elle avec angoisse. Elle regarda autour d'elle, sur son siège, à ses pieds. Je ne devrais pas me soucier d'un bijou à l'église, se dit-elle, mais je tiens beaucoup à cette boucle. Mon Dieu, faites que je la retrouve quand je rentrerai à la maison.

Elle repensa à leur dîner de la veille. Ils avaient porté un toast au futur bébé et Shauna avait bu plusieurs verres de vin pendant le repas. Peut-être parce que l'ambiance était joyeuse, mais elle ne devrait quand même pas boire autant si elle est enceinte.

Si elle est enceinte?...

Elle tâta de nouveau son oreille où manquait la boucle. Ce matin, pendant que je me préparais, Shauna est venue dans ma chambre. Le coffre était ouvert, Arnold me houspillait pour que je me dépêche. Pendant ce temps, Shauna parlait sans arrêt du bébé. Comme je ne voulais pas la froisser, j'essayais de l'écouter et j'ai fini par quitter ma chambre avant elle, surtout pour échapper à son bavardage.

Mais je ne me souviens pas d'avoir refermé le coffre.

Pamela sentit son cœur battre plus vite. La tête lui tournait. Tous mes bijoux sont dans ce coffre. Ils valent plusieurs centaines de milliers de dollars. Shauna faisait-elle exprès de me distraire?

D'un coup, Pamela commença à douter de la grossesse de Shauna. Elle s'efforça de reprendre son calme. En vain. Son malaise s'aggravait de minute en minute. Que Dieu me pardonne, se dit-elle en tapant sur l'épaule de son mari.

– Je ne me sens pas bien, Arnold. Il faut que je rentre.

Au même moment, Shauna et Tyler entassaient aussi vite qu'ils le pouvaient leurs affaires dans des valises.

– Un tiens vaut mieux que deux tu l'auras, commenta Tyler en brandissant le sac de voyage raflé dans la penderie de Pamela où il avait fourré tous les bijoux. J'espérais que ces braves gens nous rapporteraient davantage, mais on se contentera de la quincaillerie.

– J'aurais dû changer de nom, dit Shauna. Quand on les a rencontrés, je ne me doutais pas qu'on en arriverait là.

Sur quoi, ils bouclèrent leurs bagages.

Regan et Jack suivirent l'assistant dans un bureau où les attendait la productrice des programmes d'information de Tiger News. Âgée d'une quarantaine d'années, les lunettes relevées sur le front, elle se leva à leur entrée et leur fit signe de s'asseoir.

– Je suis Dana Mansley. Depuis la fin de l'émission sur les robes volées, nous recevons des quantités d'appels. Pour la plupart, ils ne nous mèneront sans doute à rien, mais je crois que vous voudrez parler au type que j'ai au bout du fil.

Elle appuya sur un bouton et tendit le combiné à Regan.

– Regan Reilly à l'appareil, s'annonça-t-elle.

– Bonjour, Regan. Horace Banks. Comment allez-vous?

– Bien, merci. Et vous?

– Dans l'ensemble ça va, sauf que je suis toujours légalement marié à une certaine Shauna Nickles qui s'est envolée il y a deux ans. Je voudrais bien divorcer pour me remarier avec une charmante personne. Au fait, elle a trouvé la robe superbe.

– Merci, je transmettrai le compliment aux créateurs.

– Pour revenir à ce que je disais, il faut un certain délai pour qu'une personne soit légalement considérée disparue. Vous voyez où je veux en venir?

– Tout à fait.

– Si cette Shauna Nickles est ma femme, j'ai hâte de la contacter. Il paraît qu'elle s'est mise en ménage avec un type plus jeune. De toute façon, elle ne peut pas l'épouser tant que nous sommes mariés.

– Elle ne le peut pas, en effet. Mais voyons d'abord si nous parlons bien de la même Shauna Nickles. Pouvez-vous me la décrire?

– Elle a quarante-huit ans, mais elle en paraît beaucoup moins. Elle est plutôt mignonne, du moins je le pensais au début. Elle est menue, avec des cheveux châtain clair et des grands yeux verts.

Cela ressemble fort à la Shauna que j'ai rencontrée, pensa Regan.

– Savez-vous à quoi ressemble son nouveau compagnon?

– Tout ce que j'en ai entendu dire, c'est qu'il est jeune, brun et beau garçon. Le contraire de moi en somme, précisa Horace en riant. Je suis tout de même content de savoir qu'il n'est pas riche. On dit qu'ils traînent un peu partout comme des romanichels.

Tout en notant ces paroles, Regan entendait à l'arrière-plan une voix de femme affirmer à

230

Horace qu'il était aussi beau garçon qu'une vedette de cinéma.

– D'où m'appelez-vous? demanda Regan.

– Nous vivons dans le nord du Texas.

Donc pas très loin de Santa Fe, observa Regan.

– La Shauna que j'ai rencontrée dit qu'elle n'a pas de famille.

– Je sais, grogna Horace. Elle raconte cette histoire idiote pour apitoyer les gens. Mais laissez-moi vous dire que ce n'est pas un cadeau, cette femme-là. Une vraie sournoise. Pour être franc, je me demandais si je devais appeler parce qu'elle n'est pas le genre à s'encombrer d'une robe de mariée. Je l'ai quand même fait, parce que si c'est bien elle, je veux un divorce en bonne et due forme.

– Donnez-moi votre numéro, Horace. Je vérifierai et je vous rappellerai dès que je pourrai.

Quand elle raccrocha, Dana lui lança un regard interrogateur.

– Il faut que je vérifie, répondit-elle avec diplomatie afin de ne pas risquer de calomnier Shauna devant la productrice de télévision. Tenez-moi au courant si vous recevez d'autres appels intéressants.

– Bien sûr. Je compte sur vous pour en faire autant de votre côté. Nous tenons à suivre cette histoire jusqu'au bout.

En sortant du bâtiment, Regan arrêta Jack par le bras.

– Filons tout de suite à l'appartement de la Cinquième Avenue, Jack. Si Shauna est bien l'épouse légitime de ce type et si elle a lu son nom dans le journal ou l'a entendu à la télévision, on peut craindre ce que son prétendu fiancé et elle feront aux Ney. Ils sont très riches, donc une cible idéale pour des escrocs.

Ils s'engouffrèrent dans la voiture de Jack, qui démarra en trombe et activa sa sirène.

– Cet appartement était agréable tant que nous y étions, soupira Shauna en appelant l'ascenseur.

Quand la porte de la cabine s'ouvrit, Walter, le liftier, les regarda avec étonnement.

– Vous nous quittez? demanda-t-il.

– Juste deux ou trois jours. Arnold et Pamela ont bien mérité un peu de repos, nous devenions envahissants, répondit Shauna en riant. Pouvez-vous demander au concierge de nous appeler un taxi?

– Bien sûr, répondit Walter en pressant le bouton spécial d'appel des taxis. J'ai vu votre nom dans le journal ce matin, madame Nickles. Je suis désolé de ce qui est arrivé à votre belle robe.

– Moi aussi, croyez-moi. Ces voleurs ont une audace insensée.

– Oh pour ça, oui! approuva Tyler.

Arrivés dans le hall, Shauna et lui se hâtèrent vers la sortie.

Arnold et Pamela sautèrent dans un taxi devant l'église.

232

– Que se passe-t-il? voulut savoir Arnold.

– Il y a des moments où on a de mauvais pressentiments, tu sais.

Le front couvert de sueur, Pamela s'éventait de sa main gantée. Arnold la regarda en fronçant les sourcils.

– Au sujet de Shauna et de Tyler, veux-tu dire?

– Oui.

– Nous auraient-ils pris pour un couple de vieux imbéciles?

Pour toute réponse, Pamela fondit en larmes.

Jack tourna le coin de l'avenue au moment où Shauna et Tyler s'apprêtaient à monter en taxi.

– Les voilà! s'écria Regan. Ils s'en vont.

– Qu'est-ce que tu comptes faire?

– Leur parler, répondit Regan. Shauna! cria-t-elle en courant pendant que le portier finissait de mettre les bagages dans le coffre. Shauna, attendez!

Shauna portait un sac de voyage en velours à décor floral qui paraissait plein à craquer et ne correspondait pas du tout à son style. En entendant les appels de Regan, elle se tourna vers elle avec une expression visiblement moins avenante que la veille.

– Je voudrais vous parler, dit Regan en la rejoignant.

– Je n'ai pas le temps, nous devons prendre un avion! répondit Shauna avec impatience.

Tyler attendait de l'autre côté du taxi, devant la portière ouverte.

– Je n'en aurai que pour une minute, insista Regan.

– Nous n'avons pas une minute à perdre, intervint Tyler. Nous sommes déjà en retard.

Au même moment, un autre taxi s'arrêta devant le premier. Pamela en descendit et poussa un hurlement en voyant le sac que portait Shauna.

– Mon sac! Elle a volé mon sac!

Regan tourna la tête une seconde, que Shauna et Tyler mirent à profit pour s'enfuir en courant en direction de Central Park.

Regan se lança à leur poursuite. Jack la suivit. Ils traversèrent tous les quatre en un éclair la Cinquième Avenue et s'engouffrèrent dans le parc après avoir sauté le muret qui le délimite.

Jack se fixa Tyler comme objectif et Regan, Shauna. Elle court vite, pensa-t-elle en pestant contre ses bottes à hauts talons. Mais le sac ralentissait Shauna dans sa course. Pour être aussi lourd, il doit contenir pas mal de choses, pensait Regan en accélérant l'allure.

Les promeneurs du dimanche matin regardaient avec effarement cette course-poursuite qui n'avait rien d'un entraînement de marathon. Certains se dispersèrent par précaution, d'autres braquèrent leurs caméras ou leurs appareils photo. Regan traversa une allée encombrée de cyclistes et de joggers et, dans un dernier effort, parvint à sauter sur Shauna en la ceinturant par-derrière. Les deux femmes roulèrent sur la pelouse. Tout en maintenant fermement Shauna d'un genou dans le dos, Regan ramassa le sac tombé à côté, et fit glisser la fermeture.

Et découvrit à l'intérieur un monceau de bijoux scintillant au soleil.

– Vous comptiez les vendre dans les rues de Santa Fe? demanda-t-elle d'un ton sarcastique.

Shauna ne répondit pas.

Jack s'approchait, escorté par deux policiers.

– Regan! Nous tenons le marié et nous avons de beaux bracelets pour la mariée.

– Accorde-moi ce plaisir, dit Regan en prenant les menottes que Jack lui tendait et qu'elle s'empressa de passer aux poignets de Shauna.

40

Quand elle commença à reprendre connaissance, Joyce se rendit vite compte qu'elle n'était pas chez elle. Elle ne se réveillait pas d'un mauvais rêve, elle était encore dans la pièce sordide où elle s'était retrouvée sans savoir comment la veille au soir. Elle sentait aussi qu'elle avait dormi très longtemps. La vieille femme dodelinait de la tête sur une chaise, les mains jointes. Elle était vêtue d'un vieux pantalon noir couvert de poils de chien, de baskets et d'un chandail marron. Il y avait des chiens endormis un peu partout.

Joyce avait une douloureuse migraine et mourait de soif. Elle essaya de se redresser, mais l'effort aggrava sa douleur. Pourquoi suis-je aussi faible? se demanda-t-elle en se laissant retomber. Un chien couché à ses pieds lâcha un bref grognement, la vieille femme ouvrit les yeux, se leva et s'approcha de Joyce qui, d'instinct, se rétracta.

– Bonjour, dit la vieille d'une voix rauque. Je suis bien contente que vous soyez réveillée. Au moins, vous avez eu une bonne nuit de sommeil, c'est l'essentiel. Nous allons pouvoir parler, maintenant. Je m'appelle Hattie.

– Et moi Joyce.

– Je vais bien vous soigner. Vous avez une grosse bosse sur le front, aussi grosse qu'un œuf de pigeon, précisa-t-elle avec un ricanement qui se voulait joyeux. Mes chers toutous, Porgy, Ginger, Pang et Thor, étaient très inquiets à votre sujet. Vous étiez inconsciente, la nuit dernière. Ils ont tous voulu vous lécher la figure quand vous avez fait votre chute, hier soir. Alors, si nous déjeunions?

– J'ai très mal à la tête. Je ferais mieux de rentrer chez moi.

– Il n'en est pas question! dit Hattie d'un ton sévère. Il faut d'abord que je vous soigne et que vous soyez guérie. Ma meilleure amie vient de mourir, j'aurais dû m'occuper d'elle. Maintenant, je dois m'occuper de vous.

– Mais non, je vais bien.

– Pas du tout. Vous avez bien dit que vous aviez mal à la tête?

Joyce comprit qu'il valait mieux ne pas la contredire.

– J'ai très soif. Pouvez-vous me donner un verre d'eau?

– L'eau n'est pas buvable, ici. Les tuyaux sont trop vieux, il faut la faire bouillir. Je vais plutôt vous faire une bonne tisane.

– Je veux bien.

Joyce essaya de se redresser mais, une fois encore, l'effort fut au-dessus de ses forces.

– Mon sac est là? demanda-t-elle.

– Hein?

– Oui, mon sac à main.

– Il n'y a pas de sac à main ici.

– J'ai mon téléphone dedans.

– Je n'ai rien entendu sonner.

– Est-ce que je peux me servir de votre téléphone?

– Je n'en ai pas. Quand plus personne ne vous appelle, vous n'avez pas besoin de téléphone.

– Vous m'avez dit que je suis tombée sur les marches juste devant chez vous. Pouvez-vous regarder si mon sac est resté sur le trottoir? C'est un sac noir avec une bandoulière. Il y est peut-être encore.

Hattie s'exécuta de mauvaise grâce, ouvrit sa porte, monta les quelques marches menant de son sous-sol à la rue, regarda à gauche et à droite. Il n'y avait rien en vue que quelques papiers gras que le vent faisait voleter. Elle redescendit aussi vite qu'elle était montée et referma la porte à double tour.

– Rien, dit-elle. Pas de sac. Un passant a dû le voler.

C'est invraisemblable, se dit Joyce. Il faut à tout prix que je m'en aille. Son histoire est sans doute vraie, elle ne m'a pas kidnappée, j'avais trop bu et c'est la cause de ce qui m'est arrivé. Elle est une brave femme qui n'a plus toute sa tête – au moins je l'espère. Mais il faut absolument que je rentre chez moi.

Hattie avait allumé la bouilloire. Quelques instants plus tard, elle apporta à Joyce une tasse de tisane fumante.

– Buvez, ça vous fera du bien, dit-elle en fourrant un coussin sous la tête de Joyce.

À demi assise, Joyce but une gorgée du breuvage. Si je n'avais pas aussi soif, se dit-elle, je ne boirais jamais une horreur pareille. Cette tisane est vraiment infecte. Tout en buvant à petites gorgées, elle se demanda si quelqu'un s'inquiétait de son sort. Francis était Dieu savait où, sa mère faisait une croisière, mais Cindy au moins devait se demander ce qu'elle était devenue. Il faut que je la prévienne d'une manière ou d'une autre que je ne suis ni morte ni blessée.

Elle en était là de ses réflexions quand un chien se mit à aboyer avec fureur, mais ce n'était pas un de ceux présents dans la pièce.

– Tais-toi! cria Hattie. C'est le chien de mon amie dans la chambre, expliqua-t-elle. Je ne sais pas quoi en faire. Il est gros et méchant, il ne s'entend pas du tout avec les miens.

– C'est lui qui se jette contre la porte? demanda Joyce en entendant des coups sourds.

– Oui. Il ne va pas bien, le pauvre. Je crois qu'il a du chagrin depuis que sa mère est morte. Moi aussi, mais ce n'est pas pareil. Je ne sais vraiment pas quoi faire de lui. Il ne veut même pas manger les bonnes choses que je lui prépare.

Joyce sentit ses yeux se refermer irrésistiblement et se rendit compte qu'elle avait eu tort de boire la tisane. Cette vieille folle a dû mettre une drogue dedans, eut-elle encore la force de penser. Heureusement, je n'ai pas tout bu.

Elle reposa la tasse et se rendormit instantanément.

41

Tom Belfiore habitait à l'ouest de la pointe de Manhattan, dans le quartier de la Battery. Les matins de week-end, il aimait emmener Greeny, son setter irlandais, prendre l'air et faire de l'exercice. Parfois, ils poussaient jusqu'à Central Park où se rejoignaient de nombreux New-Yorkais, avec ou sans leurs chiens, qui couraient autour du lac du Réservoir. Parfois, Tom restait dans son quartier et courait le long de l'Esplanade, d'où il pouvait admirer les bateaux sur le fleuve et la silhouette plus lointaine de la statue de la Liberté. La rive est de l'Hudson offrait aux promeneurs des espaces verts et des tables de pique-nique. Pour l'homme autant que pour le chien, c'était un endroit idéal pour goûter à la nature. Kowsky Plaza avait depuis peu un nouvel espace réservé aux chiens, équipé de fontaines pour étancher leur soif. C'était un des lieux de promenade préférés de Greeny.

Ce matin-là, Tom décida d'y aller. Jeune et sympathique vendeur d'espace publicitaire dans un magazine sportif, il aimait autant que son chien le grand air et l'exercice. Emmener Greeny se promener en ville lui réservait toujours de nouvelles expériences. Doté d'un esprit aventureux, le setter reniflait et explorait tous les coins et recoins sur son passage. Ce dimanche-là ne fit pas exception à la règle.

Après s'être dégourdi les pattes au Kowsky Plaza, l'homme et le chien flânèrent à travers Tribeca, SoHo et Greenwich Village, presque jusqu'à l'ancien Marché aux Viandes. Là, par une rue transversale, ils reprirent la direction du fleuve. Comme à son habitude, Greeny marchait la truffe au ras du trottoir et, à un moment, plongea entre deux voitures en stationnement. Un mouvement de cette rapidité signifiait, en règle générale, qu'il avait repéré une créature de petite taille qu'il voulait prendre en chasse pour se distraire. Mais Tom commençait à se fatiguer de leur long périple et ne se laissa pas faire.

– Allons, Greeny, viens!

Greeny n'en tint aucun compte. Il tirait sur sa laisse avec la ferme intention de se glisser sous une voiture. Intrigué, Tom se pencha pour voir ce qui attirait ainsi l'attention du chien. C'est alors qu'il vit l'objet : un sac de femme. Il tira sur la laisse pour écarter Greeny, se plia en deux et ramassa le sac.

– Une malheureuse femme a perdu son sac et c'est toi qui le retrouves. Bravo, mon garçon, tu es un bon chien.

Greeny salua le compliment d'un frétillement joyeux.

Tom ouvrit le sac, y trouva avec un sourire amusé une tablette de chocolat et un téléphone portable. En fouillant un peu plus, il sortit un permis de conduire. La femme s'appelait Joyce, était domiciliée dans le Queens et sa photo montrait une physionomie agréable, plutôt jolie. En plus de ces articles, le sac ne contenait qu'une carte bancaire. Pas d'argent liquide. Un voleur sans scrupules aurait pris la carte et le téléphone. Un précédent passant, peu honnête, avait peut-être subtilisé l'argent et jeté le sac sous une voiture.

– Nous allons faire un détour, Greeny, annonça Tom.

Le poste de police le plus proche n'était qu'à quelques rues. Tom et Greeny y entrèrent dignement et Tom aborda l'agent de permanence avec un sourire.

– Je suis un bon citoyen, car je vous apporte un sac que mon fin limier, ici présent, a découvert dans la rue. Je crois pouvoir dire qu'il l'a repéré grâce à l'odeur de la tablette de chocolat.

– Contient-il d'autres trésors cachés? demanda l'agent en souriant à son tour.

– À première vue, non. Mais si sa propriétaire offre une récompense, je l'accepterai avec plaisir.

L'agent vida le sac sur le comptoir, regarda le permis de conduire de Joyce et ne put retenir une grimace inquiète.

– Qu'y a-t-il? s'étonna Tom. C'est grave?

– La jeune femme était sortie hier soir dans un club avec des amies et elle a disparu sans laisser de traces.

– Seigneur! soupira Tom.

– Où avez-vous trouvé le sac?

– Dans Jane Street, à une rue du fleuve.

– Cela ne me dit rien de bon, commenta l'agent.

Il nota tous les renseignements que Tom lui communiqua afin de rédiger son rapport.

Après que Tom eut quitté le commissariat, il ne put s'empêcher de penser sans arrêt à Joyce du Queens.

42

L'élégant appartement de Jeffrey séduisit Victoria au premier coup d'œil. Ne pouvant y rester que trois heures avant d'aller reprendre son travail à minuit, elle resta blottie contre Jeffrey sur le canapé. Tout en buvant du champagne et en admirant la vue plongeante sur Central Park, ils évoquèrent avec attendrissement l'heureux hasard qui avait présidé à leur rencontre.

– Quel chance de nous être trouvés bloqués dans cet ascenseur! roucoula Jeffrey. Si Tracy n'avait pas laissé dans la voiture ses chaussures blanches pour son essayage, je n'aurais pas eu besoin de monter les lui apporter chez Alfred. Dire que tu en sortais juste à ce moment-là et que ce vieux monte-charge est tombé en panne pendant que nous étions seuls dedans!

– Juste assez longtemps pour que tu m'embrasses, compléta Victoria en pouffant de rire. Le magnétisme qui nous attirait l'un vers l'autre était si puissant que nous ne pouvions pas y résister

– Tu te tenais tout près de moi. J'étais déjà troublé, mais quand tu m'as pris la main en me disant que tu avais peur, j'ai senti une décharge électrique, soupira Jeffrey. C'est à ce moment précis que j'ai compris que je ne pourrais jamais plus revenir à Tracy.

– Pauvre Tracy! dit Victoria en posant la tête sur l'épaule de Jeffrey. Mais elle finira par comprendre.

– J'en doute.

– Cela te fait de la peine? demanda-t-elle.

– Pas du tout, mais Tracy ne comprendra jamais, crois-moi. Et Frederick? Comment a-t-il pris la nouvelle quand tu lui as dit que c'était fini entre vous?

– Il a été bouleversé. Moi aussi, je l'avoue. Mais je l'ai encouragé à considérer plutôt la vie merveilleuse qui l'attend sans moi.

– Et qu'a-t-il répondu?

– Il m'a raccroché au nez.

– Je ne le lui reprocherais pas! dit Jeffrey en riant. J'ai hâte de mieux te connaître, poursuivit-il en prenant Victoria dans ses bras. J'ai hâte que tout soit résolu et que nous puissions nous montrer ensemble en public. Parce que je veux que tout le monde t'admire, ma chérie.

– En amour comme à la guerre, Jeffrey, tout est permis. Je dois me pincer pour me convaincre que notre rencontre n'est pas un rêve. Je savais que si j'y croyais avec assez de force, ce rêve deviendrait réalité et que je rencontrerais enfin l'amour de ma vie.

– Tu ne croyais pas l'avoir rencontré avec Frederick? Du moins au début?

– Non. Jamais encore je n'avais éprouvé ce que je ressens avec toi. Oh, il faut que je m'en aille! dit-elle en regardant sa montre. Je vais me sentir bien seule sans toi, mon chéri.

Jeffrey la raccompagna à la porte, et l'embrassa avec fougue.

– Je rêverai à toi toute la nuit, mon amour, chuchota-t-il.

– Moi aussi, mais je devrai me contenter d'un rêve éveillé.

L'hôtel où travaillait Victoria était calme, à cette heure-là. Peu de gens requéraient les services de la réception pour arriver ou partir au milieu de la nuit. Les employés du poste de nuit bénéficiaient donc de beaucoup de loisirs.

Victoria passa ainsi des heures à sourire aux anges en pensant à son avenir avec Jeffrey. Pauvre Tracy! pensa-t-elle sans aucune compassion. Elle doit être effondrée.

Vers six heures du matin, l'employé sortit chercher les journaux du matin et en déposa un exemplaire à la réception. En voyant la manchette du *New York Post,* Victoria écarquilla les yeux de stupeur. Et, quand elle lut l'article en page trois et vit son nom imprimé en toutes lettres, elle sentit son corps parcouru par un torrent d'adrénaline – sensation qui ne lui déplaisait d'ailleurs pas.

– Je ne savais pas que tu allais te marier, fit une voix derrière elle.

Victoria se retourna. Sa collègue Daisy, qui revenait après sa pause, lisait par-dessus son épaule.

– Mon fiancé est très discret, répondit-elle en souriant. Nous voulions nous marier dans l'intimité.

– Je ne savais même pas que tu avais un fiancé. Nous passons des nuits ensemble, je me plains tout le temps de ma vie sentimentale et toi, tu ne m'as jamais rien dit! Qui est l'heureux élu?

– Il s'appelle Frederick et il vit en Pennsylvanie.

– Je vais organiser une petite fête en ton honneur.

– Non, je t'en prie!

– Pourquoi? Ce sera amusant de réunir nos camarades de la maison et de te faire des cadeaux. Rien d'extravagant, sois tranquille.

Mais le journal parle de toi en «Mariée d'avril». Quand dois-tu te marier?

– Vers la fin du mois. Je travaille tous les week-ends, comme tu le sais. Alors, je prendrai deux ou trois jours en milieu de semaine. Il n'y aura que les amis intimes et la famille proche.

– Tu as choisi une robe ruineuse pour te marier dans l'intimité en milieu de semaine? s'étonna Daisy en montrant la photo de la robe créée par Alfred.

– Frederick est peintre. Il veut faire mon portrait en mariée. Il fallait donc que je trouve une robe qui sorte de l'ordinaire.

– Comme c'est romantique! Et où vas-tu en voyage de noces?

– Nous irons passer deux ou trois jours à la montagne. Nous sommes tous les deux très occupés, alors nous prendrons des vraies vacances en été, quand il fera beau.

– Là, je te comprends. Un transat sur la plage, je ne connais rien de mieux. Dis-moi, comment il est, ton Frederick?

Une expression de béatitude illumina le visage de Victoria.

– Il est merveilleux! Et il a un talent extraordinaire. Ses tableaux sont des splendeurs.

– Oui, mais à quoi ressemble-t-il? voulut savoir Daisy, qui avait l'esprit pratique.

– Il est bel homme. Je ne sais pas quoi en dire de plus.

Daisy éclata de rire.

– Elle me plaît, ton histoire! Mais qu'est-ce que pense ta mère du vol de ta robe? Elle doit en faire une maladie.

– Eh bien, si tu veux tout savoir, ma mère ne sait pas que je vais me marier. Elle n'approuve pas que j'aie choisi Frederick.

– Vraiment? Pourquoi?

À l'évidence, Daisy se passionnait pour les aventures sentimentales, bonnes ou mauvaises.

– Elle espérait que j'épouserais un homme qui m'apporterait la stabilité. Frederick est un artiste, un rêveur. Je ne l'avais donc pas mise au courant de nos projets.

– C'est vrai? Eh bien, elle va le savoir, maintenant!

– Peut-être pas. Mes parents vivent à l'étranger. Je comptais ne leur en parler qu'ensuite, pour éviter que ma mère essaie de m'en dissuader. J'espère seulement que Jef...

Elle s'interrompit de justesse. Daisy attendit la suite avec une évidente impatience.

– J'espère que Fred ne se fâchera pas de voir mon nom dans le journal, se rattrapa-t-elle. Il a horreur d'attirer l'attention sur lui. Sa maison est en pleine nature. Quand j'y vais, nous sommes toujours seuls. Je dois dire que j'adore ça.

– Alors, quand vas-tu démissionner?

– Je n'en ai pas l'intention.

– Ça alors! s'exclama Daisy. Pourquoi?

– Je démissionnerai un jour, mais Frederick aime être seul quand il peint. Moi aussi, j'aime bien vivre seule, j'en ai pris l'habitude. J'irai chez lui mes jours de congé. C'est exactement la solution qui nous convient à tous les deux pour le moment.

– Vous êtes modernes, vous deux! s'exclama Daisy, captivée. Mais tu as raison, c'est peut-être la meilleure solution. Vous aurez moins souvent l'occasion de vous disputer.

– Et puis, l'éloignement attise la flamme et...

Elle s'interrompit en voyant un client sortir de l'ascenseur et s'approcher du comptoir en tirant derrière lui sa valise à roulettes.

– Je m'occupe de lui, chuchota-t-elle à Daisy. Alors, monsieur Flach, vous nous quittez déjà?

Daisy ne manqua pas de remarquer le sourire épanoui du client.

– Vous avez une bonne mémoire, dit-il, visiblement flatté.

– Je n'oublie jamais les hommes séduisants, minauda Victoria.

Quelle allumeuse, pensa Daisy en se retirant dans le bureau derrière la réception. Et elle porte toujours des tenues élégantes et sexy. Frederick ferait bien de se méfier. Laisser Victoria seule en ville trop longtemps pourrait lui réserver de mauvaises surprises. Oui, ajouta-t-elle en riant, très mauvaises.

Moi, je voudrais bien trouver un homme, se dit-elle. Il va falloir que Victoria me donne des leçons. Tiens, je lui demanderai ce que c'est, cette méditation qui a l'air de la fasciner, je la vois tout le temps lire des livres sur ce sujet. Elle m'a dit que cela sert à définir ce qu'on désire vraiment et faire tout ce qu'il faut pour l'obtenir.

En riant, Daisy s'assit à son bureau et ouvrit un registre. J'ai l'impression que son système fonctionne bien et que Victoria a réussi.

43

Pendant que Shauna et Tyler prenaient sous bonne garde la direction du commissariat, Jack et Regan montèrent rendre une brève visite à Arnold et Pamela.

– Merci! Oh, merci! s'écria Pamela en leur ouvrant la porte.

– Pardonnez-moi d'avoir été un peu brusque hier avec vous, Regan, dit Arnold d'un air contrit. C'est une bonne chose, en fin de compte, que Shauna ait eu de la publicité, sinon ces deux misérables ingrats se seraient envolés avec tous les bijoux de Pamela. J'ai peine à croire que nous ayons été assez bêtes pour leur faire confiance!

– Calme-toi mon chéri, dit Pamela en le voyant devenir cramoisi. C'est gênant, je sais, mais je dois dire que Tyler m'a sauvé la vie.

– Ils ont abusé de votre reconnaissance, répondit Regan.

– Elle nous a même dit qu'elle était enceinte et qu'ils allaient appeler le bébé d'un de nos prénoms. Ils mentaient, bien entendu.

– Nous le saurons bientôt, commenta Jack.

– Ils sont ici depuis le mois de janvier, reprit Regan. Ils n'ont donc pas travaillé depuis?

– Tyler nous rendait service en faisant des petits travaux de temps en temps, répondit Pamela. Nous lui donnions un peu d'argent, pas beaucoup. Il nous servait aussi de chauffeur quand nous devions sortir le soir. Shauna faisait parfois la cuisine. Ils essayaient vraiment de se rendre utiles. Shauna disait souvent qu'elle devait se remettre à fabriquer des bijoux pour les vendre après le mariage, mais je ne l'ai jamais vue travailler.

En guise de réponse, Regan leva les yeux au ciel.

– Cela paraît ridicule, Regan, je sais, admit Pamela.

– De toute façon, la police fera l'inventaire de leurs bagages pour s'assurer qu'ils ne vous ont rien volé d'autre. Vérifiez bien s'il vous manque quoi que ce soit qu'ils vous auraient volé depuis trois mois et qu'ils auraient déjà vendu.

– Nous passerons l'appartement au peigne fin, déclara Arnold.

– Ils auraient très bien pu être impliqués dans le cambriolage de l'atelier de couture, intervint Jack. Où étaient-ils vendredi soir?

– Ils sont allés à un concert. Nous avons regardé un film au lit et nous nous sommes endormis de bonne heure, répondit Pamela. Nous ne les entendons jamais rentrer, je ne sais pas du tout à quelle heure ils sont revenus ce soir-là.

– Vous avez sûrement besoin d'un peu de calme et de repos, dit Regan. Nous reprendrons bientôt contact avec vous.

Lorsque Jack et Regan sortirent de l'immeuble, des journalistes étaient déjà attroupés sur le trottoir. Regan avait alerté Tiger News, puisque Shauna et Tyler avaient été appréhendés grâce à l'émission.

– Regan Reilly! l'apostropha un reporter. Une des «Mariées d'avril» était une vulgaire voleuse de bijoux. Avez-vous des commentaires?

– Je suis heureuse qu'elle ait été arrêtée.

– Et sur les robes volées?

– Que voudriez-vous que j'en dise? Que cela fait une robe de moins à remplacer pour Alfred et Charisse?

Les journalistes saluèrent la réplique d'un éclat de rire.

– Vous passiez à l'antenne ce matin avec Brianne Barth, dit un autre. Avez-vous parlé aujourd'hui à Tracy Timber ou Victoria Beardsley?

– Je n'avais aucune raison de leur parler.

– Le ferez-vous?

– Je n'en sais encore rien.

Quand ils remontèrent en voiture, le téléphone de Regan se mit à sonner. C'était Alfred, qui se disait enchanté de ce qui était arrivé à Shauna.

– Que pensiez-vous d'elle? lui demanda Regan.

– Elle ne m'inspirait aucune confiance.

Le téléphone de Jack avait sonné pendant ce temps. Après avoir écouté, il interrompit Regan.

– Le sac de Joyce a été retrouvé ce matin. Il contenait son portable et son permis de conduire, mais pas d'argent liquide.

– Alfred, dit Regan, il faut que je vous quitte. Je vous rappellerai plus tard.

44

Étendue sur le canapé de Joyce, Cindy avait passé une nuit blanche. Elle avait essayé de regarder la télévision, mais elle était obsédée par la disparition de son amie. Où est-elle, qu'est-elle devenue? se répétait-elle. Par acquit de conscience, elle avait appelé plusieurs fois le portable de Joyce sans jamais avoir de réponse.

Que vais-je dire à sa mère? se demandait-elle avec inquiétude. Sa santé se dégradait, elle n'était partie en croisière que pour se reposer et elle se tracassait à propos de sa fille depuis toujours. Quand Joyce avait subi une opération au pied l'année précédente et subi un début d'intoxication médicamenteuse, sa mère en avait perdu la tête. Joyce était restée deux jours quasi inconsciente. Depuis, elle ne supportait rien de plus fort qu'une aspirine et, la nuit dernière, elle avait manifestement trop bu. Qui sait, dans ces conditions, ce qui avait pu se produire?

Cindy s'était quand même assoupie vers huit heures et demie. Réveillée par la sonnerie du téléphone, elle courut décrocher.

– Qui est à l'appareil? demanda une voix d'homme.

– Qui êtes-vous? répliqua-t-elle.

– Francis. Je cherche Joyce.

– Francis, c'est Cindy.

– Bonjour, Cindy. Joyce est là?

– Non.

– Où est-elle?

– Je ne sais pas, Francis... Ne quittez pas, j'ai un autre appel sur la ligne. C'est peut-être Joyce. Allô? dit-elle en pressant le bouton.

– Cindy, ici Regan. Avez-vous des nouvelles de Joyce?

– Non, aucune. Son ami est en ligne.

– Où est-il?

– Je n'en sais rien, il vient tout juste d'appeler.

– Je dois vous dire, Cindy, que le sac de Joyce a été retrouvé ce matin en ville.

– Mon Dieu! dit Cindy, les larmes aux yeux. Qu'est-ce qui a bien pu lui arriver?

– Je ne sais pas. La police la recherche. Nous voudrions afficher sa photo dans tout le quartier où elle a été vue en dernier. Y a-t-il chez elle de bonnes photos dont nous pourrions nous servir?

– Bien sûr. Je vous en prépare deux ou trois.

– Jack et moi sommes en route, nous ne tarderons pas à arriver, dit Regan avant de lui résumer en quelques mots l'arrestation de Shauna et de Tyler.

– Je n'ai pas vu l'émission, je m'étais endormie juste avant.

– Grâce à elle, nous avons pu appréhender ces deux voleurs de bijoux. Je vais demander au producteur s'il accepte de diffuser la photo de Joyce, cela pourrait nous aider à la retrouver.

– Je comprends. Que dois-je dire à son ami?

– La vérité. Dites-lui aussi que je voudrais lui parler et que je l'appellerai quand nous arriverons chez Joyce.

– D'accord, Regan. Francis? dit-elle en basculant la communication.

– Oui, Cindy. Que se passe-t-il?

– Je suis désolée de devoir vous l'apprendre, mais Joyce a disparu. Nous étions sorties hier soir avec un groupe d'amies, elle est allée aux toilettes du club et elle n'en est pas revenue. Et puis, acheva Cindy en retenant ses larmes, on a retrouvé son sac dans la rue.

– Quoi? Oh, Seigneur! gémit Francis.

– La personne qui m'appelait est détective privée, elle s'appelle Regan Reilly et elle m'a raccompagnée ici hier soir. Elle enquête sur le vol des robes de mariée dont tout le monde parle, maintenant elle s'occupe aussi de la disparition de Joyce. Son fiancé est le chef de la Brigade spéciale. Ils seront ici dans quelques minutes pour chercher une photo de Joyce. Regan voudrait vous parler.

Francis poussa un gémissement.

– Francis, où êtes-vous?

Mais la communication était déjà coupée.

45

– Qu'est-ce qui te prend? demanda Marco en voyant Francis jeter le téléphone sur la banquette arrière.

– Joyce a disparu.

Il suffoquait au point de pouvoir à peine parler.

– Disparu?

– Depuis la nuit dernière. On a retrouvé son sac ce matin dans une rue. Les flics sont déjà venus chez elle, ils y reviennent. Regan Reilly, celle qu'on avait vue à la télé l'autre soir, mène l'enquête. Elle s'occupe aussi de celle sur les robes de mariée. Et je viens de raccrocher au nez de Cindy tellement j'avais les jetons. Je ferais mieux de la rappeler.

Marco tendit le bras, empoigna le téléphone.

– Pas question! T'es cinglé ou quoi? Profil bas, mon pote!

– Je te dis que je viens de raccrocher au nez de Cindy! Cela me rend suspect!

– Suspect de quoi? Tu étais bouleversé, tu ne savais plus ce que tu faisais. C'est compréhensible, non?

– Mais Joyce? Elle était sortie hier soir avec des copines et elle a disparu.

– J'en ai souvent fait autant, personne ne m'a cherché.

– Il faut que je rentre.

– Impossible, imbécile! On se fourrerait en plein dans l'enquête et on n'est pas seulement suspects, on est coupables! Écoute, les flics recherchent Joyce, laisse-les la retrouver et continuons sur Las Vegas. On peut rien faire de mieux pour le moment.

– Je devrais au moins rappeler Joyce.

– Non! T'es bouché ou quoi? Si tu rappelles, il faudra dire ou tu es, ou même rentrer en vitesse. Pas question! Tu es son fidèle petit ami et tu as raccroché parce que sa disparition te rend fou de douleur.

– Ça au moins, c'est vrai, soupira Francis en regardant sombrement la route qui défilait.

46

Au commissariat, Shauna et Tyler étaient interrogés séparément. Ils niaient tous deux avec force avoir été impliqués de près ou de loin dans le cambriolage de l'atelier d'Alfred et de Charisse.

– Il y a une grosse somme en liquide dans votre valise, dit un inspecteur à Tyler. Vous pouvez me dire d'où elle provient?

– Nous n'avons pas de compte en banque à New York et nous voyageons, c'est pourquoi nous nous sommes munis d'argent liquide.

– Douze mille dollars?

– Oui. Et alors?

– Cela fait beaucoup. Et trois mois sans travailler, c'est long. Qu'est-ce que vous faisiez pendant ce temps?

– Des petits boulots pour les Ney. De toute façon, nous comptions partir après le mariage.

– Je n'en doute pas. Alors, d'où vient cet argent?

– Nous l'avions en arrivant, répondit Tyler.

– Vous êtes sûr de ne pas vous l'être procuré en cambriolant des banques, par exemple?

– Je ne répondrai à vos questions qu'en présence d'un avocat.

47

Jusqu'à la fin de la matinée, Victoria éluda de son mieux les questions étonnées et les félicitations de ses collègues. Elle les remerciait poliment de leurs vœux de bonheur, mais elle supportait avec une impatience croissante la pression qu'elle sentait monter. Si l'un d'eux découvrait la vérité sur mon idylle avec Jeffrey, pensait-elle, ce serait le bouquet! Il faut que j'appelle Alfred pour lui demander comment mon nom a paru dans le journal, se dit-elle. J'avais pourtant dit à Regan Reilly que je ne voulais pas de publicité.

Ses heures de présence touchaient à leur fin quand un jeune journaliste s'approcha de la réception, un micro à la main.

– Victoria Beardsley?

– Oui.

– Evan Charlton, de l'émission de radio *Les dimanches de la Grosse Pomme*. Vous êtes une des célèbres «Mariées d'avril». Vous voulez bien m'accorder quelques minutes?

– Je ne peux pas maintenant, j'ai du travail, répliqua Victoria.

– Je comprends, mais votre réaction sur le vol des robes intéressera sûrement nos auditeurs.

– Je regrette beaucoup ce vol, mais je ne le laisserai pas gâcher ce moment le plus heureux de ma vie.

– Avez-vous appris ce qui s'est passé dans Central Park?

– Non. Quoi?

Il lui relata avec un luxe de détails, inventés pour la plupart, l'arrestation mouvementée de Shauna.

– Qu'en pensez-vous, Victoria? demanda-t-il en conclusion.

– C'est honteux. Je suis contente que ces gens aient été arrêtés.

– Le vieux ménage de la Cinquième Avenue est encore plus content que vous. Pour un dimanche matin qui s'annonçait calme, nous aurons des tas de choses passionnantes à dire à nos auditeurs. Nous voulons aussi savoir ce que deviennent les autres jeunes mariées. Mais dites-moi, Victoria Beardsley, avez-vous des secrets que vous aimeriez partager avec nous?

– Aucun, répondit-elle en se forçant à rire. Maintenant, si vous voulez bien m'excuser...

– Voudriez-vous faire un saut à nos studios après votre travail et bavarder quelques minutes avec nos auditeurs?

Victoria réussit à se dominer et à rester polie.

– Mon fiancé et moi sommes très discrets de nature. Je ne mérite sûrement pas autant d'attention. Je n'ai fait que commander une robe à deux jeunes créateurs pleins de talent, rien de plus. Je ne tiens absolument pas à me trouver sous les projecteurs de l'actualité.

Sur quoi, elle tourna les talons et disparut dans le bureau. Imperturbable, Evan continua de parler au micro.

– Voilà, chers auditeurs, les confidences d'une de nos « Mariées d'avril ». Nous ferons l'impossible pour recueillir les déclarations des autres. À vous le studio!

En voyant entrer Victoria, Daisy comprit qu'elle n'était pas dans son assiette.

– Qu'est-ce qui ne va pas? demanda-t-elle.

– Cette histoire de robes volées finit par me taper sur les nerfs. Tu veux bien t'occuper seule de la réception jusqu'au retour de Kelly? Je n'en peux plus, je vais rentrer chez moi.

– Bien sûr. Pas de problème.

– Je ne voudrais pas que Frederick se fâche contre moi, tu comprends. Je viens de quitter un reporter de la radio qui m'a posé des tas de questions. S'il cherche à remuer la boue, je me demande quelles histoires il va inventer.

– Ce n'est pourtant pas ta faute.

– Je sais, mais quand même. Trop, c'est trop.

– La publicité fera peut-être vendre les tableaux de Frederick, dit Daisy en souriant. C'est ta mère qui serait contente!

– Une des fameuses «Mariées d'avril» a été arrêtée tout à l'heure dans Central Park pour avoir volé des bijoux. Tu penses comme j'ai envie d'être mêlée à ce genre d'affaires!

– Pas possible! s'exclama Daisy. Tu l'as rencontrée?

– Non, jamais.

– Rentre chez toi et détends-toi, mon chou. Tu es de repos demain et après-demain, profites-en.

– J'y compte bien.

– Iras-tu voir Frederick?

– Ça ne me ferait pas de mal de changer d'air, c'est vrai.

– Eh bien, vas-y. Et tu auras beau dire, j'organiserai une petite fête en ton honneur à la fin de la semaine.

À peine dans la rue, Victoria prit son téléphone et composa le numéro de Jeffrey.

– Tu es au courant, mon chéri? Quel désastre!

– Je sais. Je mourais d'envie de t'appeler, mais je savais que tu ne pouvais pas parler pendant ton travail. J'ai regardé l'émission de télévision et j'ai lu le *New York Post*. Je l'ai encore en main.

– Et moi, j'ai eu la visite d'un type de la radio qui m'a posé des questions odieuses.

– Mon téléphone n'arrête pas de sonner, soupira Jeffrey. Des gens que je connais à peine ont lu dans le journal que Tracy était une des mariées dont la robe a été volée. Il a bien fallu leur dire que je ne l'épouse plus. Tu imagines les questions dont ils m'inondent!

– Nous ferions bien de nous éloigner deux ou trois jours, Jeffrey. Nous n'aurons pas la paix si nous restons en ville.

– Tu as raison. Appelle-moi quand tu seras chez toi, nous verrons ce que nous pourrons faire.

– D'accord, mais je tiens à partir. Surtout si Frederick se décidait à me rendre une visite surprise.

– Tu m'avais pourtant bien dit qu'il ne nous ennuierait pas.

– Je ne pense pas qu'il le fera, en effet. Mais toute cette publicité pourrait le faire changer d'avis.

– Nous partirons dès aujourd'hui, ma chérie. Et sois prudente. Je ne veux pas que Frederick rôde autour de toi.

– Merci mon chéri, je compte sur toi, répondit Victoria en souriant. Je me dépêche de rentrer chez moi boucler mes valises.

48

Dans le Connecticut, Ellen et Montgomery Timber remerciaient le Ciel que Tracy ne se soit pas réveillée à temps pour voir l'émission de Patrick et Jeannie sur Tiger News. Quant au numéro du *New York Post*, ils l'avaient caché dans le placard sous l'évier de la cuisine.

Tracy et ses amies étaient rentrées à quatre heures du matin après avoir criblé de fléchettes la photo de Jeffrey jusqu'à le rendre méconnaissable. De retour à la maison, elles avaient pris les matelas de la chambre d'amis pour les installer dans la chambre de Tracy. Tracy et Catherine se couchèrent dans le lit, Claire et Linda sur les matelas. Elles passaient souvent ainsi la nuit ensemble quand elles étaient collégiennes et qu'elles discutaient interminablement de leurs vies respectives ou des solutions pour résoudre leurs problèmes, essentiellement d'ordre sentimental. En douze ans, rien ou presque n'avait donc changé de ce côté-là.

Quand elles se réveillèrent enfin, Catherine se porta volontaire pour préparer le café. Elle savait que la journée de Tracy promettait d'être pénible, même si elle s'était un peu soulagée en transperçant la figure de Jeffrey d'innombrables trous.

Les parents de Tracy prenaient leur petit déjeuner lorsque Catherine descendit. Irréprochablement coiffée et habillée comme à son habitude, Ellen aurait préféré mourir sur place plutôt que d'être vue débraillée en robe de chambre.

Elle accueillit Catherine avec un grand sourire.

– Alors, vous êtes-vous bien amusées, hier soir?

– Nous avons fait de notre mieux. Je suis venue au ravitaillement, dit Catherine. Nous

262

voulons réveiller Tracy en douceur, la caféine lui fera voir la vie sous un jour moins sombre.

– Tracy ne peut avoir de meilleure amie que vous, Catherine Heaney, déclara Montgomery – qui avait la curieuse habitude de décliner le prénom et le nom de tous ceux à qui il s'adressait.

– Tracy est ma meilleure amie. Elle ne méritait pas d'être traitée de manière aussi indigne par ce sinistre crétin.

– Vous avez raison, approuva Ellen. Mais nous avons un nouveau problème.

– Lequel? voulut savoir Catherine avec inquiétude.

Ellen ouvrit le placard sous l'évier et montra à Catherine le numéro du *New York Post*.

– Le nom de Tracy est imprimé dans le journal et a été cité tout à l'heure à la télévision. Nous avons déjà reçu plusieurs coups de téléphone de journalistes qui nous demandaient des commentaires. Nous avons répondu que Tracy dormait encore. S'en contenteront-ils et pour combien de temps?

– C'est exactement ce que Tracy redoutait plus que tout! s'exclama Catherine, atterrée.

– Je sais, répondirent les parents d'une même voix.

Catherine respira profondément une fois, deux fois.

– Écoutez, dit-elle enfin, nous ne nous sommes pas quittées depuis douze ans, nous quatre. Pendant ce temps, nous avons tout partagé, le meilleur comme le pire. Je me chargerai de mettre Tracy au courant à votre place. À nous trois, nous trouverons bien un moyen de ne pas trop traumatiser Tracy. Tout ira bien, vous verrez.

Ellen serra Catherine sur son cœur et l'embrassa avec effusion. Elles préparèrent ensuite sur un plateau un pot de café frais, quatre tasses, du sucre, du lait et les croissants préférés de Tracy, que son père était sorti acheter plus tôt ce matin-là. Catherine fourra le journal sous son bras et prit le plateau à deux mains.

– Tracy est une grande fille, dit-elle en se dirigeant vers la porte. Elle encaissera le choc.

– C'est une Timber, commenta Montgomery. Solide comme un chêne.

Une minute et demie après ces fortes paroles, le hurlement de Tracy fit trembler les murs :

– IL ME LE PAIERA!!!

Ses parents échangèrent un regard entendu.

– C'est bien notre fille, déclara Montgomery comme s'il énonçait une évidence.

– Oui. Un autre tasse de café, mon chéri? répondit Ellen.

49

Chez les Reilly à Summit, New Jersey, la salle à manger qui prolongeait la vaste cuisine servait aussi de petit salon. Nora et Luke s'y détendaient sur un moelleux canapé, les journaux du dimanche étalés devant eux. Ils avaient regardé Regan à la télévision avant de passer sur une station diffusant de la musique classique. Ils attendaient sans impatience un appel de Regan, qui ne manquerait pas de leur téléphoner dès qu'elle aurait un instant de libre.

– Je ne m'attendais vraiment pas à passer ainsi notre dernier dimanche matin avant le mariage de Regan, dit Nora. Voir notre fille à la télévision parler de sa robe de mariée volée, c'est incroyable!

– Tu aurais pourtant dû, dans ta profession, apprendre à prévoir l'imprévisible, répondit Luke en souriant.

– Sans doute, mais...

La sonnerie du téléphone l'interrompit. Nora répondit et le correspondant raccrocha aussitôt.

– Je ne comprends pas, dit-elle en haussant les épaules.

– J'ai reçu hier moi aussi un appel bizarre, dit Luke. Quelqu'un qui demandait l'heure exacte à laquelle Regan doit se marier. Pour lui faire un cadeau, disait-il. Cela m'a paru suspect.

Le téléphone sonna de nouveau. Cette fois, Luke l'empoigna.

– Allô?

– Monsieur Reilly?

– Qui est à l'appareil?

– Georgie, le chef du groupe qui devait jouer au mariage de votre fille samedi prochain.

– *Devait* jouer? s'étonna Luke.

– Je suis désolé, mais ça se présente plutôt mal.

– Qu'est-ce qui se présente mal? demanda Luke, ahuri. Que voulez-vous dire, au juste?

– Nous faisions un mariage hier soir quand une bagarre a éclaté. Presque tout notre matériel a été détruit et doit être remplacé. Si vous voyiez ma guitare! Tout juste bonne à faire des allumettes. Un de mes gars a le poignet cassé et un autre est en prison pour avoir cogné trop fort sur les gens. Je lui avais pourtant bien dit plus de cent fois qu'il devrait apprendre à se dominer, il y a des cours pour ça.

Luke digéra la nouvelle en silence.

– Vous avez signé un contrat avec nous, dit-il enfin.

– Et alors, qu'est-ce que vous voulez que je fasse? Que je vienne jouer seul avec un harmonica?

– Certainement pas.

– J'ai l'impression que pour notre groupe, c'est la fin, soupira Georgie.

– Le public ne prendra sans doute pas le deuil comme le jour où les Beatles ont annoncé qu'ils se séparaient, commenta Luke.

– Épargnez-moi au moins vos sarcasmes, monsieur Reilly! Je vous préviens pour vous donner largement le temps de vous retourner.

– Vous appelez six jours *largement* le temps? Qui me suggérez-vous pour jouer à votre place? Une bande de gamins?

– Les meilleurs sont sans doute déjà engagés. Dans les groupes de jeunes, vous savez, il y a des bons musiciens.

– Nous vous avons versé un acompte, dit Luke sèchement.

– Je vous le renvoie aujourd'hui même.

– J'y compte bien.

– Je suis en train de mettre votre chèque dans une enveloppe. Et en ce qui me concerne, je ne ferai plus de mariages. Trop de problèmes, trop de gens qui vous incendient parce qu'on n'a pas chanté leur chanson préférée au tempo exact qu'ils croient être le bon. Les uns se plaignent que la musique est trop forte, d'autres qu'elle ne l'est pas assez. Les jeunes veulent de la techno, le vieil oncle des tangos. J'en ai par-dessus la tête, j'ai besoin de repos.

– Je vous en souhaite un très long, déclara Luke avant de raccrocher.

Il se tourna vers Nora, encore plus catastrophée que lui.

– Tu as sans doute déjà compris que les musiciens nous font faux bond. Une bagarre hier soir dans un mariage, paraît-il.

– J'avais pourtant tout fait pour convaincre Regan de prendre ce petit orchestre que je trouve plein de talent, mais elle a préféré ce groupe que Jack et elle avaient entendu au mariage d'une de ses amies. Ils mettaient une ambiance extraordinaire, répétait-elle.

– Si j'en crois leur dernière mésaventure, c'est un euphémisme.

– Quelle histoire, grands dieux, quelle histoire! D'abord la robe volée, maintenant plus de musiciens! Qu'allons-nous faire?

Luke réussit à sourire.

– Tes cousins adorent tous chanter. Eamon ne peut plus se tenir quand il voit un micro. Tu pourrais leur demander d'animer la soirée.

Atterrée, Nora se leva d'un bond et se précipita sur le téléphone.

– Le Ciel nous en préserve! s'écria-t-elle. Je
commence tout de suite à chercher des rem-
plaçants.

50

Regan appela sa mère avant d'arriver chez
Joyce. Rien qu'au son de sa voix, elle comprit
qu'il y avait un problème.

– Qu'est-ce qui cloche? demanda-t-elle de but
en blanc.

– Tu pourrais d'abord dire bonjour! Pourquoi
me demandes-tu toujours ce qui ne va pas?

– Parce que je le sens.

– Bon, c'est vrai. Nous avons un problème.

– Lequel?

– Les musiciens que tu avais choisis ne pourront pas jouer à ton mariage. Hier soir, ils se
sont trouvés pris dans une bagarre, leurs instru-
ments sont démolis.

– Quoi?

– Tu m'as bien entendue, Regan.

– Notre groupe s'est décommandé, annonça
Regan à Jack.

Jack fit un signe d'impuissance.

– Si je te le dis maintenant, reprit Nora, c'est
pour te demander si Jack ou toi avez une idée...

– Ne t'inquiète pas, maman, nous en trouverons une. Pour le moment, nous avons d'autres soucis en tête.

Elle résuma l'arrestation de Shauna et de Tyler avant de parler de la disparition de Joyce. Nora écouta en silence.

– C'est elle qui t'inquiète vraiment, n'est-ce pas?

– Oui, maman. Nous allons chez elle chercher sa photo pour l'afficher dans tout le quartier où elle a disparu.

– Où est Kit?

– Je l'ai appelée il y a deux minutes, elle vient de se réveiller et elle n'a pas vu l'émission. Nous passerons la prendre à l'appartement.

– Tiens-moi au courant, Regan.

– Bien sûr, maman.

Quand Regan et Jack arrivèrent, Cindy avait préparé deux photos de Joyce. Sur l'une, elle était seule. Sur l'autre, prise à l'animalerie, elle tenait en souriant un jeune dalmatien dans ses bras. Cindy avait écarté les photos de Joyce avec Francis. S'il ne l'avait pas laissée seule la veille au soir, pensait-elle, il ne serait rien arrivé à Joyce. Cindy lui en voulait surtout de n'avoir pas encore rappelé.

Cindy avait aussi battu le rappel des amies avec qui elles étaient sorties la veille. «Nous allons afficher sa photo dans le quartier du club et même au-delà, leur avait-elle dit. Il faut tout faire pour la retrouver.» Elles avaient été unanimement d'accord pour se regrouper devant le club où Joyce avait été vue en dernier et parcourir ensuite les rues en collant sa photo sur les poteaux, les lampadaires ou en la glissant sous les essuie-glaces des voitures en stationnement. Brianne était allée rejoindre Paul chez lui après l'émission. «Nous viendrons tous les deux», avait-elle promis à Cindy.

Quand Jack et Regan arrivèrent, Cindy leur donna les photos et les informa des recherches qu'elle avait organisées.

– C'est parfait, approuva Regan. Vous avez eu une excellente idée. Avant de partir, je voudrais appeler l'ami de Joyce.

– Il m'a raccroché au nez. J'avais à peine fini de lui dire ce qui s'était passé quand la communication a été coupée. Le numéro de l'appel était celui du portable de son ami Marco. J'ai essayé plusieurs fois de le rappeler, mais il ne répond jamais.

– Le sac de Joyce a été retrouvé dans la rue, intervint Jack. Il est donc improbable que son ami ait eu quelque chose à voir avec sa disparition.

– Il aurait pu être en ville, appeler Joyce sur son portable et lui donner rendez-vous devant le club, lui fit observer Cindy.

– C'est une hypothèse, admit Jack. Je vais demander à mes hommes de reconstituer les appels reçus sur le téléphone de Joyce la nuit dernière. Nous devons partir, maintenant.

– Est-ce que je peux aller avec vous?

– Bien sûr, répondit Regan. Nous nous arrêterons d'abord à Tiger News pour laisser une photo et demander de la passer à l'écran. Nous devrions aussi joindre sa mère.

– Je viens d'essayer, c'est impossible. Elle doit être quelque part au milieu de l'océan.

– Ce serait sans doute traumatisant pour elle d'apprendre ce qui est arrivé à Joyce avant que vous ayez pu la contacter vous-même, mais je suis sûre qu'elle nous serait reconnaissante de faire l'impossible pour retrouver sa fille.

Cindy approuva d'un signe de tête.

– Salut! cria Roméo depuis la cuisine.

– Au revoir! répondit Cindy.

– Tas de feignants!

– Depuis quelque temps, c'est son expression préférée, expliqua Cindy. À mon avis, elle s'applique à l'ami de Joyce et à son copain qui s'incruste ici depuis trop longtemps.

Savoir que les affaires de Marco le squatter étaient derrière le canapé donnait à Cindy un sentiment de malaise.

– Allons-y, dit-elle en allant ouvrir la porte.

Pendant que Cindy la refermait derrière elle, tous trois entendirent Roméo appeler Joyce.

51

En revenant du Queens à Manhattan, Regan appela la productrice de Tiger News pour l'informer de la disparition de Joyce.

271

– Elle était avec Brianne hier soir? demanda-t-elle.

– Le groupe dont elle faisait partie s'est joint à celui de Brianne au Club Zee, dans la 14e Rue. C'est là que Joyce a disparu. Depuis que son sac a été retrouvé dans une rue du quartier, nous craignons qu'il lui soit arrivé malheur.

– Incroyable! Nous diffuserons sa photo, bien entendu, mais j'aimerais que ce soit dans le cadre de l'affaire des robes volées. Je voudrais que Brianne vienne nous parler des derniers moments qu'elle a passés avec elle et que vous reveniez vous aussi. Nous enverrons une équipe de caméra couvrir vos équipes de recherche.

– Je suis sûre que Brianne sera enchantée d'apparaître encore à la télévision, dit Regan. Et je vous remercie de bien vouloir attirer l'attention du public sur cette affaire.

– Nous avons quelques belles séquences de vous et de votre charmant fiancé pendant que vous arrêtiez ces voleurs de bijoux dans Central Park. Elles ont passionné nos téléspectateurs.

– Comment les avez-vous obtenues? s'étonna Regan.

– Il y a toujours des touristes munis d'un Caméscope qui sont trop heureux de vendre leurs images aux médias. Ils ne pouvaient pas manquer les «Incorruptibles Reilly» en pleine action!

– Au moins, répondit Regan en souriant, les Ney ont récupéré leurs bijoux. J'appelle Brianne. À tout à l'heure.

– Je compte sur vous.

Comme Regan l'avait prévu, Brianne accepta sans se faire prier de paraître encore une fois à la télévision. Mais elle lui parut plus sérieuse que d'habitude.

– Je suis si heureuse de me marier, Regan, que l'idée que Joyce soit en danger me bouleverse.

– Moi aussi, Brianne. Merci de vous joindre à nous.

Regan et Jack passèrent ensuite chercher Kit.

– Je sentais que cette Shauna avait quelque chose de louche. Je regrette seulement de ne pas vous avoir vus à l'œuvre, Jack et toi.

– Tu nous verras sur la bande vidéo, grommela Regan au moment où son portable sonnait.

C'était Alfred, nettement moins exubérant qu'avant.

– J'ai eu Tracy au téléphone, gémit-il.

– Et elle te menace d'un procès?

– Je n'en suis même pas certain. Elle hurlait au point que je n'ai pas compris le dixième de ce qu'elle disait avant de me raccrocher au nez. Cela vous ennuierait beaucoup de l'appeler?

– Pour lui dire quoi?

– Je ne sais pas, Regan. Trouvez une idée.

– Bon. Donnez-moi son numéro, je l'appelle tout de suite.

Ce fut la mère de Tracy qui décrocha. Elle salua Regan comme s'il ne s'était rien passé depuis la veille et qu'elle n'avait pas le moindre souci au monde. Toujours sauver les apparences, pensa Regan.

– Bonjour, madame. Pourrais-je parler à Tracy?

– Bien sûr. Elle est en train de prendre son petit déjeuner avec ses bonnes et fidèles amies.

Je l'aurais plutôt crue atteinte d'indigestion aiguë, pensa Regan.

– Regan! aboya Tracy qui avait arraché le combiné de la main de sa mère.

– Bonjour, Tracy. Je comprends votre mauvaise humeur, mais je peux vous dire qu'Alfred est catastrophé.

– À quoi cela m'avance?

– À rien, je sais. Mais cela ne vous avancera pas davantage de l'agonir d'injures et de le menacer.

– Mes amies me disent la même chose, bougonna Tracy. En tout cas, je suis contente de ne pas avoir vu la télévision ce matin.

– Nous devons retourner au studio...

– Quoi? hurla Tracy. Je vous interdis de citer mon nom!

– Tracy, je vous en prie! répliqua Regan, agacée. Il s'agit d'une question beaucoup plus grave. Une jeune femme a disparu et son sac a été retrouvé dans une rue. Brianne Barth était avec elle hier soir. Les amies de son groupe sont volontaires pour patrouiller le quartier et afficher sa photo. Sa vie est peut-être en danger. Même celles qui la connaissaient à peine veulent la retrouver avant qu'il ne soit trop tard. Voilà ce dont je me soucie en ce moment, pas d'histoires de robes volées ou de susceptibilités froissées. De toute façon, je puis vous assurer que votre nom ne sera pas prononcé, la télévision ne s'intéresse qu'à la diffusion de sa photo et d'un avis de recherche.

Cette sèche rebuffade eut sur Tracy un effet salutaire. La main crispée sur le téléphone, elle regarda les trois amies qui étaient accourues la soutenir, les fidèles qui ne l'abandonneraient jamais et feraient n'importe quoi pour elle. Elles voulaient passer la journée entière avec elle et même, en plaisantant, lui avaient suggéré de traquer Jeffrey dans l'espoir de causer sa perte de manière ignominieuse.

– Mes trois meilleures amies sont venues me tenir compagnie, Regan, dit-elle avec calme. Nous allons vous aider.

Regan ne put s'empêcher de sursauter.

– C'est vrai?

– Oui. J'ai été plaquée par un imbécile qui ne mérite pas que je le regrette et je remercie le Ciel d'avoir une famille et des amies aussi merveilleuses. Où devons-nous vous rejoindre?

– Attention, il y aura sans doute des caméras. L'affaire attire de plus en plus l'attention.

– Tant pis. Je ne resterai pas assise dans mon coin à m'apitoyer sur mon sort. Nous partons tout de suite.

Regan lui donna l'adresse du Club Zee. Avant de raccrocher, elle sourit en entendant la voix de Montgomery approuver chaleureusement : «Tracy, ma chérie, tu te montres digne des Timber!»

Joyce se réveilla la bouche sèche et les muscles en caoutchouc. Elle ouvrit les yeux, effrayée par la réalité qu'elle allait découvrir. Non, se dit-elle, ce n'est pas un cauchemar, je suis vraiment chez cette vieille folle. En se tournant sur le côté pour mieux voir, un violent élancement à sa cheville droite lui tira un gémissement de douleur et la vague de nausées qui la submergea déclencha une quinte de toux.

Le bruit réveilla la vieille Hattie qui somnolait sur une chaise de la cuisine. Elle se leva d'un bond, courut vers le canapé et se pencha sur Joyce, si près que ses cheveux graisseux lui frôlèrent la joue. Un chien se mit à aboyer, bientôt imité par les trois autres.

– Vous voulez de la tisane ? demanda-t-elle.

– Non, je veux aller aux toilettes.

– D'accord. La paix, vous autres ! cria-t-elle aux chiens.

Joyce rejeta la couverture rugueuse, s'assit au bord du canapé. Mais quand elle voulut se lever, sa cheville céda sous son poids.

– Ma cheville me fait trop mal, gémit-elle en se recouchant, je ne peux pas tenir debout.

– Vous voulez que je vous aide à y aller ?

Joyce frémit. Elle ne voulait à aucun prix se laisser toucher par cette sorcière.

– Non ! cria-t-elle. Non merci, se reprit-elle. Je peux attendre.

Arriverai-je jamais à partir d'ici? se demandait-elle, en proie à une panique croissante.

Hattie alla décrocher un vieux manteau pendu près de la porte.

– Je vais sortir chercher de quoi faire un déjeuner et des bandages pour votre cheville. Vous avez dû vous blesser en tombant sur les marches. Et pour dîner, je préparerai un bon ragoût. Mon amie Edie et moi dînions ensemble tous les dimanches soir. Depuis qu'elle est morte, je n'ai plus personne pour me tenir compagnie. Maintenant, heureusement, vous êtes là.

Joyce sentait de nouveau le sommeil la gagner.

– Pouvez-vous passer un coup de téléphone pour moi? demanda-t-elle, déjà à demi endormie.

Hattie ne répondit pas. Quand elle sortit, le gros chien enfermé dans la chambre se mit à aboyer avec fureur en se jetant sur la porte. Les quatre autres sautèrent sur le canapé et se blottirent contre Joyce. Ils ont aussi peur que moi, eut-elle encore la force de penser. Ils savent que le chien derrière la porte est méchant. Il faut que je parte. Il faut que je parte...

Mais elle était si affaiblie qu'elle était incapable de bouger. Un instant plus tard, elle était de nouveau inconsciente.

Regan appela Alfred pour lui dire que Tracy paraissait avoir tourné la page.

– Elle ne me fera pas de procès? demanda-t-il avec un évident soulagement.

– Nous n'avons pas abordé le sujet. Elle a seulement décidé de venir nous aider à rechercher Joyce.

– C'est très bien de sa part! Nous aurions été ravis de vous aider nous aussi, mais nous sommes débordés. Le téléphone n'arrête pas de sonner, les journalistes veulent tous un scoop et, en même temps, nous courons partout pour dénicher du tissu pour votre robe et celle de Brianne.

– Quoi? Vous n'avez pas de tissu? Vous m'avez pourtant dit que vous aviez commencé à faire les robes.

– Nous n'en avons plus assez en stock, Regan! se défendit Alfred. Les coupons qu'un de nos fournisseurs était censé nous avoir expédiés hier en express n'étaient toujours pas arrivés ce matin. Nous sommes dimanche, nous n'aurons rien avant demain lundi et...

– Bon, l'interrompit Regan, d'accord. Il faut que je vous quitte. Brianne et moi devons passer de nouveau sur Tiger News. Puisque toute la ville parle de vos «Mariées d'avril», la productrice accepte de couvrir la disparition de Joyce qui était hier soir avec Brianne.

– Pensez-vous que ma présence pourrait être utile?

– Je croyais que vous étiez débordé.

– Bien sûr, mais...

– Écoutez, Alfred, il ne sera pas question des robes volées mais des recherches entreprises pour retrouver Joyce.

– Je comprends, je comprends, admit Alfred. Sauf que les journalistes qui nous assaillent veulent connaître notre opinion sur tous les sujets. Ils veulent savoir, par exemple, si Charisse et moi nous doutions que Shauna était une voleuse ou ce que nous pensons de nos autres clientes. Ils veulent des potins, quoi!

– Et que leur dites-vous?

– Pour éviter les malentendus, nous avons préparé une déclaration que nous récitons à tous ceux qui nous appellent.

– Je brûle d'impatience de l'entendre, dit Regan en levant les yeux au ciel.

– Voilà, commença Alfred après s'être éclairci la voix. «À nos yeux, toutes nos mariées sont belles. Nous déplorons seulement que l'une d'entre elles se soit révélée une personne que nous n'aurions pas souhaité voir assombrir de sa présence l'atmosphère élégante et conviviale de notre atelier. Mais en ce qui concerne les autres, nous sommes prêts à sacrifier notre vie même pour témoigner de leur parfaite intégrité.»

– Trop aimable, grommela Regan.

– «Nous éprouvons pour elles la plus profonde et la plus sincère affection, poursuivit Alfred avec emphase. Et nous sommes certains que chacune, le jour de son mariage, se sentira une vraie princesse dans une de nos robes féeriques.»

– Je suis bouleversée, Alfred.

– Vous trouvez que ce n'est pas bon?

– Si, c'est très bien. Nous savons maintenant ce que sont devenues quatre des «Mariées d'avril». Avez-vous des nouvelles de Victoria, la cinquième? Elle ne voulait pas voir son nom dans le journal, elle non plus.

– Non, aucunes nouvelles.

– Bon. Je vous rappellerai tout à l'heure.

En arrivant au studio, Regan, Jack et Kit furent accueillis par le jeune assistant qui les avait déjà reçus le matin.

– Merci d'avoir bien voulu revenir, dit-il en décochant à Jack et Regan un regard admiratif. Nous avons des images sensationnelles de vous deux en train d'arrêter ces deux voleurs. Vous n'avez pas idée du nombre d'appels que nous recevons à votre sujet.

– C'est grâce à votre émission que nous avons pu les attraper à temps. J'espère qu'elle aura autant de succès pour retrouver Joyce, dit Regan en lui donnant la photo.

– Nous la passerons à l'antenne. La production voudrait savoir si vous voulez que nous imprimions aussi les affichettes. Il n'y en aura pas pour très longtemps.

– Merci, vous nous rendrez un grand service.

Regan rédigea le texte destiné à accompagner la photo avant d'entrer dans la salle d'attente, où Jack, Kit et Cindy l'avaient précédée.

– Je suis si heureuse qu'ils aient accepté de parler de Joyce, dit Cindy en regardant anxieusement le moniteur. Il y a tant de personnes disparues dont personne ne s'occupe.

– Avec un peu de chance, dit Regan, il suffit qu'un seul spectateur ait remarqué quelque chose.

Brianne et Paul les rejoignirent quelques instants plus tard et ils furent aussitôt introduits dans le studio. L'interview prit cette fois une tournure différente. Jeannie ouvrit l'épisode en résumant l'histoire pour les spectateurs qui n'auraient pas suivi le segment du matin. On en passa quelques extraits avant celui où Jack et Regan rattrapaient les voleurs de bijoux dans Central Park.

– C'est grâce à un téléspectateur qui nous a téléphoné ce matin qu'ils ont été appréhendés. Mais si Regan et Brianne sont de nouveau avec nous, c'est à cause d'un événement inattendu.

Patrick prit alors le relais pour expliquer le rapport entre le retour de Brianne sur le plateau et la disparition de Joyce.

– Le fait qu'elle ne soit pas rentrée chez elle hier soir avait déjà de quoi inquiéter ses amies. Mais la découverte de son sac dans une rue ce matin peut faire craindre une situation beaucoup plus grave. Dites-nous, Brianne, quand avez-vous vu Joyce pour la dernière fois?

– Nous étions tout un groupe au Zee Club, commença Brianne. Joyce s'est absentée pour aller aux toilettes, il était près de minuit. Le DJ venait juste de passer un vieux succès de

Julio Iglesias, vous le connaissez peut-être : *All the girls I loved before*. Nous chantions en chœur, nous nous moquions de nos ex-petits amis que nous n'avions aucune raison de regretter...

– Voilà un sujet qui nous entraînerait loin si nous voulions le développer, intervint Jeannie.

– Je vais me sentir obligé de prendre la défense des hommes qui nous regardent, dit Patrick en riant.

– Ce n'était pas méchant, précisa Brianne. Moi, j'avais enfin trouvé le mari idéal avec mon adorable Paul Sanders, mais mes amies me taquinaient sur un ou deux garçons avec lesquels j'étais sortie avant lui. D'ailleurs, ajouta-t-elle, je sais que Paul avait eu lui aussi d'affreuses expériences. Il m'en avait parlé pour me dire qu'il n'avait jamais rencontré de fille valable avant moi.

Dans son coin du studio, Paul faillit s'évanouir.

– Pensez-vous que cette conversation sur vos échecs sentimentaux ait pu troubler ou indisposer Joyce?

– Je n'en sais rien. Tout ce que je sais, c'est qu'elle s'est levée de table et que personne ne l'a revue depuis.

La régie passa à l'écran la photo de Joyce souriante, le petit dalmatien dans les bras.

– Regan, dit Jeannie, nous avons appris que l'ami de Joyce est absent en ce moment. Il doit être très inquiet.

– C'est probable, répondit Regan évasivement.

– Vous disposez d'un groupe de volontaires qui va procéder à des recherches dans tout le quartier du Club Zee, n'est-ce pas?

– Nous irons les rejoindre dès la fin de cette interview et nous afficherons partout la photo de Joyce. Nous parlerons aussi aux voisins, nous demanderons s'ils ont vu Joyce ou remarqué quelque chose d'inhabituel la nuit dernière. J'insiste sur le fait que nous avons besoin de toutes les bonnes volontés pour la retrouver. Que les gens qui ont le moindre renseignement, même s'il leur paraît insignifiant, n'hésitent pas à appeler.

Jeannie se tourna vers la caméra.

– D'accord. Vous avez entendu : tous ceux qui voudront se joindre aux recherches seront les bienvenus. Et si vous avez une information, appelez sans attendre le numéro suivant...

L'interview terminée, Regan et Brianne rejoignirent les autres.

– Où est Paul? s'étonna Brianne.

– Il a dit qu'il vous attend en bas dans le hall, répondit Jack. Il avait trop chaud et voulait sortir se rafraîchir.

Brianne était déjà partie en courant.

– Vous n'avez pas l'air bien non plus, Cindy, observa Regan.

– Je pense à Joyce. Cela ne m'étonnerait pas que cette conversation sur les ex-petits amis l'ait mise mal à l'aise. Son problème, c'est qu'elle est avec un type qui devrait être son ex depuis longtemps. Il n'a même pas eu la décence de me rappeler! Où diable peut-il être? Je commence à me demander s'il ne serait pas mêlé d'une manière ou d'une autre à la disparition de Joyce.

– Nous ne tarderons pas à le savoir, dit Regan.

– Nos hommes vérifient les appels reçus sur le portable de Joyce, dit Jack. Même s'il n'a rien à voir avec cela, son comportement paraît, en effet, pour le moins douteux.

– Son attitude me révolte, déclara Cindy. Il impose son bon à rien d'ami à Joyce depuis trois mois. Quand nous l'aurons retrouvée, je l'aiderai de grand cœur à les jeter dehors tous les deux.

54

Ce dimanche, dans l'Upper East Side de Manhattan, Phoebe Muller remplissait son rôle de baby-sitter pour sa voisine de palier. À seize ans, fatiguée d'être rentrée au petit matin après avoir passé la soirée avec une bande de copains et de copines, elle bâillait de sommeil et d'ennui. Heureusement, le bébé de deux ans qu'elle était chargée de surveiller faisait la sieste.

Confortablement installée sur le canapé, elle sortit des livres de classe de son sac fourre-tout et, pour ne pas perdre son temps en se livrant à une seule occupation, alluma la télévision. Aucune loi ne lui interdisait de regarder la télé du coin de l'œil en révisant ses cours. Tout le monde parlait du nouveau programme de Tiger News et les animateurs, Patrick et Jeannie, étaient cool. Le segment sur la disparition de Joyce la tira de sa torpeur. Bouche bée, elle écarquilla les yeux. Grands dieux, serait-ce la même?

La nuit dernière, son groupe avait commencé la soirée au cinéma avant d'aller grignoter quelque chose dans un bistrot. En sortant, ils étaient passés devant le Club Zee, déjà très connu, en regardant avec envie les gens qui y étaient admis.

– Il va falloir qu'on trouve des fausses pièces d'identité, avait grommelé Dirk, la forte tête de la bande. Je ne veux pas attendre trois ans avant de pouvoir entrer là-dedans.

Un peu plus loin, dans une petite rue transversale, il avait ramassé sur le trottoir un sac noir qu'il s'était empressé de fouiller. Il y avait trouvé quatre-vingts dollars, aussitôt empochés, un portable dont il n'avait pas besoin, une carte bancaire dont il connaissait les risques d'utilisation frauduleuse et un permis de conduire.

– Merci pour le blé, Joyce! avait-il dit en laissant retomber dans le sac le rectangle plastifié.

– Nous devrions apporter le sac et l'argent à la police, lui avait fait observer Phoebe.

– Ça va pas, la tête? s'était esclaffé Dirk en lançant le sac à un copain.

Les garçons partirent en courant en se faisant des passes savantes, jusqu'à ce qu'un peu plus loin, lassé du jeu, Dirk jette le sac entre deux voitures en stationnement. Phoebe savait qu'il valait mieux ne pas tenir tête à Dirk. Elle espéra simplement que l'inconnue appelée Joyce récupérerait son sac d'une manière ou d'une autre.

Et voilà maintenant qu'on parlait à la télé de la disparition d'une fille appelée Joyce! C'est sûrement la même, se dit Phoebe. Il serait sans doute utile à la police de savoir où Dirk avait trouvé le sac avant de le jeter plus loin. Mais en dépit de ses bonnes intentions, Phoebe ne pouvait appeler la police ni de son portable ni du téléphone fixe de l'appartement, car l'appel serait trop facilement tracé et elle ne voulait à aucun prix dévoiler son identité. Et comme le bébé dormait, elle ne pouvait pas non plus sortir pour téléphoner d'une cabine publique. Autant ne plus y penser, se dit-elle. De toute façon, cela ne servirait sans doute à rien.

Sauf que quand elle essaya de se remettre à ses leçons, Phoebe ne pouvait plus s'empêcher de penser à cette Joyce qui avait disparu.

55

Hattie trottina jusqu'à la boulangerie où elle fit l'emplette de *donuts* et d'une bouteille de jus d'orange avant d'aller dans la petite pharmacie du coin dont elle était cliente depuis toujours.

Jay Stone, le jeune pharmacien propriétaire de l'officine, classait des médicaments sur les rayonnages. Il travaillait le dimanche parce qu'un de ses employés était en congé et, surtout, parce qu'il aimait son métier et connaissait les besoins de ses clients.

– Bonjour, grogna Hattie en le saluant de la main.

– Bonjour Hattie. Où sont vos chiens aujourd'hui?

Jay aimait bien Hattie. Il aimait bien, d'ailleurs, tous les personnages plus ou moins excentriques qu'il avait appris à connaître depuis dix ans qu'il exerçait sa profession dans le quartier. À force de leur délivrer des médicaments, il en avait rencontré de toutes sortes. Hattie appartenait à l'espèce bavarde. À peine entrait-elle dans la boutique qu'elle déversait un intarissable flot de paroles, comme si un barrage cédait. À l'évidence, elle souffrait de la solitude et saisissait toutes les occasions de lier conversation, même s'il s'agissait la plupart du temps d'un monologue.

– J'ai laissé mes chiens à la maison.

– Je ne vous avais pourtant jamais vue sans au moins deux toutous qui vous attendent devant la porte.

Hattie se borna à faire un geste évasif.

– Et Mugsy, il se tient bien au moins? demanda Jay.

– Oui, répliqua-t-elle d'un ton sec inhabituel.

Jay avait appris la mort de la meilleure amie de Hattie, qui lui avait légué son corniaud doté d'un caractère exécrable. Les habitants du quartier étaient terrorisés quand Hattie le sortait dans les rues. Elle avait maintes fois été forcée de le rattraper quand il s'attaquait à d'autres chiens ou même à des piétons qui avaient l'audace de marcher sur le même trottoir que lui. Jay estimait que Hattie était la dernière personne au monde qui aurait dû se charger d'un animal aussi agressif et indiscipliné. Elle n'avait plus toute sa tête et encore moins la force physique de le maîtriser.

– Vous devriez me laisser trouver un nouveau maître à Mugsy, reprit Jay. Quelqu'un avec un jardin bien clos où il pourrait courir. Les chiens comme lui ont besoin de beaucoup d'exercice.

– Je ne peux pas, voyons! J'ai promis à Edie de m'occuper de lui. Et je le soigne bien. Je lui laisse ma chambre pour lui tout seul.

– Il a bien de la chance, commenta Jay.

– Il ne s'entend pas encore avec les autres, mais ils finiront par s'habituer les uns aux autres.

– Espérons-le. Que vous faut-il aujourd'hui, Hattie?

– Un bandage.

– Tous les modèles sont là, au bout du rayon.

Hattie alla regarder, en choisit un.

– Celui-ci devrait aller, dit-elle.

– Pourquoi en avez-vous besoin? s'enquit Jay.

– Pour rien, marmonna-t-elle.

Elle veut probablement faire un pansement à la patte d'un de ses chiens, pensa Jay qui la vit avec étonnement décrocher du mur une paire de béquilles, regarder le prix sur l'étiquette et les raccrocher aussitôt. Elle aura beau faire, se dit le pharmacien, ses chiens ne peuvent pas se servir de ce genre d'objet.

Un instant plus tard, après avoir regardé d'autres articles, Hattie revint vers la caisse munie d'une bande Velpeau.

– Ce sera tout? demanda Jay.

– Oui.

– Il fait beau aujourd'hui, dit-il en pianotant sur la caisse enregistreuse. Allez-vous emmener vos toutous à Central Park, comme vous le faites souvent le dimanche?

– Il le faut bien, répondit-elle en posant un billet sur la caisse. Je leur ai promis. Ils seront fâchés contre moi si je ne les emmène pas.

– Alors, amusez-vous bien, Hattie, dit Jay en lui rendant la monnaie. Et pensez à ce que je vous ai dit au sujet de Mugsy.

Elle était sortie avant qu'il ait pu finir sa phrase.

Quelle mouche la pique aujourd'hui? se demanda Jay en se remettant au travail. Elle n'est pas du tout comme cela d'habitude, elle a dit vingt mots à peine. Après tout, ajouta-t-il en souriant, ce n'est pas plus mal.

56

– Bienvenue au Nebraska, lut Marco en dépassant le panneau au bord de la route. Tu parles! Le gars qui a peint ça s'en fout qu'on soit les bienvenus ou pas. En tout cas, on est à mi-chemin de Las Vegas.

– De la manière dont tu conduis, je m'étonne qu'on n'y soit pas déjà, dit Francis avec aigreur. Arrête-toi à la prochaine station-service. Je voudrais boire quelque chose et voir s'il y a de quoi manger.

– D'accord pour un arrêt au stand, dit Marco en s'arrêtant devant les pompes. Vas-y pendant que je fais le plein.

– Tu veux que je te rapporte quelque chose?

– Fais-moi une surprise.

Francis alla aux toilettes avant d'explorer le mini-marché de la boutique. En passant devant le rayon de la presse, il remarqua la présence du *New York Post*, s'approcha et retint de justesse un cri de stupeur en découvrant la manchette de la une. Il en prit un exemplaire, ramassa à la hâte un assortiment de sandwiches et de boîtes de soda, paya à la caisse et revint en courant vers la voiture.

– Regarde ça! dit-il d'une voix tremblante. On fait la presse nationale. On pourra jamais vendre ces robes.

Marco écarta l'objection d'un geste désinvolte.

– Je viens d'appeler mon pote à Vegas. Il a commencé à prospecter devant le palais de justice, où les gens vont chercher leur licence de mariage. Les propriétaires des chapelles se font une concurrence féroce jusque sur les marches du bâtiment pour attirer les amoureux, mais personne ne leur propose des robes de haute couture à des prix imbattables. Mon pote

290

affirme que si elles sont aussi belles que je le dis, il les vendra en cinq minutes. Personne ne reste longtemps fiancé, à Las Vegas! ajouta-t-il en riant. Ils sont tellement pressés de se marier qu'il y a même des chapelles *drive-in*.

Francis mordit dans un sandwich.

– Passe-moi ton portable, dit-il en mastiquant. Je veux voir s'il y des messages et si Joyce m'a rappelé.

Marco lui tendit l'instrument. Francis composa le numéro de code pour accéder à sa boîte vocale. Le seul message provenait de sa mère : «Francis, rappelle-moi d'urgence! Je viens de voir à la télévision que Joyce a disparu. Tu deviens fou ou quoi? Pourquoi tu ne m'as rien dit? Et où es-tu?»

Dans une situation de stress, l'organisme réagit par la lutte ou la fuite. Francis choisit la fuite. Il ouvrit la portière et partit en courant, mais sa jambe encore douloureuse ne lui permit pas d'aller loin. Hors d'haleine, il revint à la voiture en claudiquant et reprit sa place.

– Le message était mauvais? s'enquit Marco pendant que Francis bouclait sa ceinture.

– Ma mère a vu à la télé que Joyce a disparu, bafouilla-t-il.

– Quoi? Ça se sait déjà?

– Oui, déjà! répéta Francis avec hargne.

Marco démarra en trombe. Le front couvert d'une sueur froide, il lâcha une bordée de jurons.

– Qu'est-ce que t'as? s'étonna Francis.

– J'ai laissé presque toutes mes affaires chez elle.

– C'est pas grave, je te les enverrai.

– Oui, mais si les flics commencent à fouiner...

– Ne me dis pas que tu as de la drogue dedans! s'exclama Francis. Je t'ai dit cent fois que je voulais pas être mêlé à...

– Mais non! l'interrompit Marco. J'ai réfléchi pendant que tu dormais et je crois bien que j'ai laissé les clefs de cet imbécile de couturier chez Joyce.

– Tu t'en étais pas débarrassé?

– Non, je m'en suis pas débarrassé! Je voulais le faire, mais je savais pas qu'on partait en voyage. Et je comptais pas non plus sur la disparition de Joyce! gronda rageusement Marco.

– J'ai bien l'impression que tu as fait l'erreur idiote dont parlait cette Regan Reilly à la télévision, dit sombrement Francis.

– C'est ta faute, tout ça! hurla Marco. Si on se trouve dans la mélasse, c'est à cause de Joyce!

Francis s'abstint de répondre et continua à regarder la route toute droite qui traversait l'État du Nebraska.

57

De retour chez elle, Victoria appela Jeffrey comme convenu.

– Tu vas bien? demanda-t-il avec sollicitude.

– Oui mon chéri, mais j'ai hâte de partir d'ici.

– Je sais. Je viens tout de suite te chercher.

– Laisse-moi quand même le temps de me préparer.

– Je suis trop impatient de te revoir. Je m'en vais. Dès que tu seras prête, nous partirons.

– Sois prudent, mon chéri. J'ai l'impression que tout le monde nous épie.

Vingt minutes plus tard, Jeffrey escalada les marches de l'immeuble de Victoria en se rappelant une phrase de Guy de Maupassant : « Le meilleur dans l'amour, c'est de monter l'escalier. » Jeffrey était entièrement d'accord.

Il sonna, entendit Victoria débloquer tous ses verrous. Quand elle ouvrit enfin, il constata qu'un désordre indescriptible régnait dans l'appartement. Victoria lui prit la main, se serra contre lui.

– Tu n'étais pas obligée de tout ranger à cause de moi, plaisanta Jeffrey en souriant quand ils se séparèrent enfin.

– Si tu voyais ma chambre!... Non, il vaut mieux pas. Quand je fais mes valises, j'ai toujours du mal à décider ce que je dois prendre et j'en jette partout. Attends-moi une seconde.

Elle disparut derrière la porte et Jeffrey s'assit sur le canapé, un peu énervé. Il ne voulait pas allumer la télévision de peur d'entendre encore parler des robes de mariée et il n'aimait pas se trouver dans une pièce en désordre. En regardant autour de lui, il remarqua même la présence de vaisselle sale dans l'évier de la petite cuisine. Sa passion pour Victoria n'en fut toutefois pas affectée.

Au bout d'un moment, une idée lui vint à l'esprit. Il se leva et alla ouvrir la porte de la chambre.

– Victoria, as-tu parlé à tes parents de?...

Victoria se retourna, lâcha un cri de surprise.

– Je t'avais dit que j'en avais pour une minute, mon chéri!

Jeffrey la dévisageait, bouche bée.

– Qu'est-ce que tu fais avec... ça? bafouilla-t-il.

Cette fois, Victoria pouffa de rire.

– Voyons, Jeffrey, je t'ai déjà dit que j'adore me déguiser!

Quand elle lui donna un baiser, Jeffrey sentit un nœud lui serrer l'estomac. Un très gros nœud qui serrait très fort.

58

Une petite foule d'une cinquantaine de personnes était massée devant le Club Zee. Pour la plupart, elles étaient venues après avoir vu l'émission de Patrick et Jeannie sur Tiger News.

– Quand j'ai vu la photo de Joyce avec cet adorable bébé dalmatien, j'ai su que je devais l'aider, dit une femme qui serrait un yorkshire terrier sur son cœur. Les amoureux des chiens forment une grande famille, n'est-ce pas?

Le groupe avec lequel Joyce avait passé la soirée était venu au grand complet, ainsi que de nombreux clients de l'animalerie. Plusieurs équipes des chaînes de télévision locales et nationales étaient aussi présentes pour couvrir l'événement en direct.

Regan était sur le point de s'adresser à la foule quand la porte du club s'ouvrit. Vêtu d'un jean et d'une chemise noire, un homme musclé au crâne rasé et aux bras tatoués, les oreilles, le nez et même les lèvres agrémentés de boucles d'or, s'avança.

– Bonjour à tous. Je m'appelle Wally et je suis le propriétaire du club. Entrez, mon club vous servira de base d'opérations. J'ai été catastrophé d'apprendre que Joyce avait disparu en sortant d'ici et je ne peux pas comprendre pourquoi elle ne s'amusait pas comme les autres. Nous la retrouverons. Venez!

– Et nos chiens? demanda une voix dans la foule.

– Ils sont les bienvenus eux aussi.

Une fois à l'intérieur, Regan et Jack le remercièrent de sa généreuse coopération.

– Pas de quoi, répondit-il d'un ton bourru. Vous êtes ici chez vous tant que vous en aurez besoin, mais je devrai ouvrir les portes aux clients à dix heures du soir.

Jack et Regan échangèrent un regard anxieux. S'ils n'avaient pas retrouvé Joyce à dix heures du soir, la situation serait désespérée.

Jack entendit son portable sonner.

– C'est mon bureau, dit-il à Regan.

Pendant qu'il répondait à l'appel, elle grimpa sur une chaise pour s'adresser aux volontaires.

– Merci à tous d'être venus. Dans les recherches de personnes disparues, les premières vingt-quatre heures sont cruciales. Je vais vous distribuer des plans de la ville où nous avons délimité six secteurs. Nous formerons donc six groupes qui en exploreront chacun un. Collez les affichettes partout où vous pourrez et n'ayez pas peur de vous adresser aux gens que vous rencontrerez. Demandez-leur s'ils ont vu Joyce ou remarqué quoi que ce soit d'inhabituel. Si vous avez une communication urgente à nous faire, appelez mon numéro de portable ou la police.

– Vous pouvez aussi appeler ici, intervint Wally.

– Vous avez entendu? relaya Regan. Et je vous en prie, soyez prudents! Ne prenez aucun risque. N'hésitez pas à appeler police secours en cas de besoin. Allons-y, les amis! Nous nous retrouverons ici dans deux heures, c'est-à-dire à quinze heures. Bonne chance à tous. Nous allons maintenant constituer les groupes.

Pendant que les groupes se formaient, Regan rejoignit Jack.

– Nos hommes ont vérifié les appels passés ou reçus par le téléphone portable de Joyce ainsi que les messages dans sa boîte vocale. Elle n'a reçu ni envoyé aucun appel avant ou après l'heure de sa disparition. Son petit ami a laissé un message la nuit dernière pour lui dire de le rappeler sur le portable de son ami parce que la batterie du sien était à plat.

– Pourtant, il n'a pas rappelé Cindy quand elle l'a eu ce matin.

– Il a pu rappeler chez Joyce après le départ de Cindy. Nous n'en savons rien. Nous avons essayé d'appeler le numéro de l'ami, mais il ne répond pas.

Tracy Timber s'approcha à ce moment-là.

– Mes amies et moi venons d'arriver, Regan. Nous sommes prêtes à commencer.

– Merci, Tracy. Vous êtes les bienvenues.

Cindy finissait d'organiser les groupes et distribuait les affichettes. Tracy en prit une pile et sortit avec ses amies.

– Regan, dit Jack, il faut que je m'en aille. Le chef de la police de Philadelphie nous rend une visite imprévue, nous avons plusieurs dossiers à voir ensemble.

– Vas-y, mon chéri. Kit et moi ne nous quitterons pas et je garderai mon portable allumé.

– Sois prudente, dit-il en l'embrassant. Je reviendrai le plus vite possible.

Après son départ, Regan et Kit sortaient du club quand un jeune homme vint à leur rencontre avec un setter irlandais tenu en laisse.

– Excusez-moi de vous aborder, mais je vous reconnais pour vous avoir vue à la télévision. Je m'appelle Tom Belfiore. C'est moi qui ai trouvé le sac de Joyce ce matin. Je ne demanderais pas mieux que de vous aider.

– Vous nous avez déjà apporté une aide précieuse, répondit Regan en souriant. Sans vous, nous ne serions pas ici en ce moment. J'aimerais voir l'endroit où vous avez trouvé le sac. Nous commencerons nos recherches à partir de là, d'accord?

– Bien sûr. Par ici.

Et ils partirent tous trois – mais dans la direction opposée à celle de l'appartement de Hattie.

59

Le chien enfermé dans la chambre s'était calmé depuis le départ de Hattie. En l'entendant rentrer chez elle, il se remit à aboyer avec fureur en se jetant contre la porte. Il ne fallut pas deux secondes aux autres pour l'imiter. Joyce était terrifiée.

– La paix, vous autres! leur cria Hattie. Joyce, je vous ai apporté des bons *donuts* tout frais et du jus d'orange.

– Merci, mais je voudrais rentrer chez moi.

– Pas encore, voyons! Il faut rester déguster mon dîner du dimanche soir. J'ai préparé un ragoût, vous m'en direz des nouvelles. Je vous ai dit de vous taire, cria-t-elle de nouveau aux chiens ou je ne vous emmènerai pas à Central Park!

– J'irais bien à Central Park moi aussi, hasarda Joyce.

– Vous ne pouvez pas marcher avec votre cheville dans cet état, déclara Hattie en posant les *donuts* sur la table à côté de la bouteille de jus d'orange. Je vous ai acheté une bande Velpeau, je vous la mettrai tout à l'heure. Maintenant, mangez! Je sors promener Mugsy, je n'en aurai pas pour longtemps. Il n'est pas très sociable, mais il vous gardera bien quand je serai partie avec les autres.

Atterrée, Joyce la regarda enfermer les quatre chiens dans la salle de bains avant d'ouvrir la porte de la chambre d'où elle fit sortir un molosse, croisement de berger allemand et de doberman à l'air particulièrement féroce.

– Bonjour, mon joli Mugsy! C'est l'heure de ta promenade.

Quel monstre! se dit Joyce. Au moins, il est attaché.

Hattie et son «joli Mugsy» revinrent deux minutes plus tard. En passant devant le canapé pour rentrer dans la chambre, la bête jeta à Joyce un regard haineux.

– Voilà, Mugsy, dit Hattie en refermant la porte. Tu en as de la chance d'avoir une belle chambre pour toi tout seul.

Elle fit ensuite sortir les quatre autres de la salle de bains, les attacha à leurs laisses et sortit avec eux. Dieu soit loué! se dit Joyce en s'asseyant. Je vais pouvoir partir, en rampant s'il le faut, ou même crier jusqu'à ce qu'un passant m'entende.

Son espoir fut vite déçu, Hattie revint presque aussitôt.

– Mes chéris attendent dehors. Je regrette d'être aussi occupée avec mes chiens, mais nous aurons un bon dîner quand je reviendrai et nous bavarderons à notre aise.

– Nous pourrions aller dîner chez moi, suggéra Joyce. Je fais très bien la cuisine, vous savez.

– Je vous ai déjà dit que j'ai fait un ragoût! la rabroua Hattie d'un air excédé. C'est la recette d'Edie, elle serait contente que je vous la fasse goûter. Mugsy garde mon appartement quand je sors, il vous gardera bien, dit-elle en allant rouvrir la porte de la chambre. Edie nous manque beaucoup à tous les deux.

Joyce sentit la peur lui nouer la gorge.

– Vous le laissez avec moi?

– Oui, je l'attacherai à côté de la porte.

Les nerfs tendus à se rompre, Joyce avait déjà oublié son récent état léthargique.

– Laissez-moi partir, je vous en supplie!

– Vous m'agacez, à la fin! cria Hattie en se penchant sur elle. Je ne veux que vous soigner et vous ne voulez pas me laisser faire. Votre ingratitude ne me plaît pas du tout!

– Ne m'en veuillez pas, plaida Joyce. Certains chiens me mettent mal à l'aise. Pourquoi ne l'emmenez-vous pas avec les autres?

– Il ne se conduit pas toujours bien quand il sort. Mais vous n'aurez jamais de meilleur chien de garde que lui.

– Remettez-le au moins dans la chambre, je vous en prie!

– Qu'est-ce qu'il pourrait faire enfermé dans la chambre si quelqu'un entre ici en forçant la porte? Mais ne vous inquiétez pas, il est attaché, il ne vous fera pas de mal. Au contraire, il vous protégera. Reposez-vous bien tous les deux jusqu'à mon retour.

Hattie attacha la laisse au pied d'un gros fauteuil près de la porte. Joyce constata avec terreur que la laisse était presque assez longue pour aller jusqu'au canapé.

– Je vous en prie, Hattie, enfermez-le!

Elle referma derrière elle sans répondre. Le silence retomba.

Joyce hasarda un coup d'œil en direction de Mugsy en évitant de croiser son regard. Il n'avait pas l'air satisfait, lui non plus, de la situation. Joyce se recoucha, trop effrayée pour faire le moindre geste un peu brusque. Il finira peut-être par oublier que je suis ici, pensa-t-elle.

Il n'était évidemment plus question d'appeler au secours.

60

Dans les circonstances présentes, Jack ne se séparait de Regan qu'avec répugnance et avait hâte de la rejoindre. Sa conférence avec le chef de la police de Philadelphie aussitôt terminée, il passa brièvement par son bureau. Un de ses inspecteurs visionnait une fois de plus la bande vidéo du hold-up de la veille.

– Venez regarder ça, patron, dit-il en revenant un peu en arrière avant de reprendre la lecture.

301

Ils virent le malfaiteur entrer à la banque, fermer son parapluie et se diriger vers la caisse. Le visage presque complètement dissimulé par le capuchon de son imperméable, sa barbe, sa moustache et ses lunettes, il tendit la lettre de menaces à la caissière en regardant autour de lui. Puis, une fois la lettre dans la main de la caissière, il se massa le cou et finit en posant sa main gantée sur sa joue droite, l'index levé, avant de la laisser retomber. Le geste très rapide n'avait pas pris plus de deux ou trois secondes.

– J'ai visionné toutes les bandes pour comparer, dit l'inspecteur. Sur chacune, il fait le même geste au même moment.

– Pas étonnant qu'il ait les muscles du cou contractés, commenta Jack. Rien de neuf sur les achats chez Dan's Discount Den ou la carte de crédit volée?

– Nous vérifions tous les achats effectués par le titulaire depuis deux mois et les endroits où il s'en est servi. Malheureusement pour nous, il est dépensier et il a la bougeotte. Il a fait des achats un peu partout et des dizaines de personnes ont pu avoir sa carte en main.

– Bon. Continuez, cela devrait quand même nous mener quelque part. Je retourne au Club Zee.

– Du neuf sur la fille disparue?

– Regan ne m'a pas appelé, j'en déduis donc qu'il n'y a rien.

– Ce genre de situations se termine souvent mal, observa l'inspecteur.

– Je ne le sais que trop bien, répondit Jack sombrement.

61

Le corps couvert d'une sueur froide, Joyce avait l'impression d'être séquestrée depuis une éternité dans ce petit appartement sombre. Je ne devrais pas être terrifiée à ce point, se disait-elle. Mugsy était attaché et restait calme, mais sa seule présence lui paraissait si menaçante qu'elle se surprit à souhaiter que cette vieille folle de Hattie revienne le plus vite possible.

Je connais bien les chiens, essayait-elle de se raisonner, je n'en ai jamais eu peur, j'aime m'occuper d'eux comme de tous les animaux. Mais celui-ci n'est pas comme les autres. Il me terrorise parce qu'il serait capable de me déchiqueter en dix secondes.

Elle eut une soudaine envie d'éternuer, se retint de son mieux et ne réussit qu'à provoquer un éternuement encore plus bruyant, bientôt suivi de deux autres.

Mugsy se leva, le regard étincelant de rage et s'avança vers elle.

Seigneur! pensa-t-elle, sa laisse est trop longue. Il arrive presque jusqu'à moi. Elle se rendit cependant compte qu'il ne regardait que les *donuts*. Arrêté au bout de sa laisse, à quelques pas du canapé, il commençait à gronder.

Il a peut-être faim, pensa Joyce avec espoir. Hattie disait qu'il ne mangeait pas ce qu'elle lui préparait. Se penchant avec précaution, elle tendit le bras, attrapa un *donut* et le lança vers lui.

– Tiens Mugsy, voilà pour toi, dit-elle de son ton le plus amical.

Mais le *donut* le frappa en plein sur sa truffe et le chien devint fou furieux. Frémissant de rage, il chargea en grondant, la gueule ouverte, les babines retroussées sur des dents de prédateur. La laisse le stoppa bien trop près du canapé où Joyce se recroquevillait en tremblant.

Un instant plus tard, elle posa lentement les pieds par terre, prête à se lever pour tenter de gagner l'abri de la salle de bains. Il faut que je m'écarte de cette brute, se répétait-elle. Mais elle avait beau ne bouger qu'avec lenteur, le moindre de ses gestes attisait la fureur du chien.

Finalement, submergée par une vague de nausées, elle se décida à jouer le tout pour le tout, se leva et marcha à cloche-pied vers la porte de la salle de bains, distante de quelques pas. Derrière elle, Mugsy tirait sur sa laisse et aboyait avec une rage croissante.

Joyce était arrivée à hauteur de la petite cuisine quand elle entendit le bruit qu'elle n'avait pas même osé imaginer : la laisse se brisa net. Du coin de l'œil, elle aperçut la masse du chien qui se ruait sur elle. Alors, avec une force qu'elle ignorait posséder, elle agrippa la poignée d'un placard et parvint à se hisser sur le comptoir en prenant appui sur son pied gauche valide.

Enragé de voir sa proie lui échapper, Mugsy essaya de sauter sur le comptoir, mais celui-ci était trop haut pour lui et il retomba. Au bout de plusieurs essais infructueux, il se mit à tourner en rond avant de prendre de l'élan et de recommencer. Joyce voyait avec terreur sa gueule béante à quelques centimètres à peine de son pied.

Si je glisse, si je tombe, pensait-elle avec désespoir en se pressant contre le placard, je suis morte. Et je ne sais pas combien de temps je serai capable de tenir sur un seul pied.

Les joues ruisselantes de larmes, elle commença à prier.

62

À quinze heures, les volontaires étaient de retour au Club Zee où chacun fit le même rapport : aucune piste. Quelques personnes avaient appelé pendant ce temps pour dire qu'ils avaient vu Joyce sortir du club la veille vers minuit, mais aucun ne savait quelle direction elle avait prise.

Assise dans un coin, Cindy pleurait. Ses amies essayaient en vain de la consoler.

– C'est ma faute, répétait-elle. C'est ma faute.

Jack était revenu et se tenait à côté de Regan.

– Que faisons-nous maintenant, Regan? demanda Tracy.

– Nous recommençons, Tracy. Il y a peut-être en ce moment dans la rue une personne qui sort de chez elle pour la première fois depuis hier soir. Il faut continuer à aborder les gens, à leur poser des questions, à leur demander qu'ils nous signalent tout ce qui leur a paru inhabituel, même s'ils estiment que c'est un détail insignifiant.

Le visage souriant de Joyce, le petit dalmatien dans les bras, remplissait l'écran de télévision géant derrière Regan.

Dans la rue, Jay Stone s'approchait du club. Le dimanche, il fermait sa pharmacie plus tôt que les autres jours. En arrivant devant la porte, il s'arrêta, hésita et se remit en marche. Non, se dit-il, c'est idiot. Je n'ai rien de précis à leur dire.

Perchée sur le comptoir, Joyce souffrait le martyre.

Sa jambe gauche était prête à la lâcher, elle souffrait trop de la cheville droite pour y porter son poids et elle n'avait pas la place de s'agenouiller. Le chien ne se calmait pas. Il paraissait au contraire plus résolu que jamais à sauter sur le comptoir.

En regardant autour d'elle, Joyce vit sur la cuisinière la grosse marmite dans laquelle Hattie avait mis le ragoût à mijoter. Si je pouvais la pousser assez fort pour l'assommer avec, se dit-elle. Essayons.

Jay fit demi-tour au coin de la rue. Tant pis, pensa-t-il, même si c'est sans importance ou si je passe pour un idiot, il faut que je leur parle. Une jeune femme était venue trois fois dans la pharmacie en lui répétant l'importance qu'il y avait à signaler tout ce qui aurait pu lui paraître inhabituel.

La gorge nouée, hors d'état d'émettre un son, Joyce s'accroupit en se retenant d'une main au placard, agrippa la poignée de la marmite et, dans un effort qui l'épuisa, la jeta en direction de Mugsy. Un liquide tiède et graisseux se répandit sur le comptoir et retomba sur le chien. La marmite roula par terre et s'immobilisa à l'envers, presque au pied du comptoir.

Joyce retint sa respiration. La marmite pouvait maintenant servir de tremplin au chien pour sauter sur le comptoir. Dieu merci, elle était grasse et glissante. Mais cela suffirait-il à arrêter la bête?

– Allons-y! dit Regan. Nous nous retrouverons à...

– Excusez-moi! fit une voix d'homme près de la porte.

Le silence retomba. Le nouvel arrivant s'approcha.

– Je m'appelle Jay Stone, je suis pharmacien à deux rues d'ici. La jeune femme qui est là, dit-il en montrant Tracy, est venue me demander si j'avais remarqué quelque chose d'inhabituel dans le quartier. J'avais d'abord répondu non, mais à sa troisième visite, je me suis dit que je devrais peut-être vous signaler le comportement un peu étrange d'une de mes clientes. C'est probablement sans importance, mais...

– Dites quand même, l'encouragea Regan.

– Cette cliente est une vieille excentrique qui a cinq chiens, en comptant celui dont elle a hérité d'une de ses amies récemment décédée et que j'estime dangereux. Elle est venue ce matin acheter des pansements et elle a regardé une paire de béquilles, ou plutôt de cannes anglaises. Comme elle n'en a pas besoin, je m'en suis étonné. Elle est bizarre en temps normal, mais sa conduite de ce matin était différente de ses excentricités habituelles. La photo de Joyce tenant un chien dans ses bras m'y a refait penser. Tout à l'heure, je l'ai vue sortir avec ses quatre chiens qu'elle emmenait promener à Central Park comme tous les dimanches. Elle n'emmène jamais le cinquième, qui est trop difficile à discipliner. Alors, j'ai pensé que si Joyce est blessée et s'est retrouvée je ne sais comment seule dans l'appartement avec le chien, elle pourrait courir un réel danger.

Regan allait répondre quand Wally l'interpella :

– Regan! Nous venons de recevoir un appel anonyme d'une fille qui était hier soir avec un groupe de copains. Ils ont trouvé un sac appartenant à une femme appelée Joyce. Un garçon a raflé l'argent qu'il y avait dedans et jeté le reste un peu plus loin dans la rue. Elle ne sait pas s'il s'agit de la même Joyce.

– Où ont-ils trouvé ce sac? demanda aussitôt Regan.

– Tout près d'ici dans Maple Street, la petite rue bordée d'arbres. Il était tombé sur le trottoir, à côté d'un escalier.

Jay prit le bras de Regan.

– Ma cliente habite cette rue-là.

Cindy poussa un cri de détresse, mais Regan garda son calme.

– Si Joyce est enfermée là seule avec le chien, il faut trouver quelque chose pour détourner son attention.

– Je vais prendre un ou deux steaks dans la cuisine, offrit Wally. Partez devant, je vous rattraperai.

Regan, Jack, Tom Belfiore et Jay Stone couraient déjà vers la porte. Les autres leur emboîtèrent tous le pas sans hésiter.

– À droite au prochain coin de rue, indiqua Jay.

Toujours courant, ils arrivèrent au coin et tournèrent à droite.

– Au 10! cria Jay. L'appartement au sous-sol!

Ils arrivèrent tous ensemble et dévalèrent les marches. Jay pressa le bouton de sonnette. En l'entendant, Joyce retrouva sa voix :

– Au secours! hurla-t-elle. Aidez-moi, je vais mourir!

La sauce du ragoût s'était répandue sur sa chaussure gauche qui glissait dangereusement sur le carrelage du comptoir. Juste au-dessous d'elle, les crocs en avant, Mugsy prenait appui sur la marmite renversée pour essayer de sauter. Joyce sentait ses forces l'abandonner, sa jambe valide ne la soutenait plus.

– Enfoncez la porte! cria Cindy. Sauvez-la!

De l'extérieur, les aboiements féroces du chien étaient terrifiants.

Jack, Regan, Tom et Jay s'acharnèrent à coups de pied sur la porte dont le bois vermoulu finit par céder au moment où Joyce, à bout de forces, commençait à glisser.

Jack empoigna son arme, tira en l'air. Le chien se tourna vers les nouveaux arrivants. Jack fit feu encore une fois pendant que Regan prenait un des steaks de Wally et le jetait vers l'autre bout de la pièce, où il tomba devant la porte de la salle de bains. Intéressé, le chien tourna la tête dans cette direction. Regan poussa un cri en voyant Joyce tomber sans pouvoir se retenir.

Jack jeta le deuxième steak à l'intérieur de la salle de bains, où il ricocha sur un mur et retomba dans la baignoire. Le chien y sauta. L'arme au poing, Jack bondit, claqua la porte derrière lui. Au même moment, Joyce s'écroula dans les bras de Tom Belfiore.

63

Joyce céda à une crise de larmes qui la soulagea. Quand elle retrouva sa voix, elle refusa d'être emmenée à l'hôpital, voulant se rendre d'abord au Club Zee pour rencontrer tous ceux qui l'avaient recherchée.

– Et puis, ajouta-t-elle, j'en suis partie hier soir sans dire au revoir à personne. Je dois leur expliquer ce qui m'est arrivé, c'est la moindre des choses.

– Alors, permettez-moi de vous y porter, suggéra Tom.

Trop émue pour parler, Joyce accepta d'un sourire. Il était si gentil, si plein de sollicitude – et beau garçon, en plus! Il la souleva sans effort et, flanqués de Greeny, le setter irlandais, ils reprirent tous le chemin du Club Zee, suivis par les caméras de télévision qui ronronnaient à qui mieux mieux.

Au club, Wally déboucha le champagne.

– Écoutez-moi bien, Joyce! Je ne veux plus que vous sortiez de chez moi malheureuse. Compris?

Ils levèrent tous leurs verres à l'heureux retour de Joyce.

– Merci à tous! leur dit-elle. Je n'espérais plus sortir vivante de cet appartement. J'ai envers vous une immense dette de gratitude.

Tom ne la quittait pas des yeux.

Sur l'écran géant derrière le bar apparut en direct Victoria Beardsley qui sortait de chez elle.

– La mariée qui manquait! s'exclama Regan avec étonnement. Personne n'a eu de ses nouvelles aujourd'hui.

Un journaliste se précipitait vers elle, le micro tendu.

– Victoria, nous voudrions vous poser quelques questions!

Elle lança à la caméra un regard de biche traquée et fit quelques gestes empreints de nervosité. L'homme qui sortait de l'immeuble avec elle se hâta de s'écarter du champ de l'objectif.

– C'est Jeffrey! hurla Tracy.

Jack observait Victoria avec une perplexité qui se mua très vite en incrédulité.

– Pas possible! murmura-t-il. Ce serait trop beau...

– C'est Jeffrey qui est avec elle! cria Tracy. Où habite-t-elle, Regan? Donnez-moi son adresse, il faut que je les rattrape!

– Je cours chercher la voiture, lui dit Catherine, sa fidèle amie.

– Regan, enchaîna Jack sans quitter l'écran des yeux, sais-tu aussi où elle travaille?

Regan lança alternativement à l'un et l'autre un regard étonné.

– Elle vit dans l'Upper West Side, répondit-elle et elle travaille à l'hôtel Queen's Court à Manhattan.

Si elle comprenait la réaction de Tracy, elle ne s'expliquait pas l'intérêt soudain de Jack pour Victoria. Il composait déjà le numéro de son bureau sur son portable.

– Où dans l'Upper West Side? insista Tracy. Son adresse exacte!

Kit la lui donna. Tracy s'apprêtait à partir quand Jack la héla.

– Une minute! J'y vais moi aussi, je peux vous emmener.

– Et mes amies?

– J'ai cinq places dans ma voiture. Les autres nous suivront.

– Mais que se passe-t-il, Jack? demanda Regan

Jack lui montra du doigt l'écran où Victoria s'efforçait nerveusement d'éluder les questions des journalistes – une main sur la joue et l'index levé.

– La fille que tu vois là travaille dans un hôtel où était descendu le titulaire de la carte de crédit volée. Le malfaiteur du hold-up d'hier a perdu dans la banque une facturette correspondant à cette carte volée.

Regan écarquilla les yeux, stupéfaite.

– Tu ne crois quand même pas?...

– Je n'en sais rien, Regan. J'espère en savoir plus bientôt.

– Kit et moi t'accompagnons! décida-t-elle.

Elle s'assit à l'avant à côté de Jack tandis que Catherine, Tracy et Kit s'installaient à l'arrière.

– L'imbécile! fulmina Tracy! Le salaud! Il l'a sûrement rencontrée chez Alfred et Charisse!

Quand Alfred saura cela! pensa Regan. Lui qui était prêt à jurer de l'honnêteté de ses clientes, il en fera une tête en apprenant que celle-ci dévalisait les banques depuis trois mois. Deux mariées n'étaient que des voleuses et la troisième est dans un état d'hystérie avancé sur la banquette arrière.

Jack avait ordonné à une voiture de police de surveiller la rue et l'immeuble où Victoria s'était hâtée de rentrer après avoir réussi à se débarrasser des journalistes. Munis de son signalement, les policiers devaient appeler Jack dès qu'ils la verraient ressortir.

Les réflexions de Jack étaient encore plus rapides que l'allure à laquelle il conduisait. Si Victoria avait réellement commis les hold-up, elle était extrêmement douée pour se déguiser en homme, ce qui ne l'empêchait pas d'user avec virtuosité de ses charmes féminins puisqu'elle avait réussi à voler le fiancé de Tracy. Je ne peux pourtant rien prouver, se répétait-il en hésitant sur la conduite à tenir. Il faudra des preuves solides. Bien entendu, il n'avait pas fait part de ses soupçons à Tracy et à ses amies.

En arrivant dans la rue de Victoria, Jack s'arrêta à hauteur d'une voiture de police en faction près du carrefour.

– Encore rien, patron, lui répondit l'agent assis au volant. Une femme est sortie il y a cinq minutes avec deux enfants, c'est tout.

Jack allait repartir quand une voiture le dépassa et s'arrêta devant l'immeuble de Victoria.

– Quelqu'un sort de la maison! s'écria Kit.

– C'est la voiture de Jeffrey! hurla Tracy.

– Bon Dieu! lâcha Jack.

– Qu'est-ce qui se passe? voulut savoir Regan.

Un homme barbu et moustachu, vêtu d'un imperméable noir, bondit dans la voiture de Jeffrey qui démarra aussitôt.

– Jeffrey me trompe avec un... *homme*? cria Tracy.

– Non, Tracy, s'empressa de la corriger Jack. C'est une femme qui se cache sous cette fausse barbe.

Il donna le signal à la voiture de police et les deux véhicules, sirènes en marche, se lancèrent à la poursuite de Jeffrey, qui fut bien obligé de stopper quelques mètres plus loin. En voyant Tracy sauter de la voiture de Jack et courir vers lui, il devint livide. Des caméras de télévision apparues comme par miracle se ruèrent à la curée.

Lorsque Jack s'approcha de sa portière pour annoncer qu'il voulait interroger Victoria dans le cadre d'une enquête sur une série de hold-up, Jeffrey faillit s'évanouir. Ce ne fut que le premier des nombreux malaises qui allaient le frapper au cours des jours suivants, où il fallut d'urgence lui faire respirer des sels. D'abord lorsque les chaînes de télévision repassèrent en boucle les images de Jeffrey descendant de voiture avec un barbu. Ensuite lorsque Victoria fut officiellement accusée d'avoir dévalisé des banques. Enfin, et pire encore, lorsque l'infortuné Jeffrey découvrit que Victoria n'avait pas rompu avec son fiancé pour filer le parfait amour avec lui.

Car Frederick n'avait jamais existé. Dans ses exercices de «méditation positive», Victoria avait visualisé l'arrivée d'un mari dans sa vie et, persuadée de l'imminence de son mariage, avait commandé une robe. Son beau projet avait été à deux doigts de réussir quand elle avait mis le grappin sur Jeffrey dans l'ascenseur de Charisse et d'Alfred. Son seul problème venait du fait que pour se voir en mariée, elle devait d'abord devenir cambrioleuse afin de s'offrir une belle robe. Puisque l'argent se trouvait dans les banques, c'est là qu'il fallait en toute logique s'en procurer. Les vols de cartes de crédit ne constituaient que la cerise sur son gâteau de noces.

En fin de compte, si Victoria Beardsley n'était pas l'incarnation des rêves de Jeffrey, elle était la cause de sa descente aux Enfers.

Et Tracy Timber allait en suivre les étapes avec jubilation.

64

Les festivités au Club Zee ne commencèrent à s'apaiser que vers cinq heures de l'après-midi. Tout le monde avait regardé l'apparition incongrue de Jeffrey et de Victoria à leur descente de voiture. L'image de Victoria en femme à barbe étreignant convulsivement Jeffrey avait soulevé des tempêtes d'hilarité.

Joyce remercia avec effusion Wally pour son hospitalité et tous les autres pour leurs efforts ayant abouti à son sauvetage.

– Maintenant que j'ai la conscience tranquille, conclut-elle, je veux bien aller à l'hôpital faire radiographier ma cheville. Mais je tiens à ce que vous veniez chez moi à partir de huit heures du soir. Je compte sur vous tous! Grâce à vous, je commence une vie nouvelle et je ne veux pas cesser de la fêter!

Aux urgences de l'hôpital, la cheville de Joyce fut examinée et radiographiée sous tous les angles. Elle ne souffrait de rien de plus grave qu'une méchante entorse et pouvait rentrer chez elle.

Tom et Cindy ne l'avaient pas quittée d'une semelle.

– Je vais chercher ma voiture et je vous reconduirai chez vous, décréta Tom.

Joyce ouvrit la bouche pour parler, mais la referma.

– Quelque chose ne va pas? s'inquiéta Tom.

– Non, rien, répondit Joyce en souriant.

Cindy estima qu'il était temps d'intervenir :

– Je crois que Joyce voulait vous avertir que son ex-petit ami risquait d'arriver. Mais moi, je vous dis que nous avons la ferme intention d'entasser ses affaires dans des valises ou même dans des boîtes en carton et de jeter le tout dans la rue.

– Merci Cindy. Tu as le don d'aller à l'essentiel, dit Joyce en souriant.

– De toute façon, déclara Tom avec une détermination qui donna à Joyce un délicieux frisson, ce type ne me fait pas peur.

Une heure plus tard, Joyce était installée sur le canapé de son living, la jambe étendue sur la table basse, ses cannes anglaises appuyées contre un accoudoir et, surtout, Tom assis à côté d'elle. Cindy appela la meilleure pizzeria du quartier, commanda de quoi nourrir une armée et commença à déboucher quelques bouteilles de vin rouge.

À vingt heures une, une activité fébrile régnait déjà dans l'appartement de Joyce. Roméo en devenait fou.

– Salut! criait-il. Salut!

Regan et Kit, Tracy et ses amies arrivèrent en même temps. Comme Joyce, Tracy se sentait au seuil d'une nouvelle vie.

– Allumons la télé! s'écria-t-elle, impatiente de se repaître une fois de plus de l'humiliation publique de Jeffrey.

Amoureusement assise sur les genoux de son Paul chéri, Brianne rayonnait de bonheur. L'ambiance ne pouvait pas être plus joyeuse.

Dans la bousculade, les cannes anglaises de Joyce tombèrent.

– Je vais les ranger dans le placard de l'entrée, dit Regan qui les ramassa.

Quand elle ouvrit la porte du placard, elle découvrit une autre paire de cannes anglaises.

– Vous n'en aviez pas besoin, Joyce, il y en a déjà ici.

– Ce sont celles de mon ex, répondit Joyce avec un geste dédaigneux. Il a eu un accident du travail dont il a profité au maximum.

– Je n'ai jamais cru qu'il boitait réellement, intervint Cindy.

Le téléphone de Regan sonna. Elle ne reconnut pas le numéro apparu sur l'écran.

– Je peux prendre cet appel dans la chambre? demanda-t-elle à Joyce. Ici, c'est un peu bruyant.

– Bien sûr.

Regan alla dans la chambre et referma derrière elle avant de répondre. C'était Dana, la productrice de Tiger News.

– J'ai enfin terminé ma journée, Regan, mais je tenais à vous signaler avant de rentrer chez moi un appel concernant les robes volées. Une dame âgée dit avoir trouvé un bouton de dentelle par terre dans un cimetière près d'Atlantic City, où elle rendait visite à la tombe de son mari. Ce bouton lui rappelait celui de la robe de mariée qu'elle avait portée il y a soixante ans. Le bouton est gravé au dos des initiales A et C. Elle en a pris une photo qu'elle nous a envoyée par e-mail. Cela vous intéresserait peut-être de la voir.

– Je ne sais pas si Alfred et Charisse gravent leurs initiales sur les boutons de leurs robes, mais je ne vois pas ce que les voleurs auraient pu faire dans un cimetière avec des robes de mariée.

– Je suis aussi perplexe que vous, mais on ne sait jamais.

Regan réfléchit un instant.

– Pouvez-vous me rendre un service, Dana? Avant de quitter votre bureau, envoyez la photo à Alfred par e-mail et dites-lui qu'il m'appelle sur mon portable s'il reconnaît un de ses boutons.

– Pas de problème, Regan. Autre chose. Nous avons aussi reçu dans l'après-midi un appel d'une femme qui cherche à créer des ennuis à Brianne et à Paul, son fiancé. Elle a dit qu'elle était avec lui hier et qu'elle veut parler à Brianne.

– C'est le bouquet! soupira Regan. Comment s'appelle-t-elle?

Après avoir noté le nom, elle retourna au living et fit signe à Paul et Brianne de la rejoindre dans la chambre.

– Que se passe-t-il? demanda Brianne.

– Je suis désolée de devoir vous l'apprendre, répondit-elle, mais la productrice de Tiger News vient de m'informer qu'une femme appelée Jane l'a appelée et paraît décidée à vous causer des ennuis.

– Je lui ai déjà réglé son compte à celle-là! déclara Brianne pendant que Paul, cramoisi, regardait en l'air. C'est même la raison pour laquelle nous sommes arrivés en retard tout à l'heure au Club Zee. Paul m'a tout raconté. Cette Jane était son amie avant notre rencontre. Il lui avait prêté de l'argent qu'elle refusait de lui rendre, surtout depuis qu'il l'avait lâchée pour moi. Hier, il est allé chez elle pour tenter encore une fois de récupérer son argent, parce qu'il craignait que nous n'en ayons pas assez pour notre voyage de noces. Il était resté sans emploi pendant trois mois, ses réserves s'épuisaient, mais cette garce s'en moquait éperdument. Elle a fini par céder et ils sont allés tous les deux à la banque retirer l'argent – cinq mille dollars, ce n'est pas rien! Paul m'a dit qu'elle le menaçait et qu'il avait peur qu'elle mette ses menaces à exécution en profitant de la publicité soulevée par le vol des robes. Elle espérait encore l'épouser, mais ce que j'ai dit à la télévision sur les ex qui étaient tous lamentables l'a rendue enragée.

De plus en plus rouge, Paul regardait toujours le plafond. Un sourire épanoui apparut sur les lèvres de Brianne.

– Alors, reprit-elle, j'ai dit à Paul que je ne permettrai jamais à cette sorcière de nous nuire ou de nous séparer.

– Brianne est merveilleuse, soupira Paul. C'est pour cela que je l'aime tant.

– Et nous allons dépenser tout cet argent pour nous offrir un merveilleux voyage de noces, ajouta Brianne. Paul avait parfaitement le droit de le récupérer et je suis enchantée qu'il y soit arrivé. En tout cas, Regan, je peux vous garantir que cette Jane n'appellera plus la station de télévision. Je lui ai téléphoné moi-même cet après-midi pour lui dire sans détour ce que je pensais d'elle et ce que je comptais faire si elle persistait à nous empoisonner la vie.

– Je suis ravie que cette affaire soit réglée, dit Regan. Et maintenant, allons rejoindre les autres.

Quand ils regagnèrent le living, Roméo avait été libéré de sa cage et se mêlait à la liesse générale.

65

Au bureau de Jack aussi, l'ambiance était à la fête. La Douche était enfin hors d'état de nuire!

Jack chercha dans ses notes un numéro de téléphone qu'il voulait appeler sans tarder. La pauvre caissière sera certainement contente d'apprendre la nouvelle, pensa-t-il en composant le numéro.

– Tara? demanda-t-il.

– Oui.

– Jack Reilly à l'appareil.

– Bonjour, monsieur Reilly! répondit-elle sur un ton joyeux. Ne me dites pas qu'il y a encore eu un hold-up.

Jack ne put s'empêcher de rire.

– Non, Tara. Mais j'ai le plaisir de vous annoncer que votre voleur est sous les verrous. Elle a même avoué.

– Elle?

– Oui, c'est une femme. Elle peut se vanter de nous avoir bien fait marcher. Et de votre côté, tout va bien?

– Ça ne peut pas aller mieux! Nous sommes comme des coqs en pâte sous un parasol à côté de la piscine. Mon Jamie est aux petits soins pour moi. Nous avons même failli nous marier hier soir.

– Déjà? demanda Jack, étonné.

– Après ce qui m'est arrivé, Jamie ne voulait plus attendre. Nous sommes même allés au palais de justice prendre une licence de mariage, mais j'ai décidé que je ne pouvais pas faire ça à ma mère, elle me tuerait de ses propres mains! Nous avions préparé depuis si longtemps un grand mariage qu'elle ne me pardonnerait jamais de me marier sans rien lui dire. Au fait, vous avez attrapé ceux qui ont volé la robe de votre fiancée?

– Non, pas encore.

– Qu'est-ce qu'elle va faire, alors?

– Le couturier lui en fabrique une autre. J'espère seulement qu'elle sera prête à temps.

– Hier soir, sur les marches du palais de justice, un type distribuait des prospectus annonçant une vente spéciale de robes de haute couture en quantité limitée, mais qui ne seraient disponibles que lundi. Vous devriez peut-être venir avec votre fiancée y jeter un coup d'œil, ajouta Tara en riant.

– Ces robes ne seront disponibles qu'à partir de lundi? C'est curieux, commenta Jack.

– C'est vrai, mais à Vegas il ne faut s'étonner de rien. Elles étaient peut-être dans une caisse qui est tombée d'un camion.

– Par curiosité, je vais demander à un de mes correspondants sur place d'aller voir de quoi il s'agit. Vous avez encore le prospectus?

– Oui, dans mon sac. Attendez une seconde, il y a un tel fouillis là-dedans...

Elle tendit le téléphone à Jamie, plongea les deux mains dans son sac et releva la tête avec un sourire triomphant.

– Voilà, dit-elle en revenant en ligne. Il n'y a pas d'adresse, juste un numéro de téléphone. Vous avez de quoi écrire?

66

Assise par terre à côté de Kit dans le living de Joyce, Regan se réjouissait de voir tout le monde heureux. Joyce et Tom paraissaient s'entendre déjà à merveille, malgré le perroquet jaloux qui s'était installé entre eux. Roméo donnait l'impression qu'il arracherait avec plaisir un doigt de Tom s'il s'avisait d'effleurer la main de Joyce.

Jay, le jeune et beau pharmacien arrivé un peu après les autres, s'était précipité vers Tracy, qui l'avait gratifié d'un sourire extasié quand il s'était assis à côté d'elle. Ce serait merveilleux si cela marchait entre eux, pensa Regan.

Le téléphone sonna. Cindy courut décrocher et, un instant plus tard, couvrit le combiné d'une main.

— C'est la mère de Francis.

— Passe-la-moi, dit Joyce en levant les yeux au ciel. Allô?

— Joyce, vous allez bien? s'enquit Janice avec agitation.

— Oui, Dieu merci.

— Où est Francis?

— Je n'en sais rien. Mon amie Cindy lui a parlé ce matin, elle lui a dit que j'avais disparu, mais il a raccroché et n'a jamais rappelé.

— Vous étiez-vous disputés? Il a peut-être...

— Non, nous ne nous sommes pas disputés et je n'ai aucune idée de ce qu'il peut avoir en tête.

Le téléphone de Regan sonna à son tour. Elle s'empressa de répondre.

— Regan! cria Alfred au comble de l'excitation. J'ai reçu par e-mail la photo du bouton. C'est un de ceux que j'avais cousus sur votre robe!

— Vous en êtes certain?

— Bien sûr que j'en suis certain! Je les avais spécialement commandés en France. C'est un modèle unique, sublime! Vous savez bien d'ailleurs que je n'utilise pour mes robes que les meilleures fournitures. Le logo gravé au dos est le nôtre.

– Une femme l'a trouvé dans un cimetière près d'Atlantic City.

– Atlantic City? Mais c'est là que j'ai perdu mes clefs!

– Je sais, Alfred. Laissez-moi réfléchir, je vous rappellerai quand nous aurons décidé quoi faire. Je ne peux pas vous parler maintenant.

– Moi non plus. Charisse et moi travaillons au point de nous user les doigts jusqu'à l'os!

– Parfait. À tout à l'heure.

Dans le même temps, Joyce terminait sa conversation.

– Il faut que je vous quitte, déclara-t-elle avec fermeté. Si j'ai des nouvelles de Francis, je lui dirai qu'il vous appelle.

– Que se passe-t-il, Regan? demanda Cindy.

– Une dame a trouvé dans un cimetière près d'Atlantic City un bouton qui lui rappelait ceux de sa robe de mariée. Elle en a envoyé par e-mail la photo à la station de télévision et Alfred vient de confirmer que c'est un des boutons qu'il avait cousus sur ma robe.

– Atlantic City? demanda Cindy.

– Oui, et c'est aussi à Atlantic City qu'Alfred avait perdu ses clefs la semaine dernière. Nous sommes maintenant à peu près sûrs que ceux qui ont cambriolé son atelier y sont entrés en se servant de ses clefs. Nous pensons aussi que ce sont deux des joueurs assis à la même table que lui qui ont ramassé ses clefs quand il les a laissées tomber. Nous avons bien regardé les bandes vidéo. Un des deux boitait.

Joyce poussa un cri. Un silence complet s'abattit sur la pièce.

– Tas de feignants! cria Roméo. Tas de feignants!

Cindy se leva, se pencha derrière le canapé et ramassa le trousseau de clefs qu'elle avait pris le matin même dans le bec de Roméo. Mais cette fois, au lieu de le rejeter négligemment, elle l'observa avec attention. Le porte-clefs comportait une breloque en argent représentant une robe de mariée.

– Grands dieux! s'exclama-t-elle.

– Qu'est-ce qu'il y a? voulut savoir Regan.

– Ces clefs... Est-ce que ce serait celles d'Alfred?

Lundi 4 avril – Vendredi 8 avril

67

Francis et Marco roulaient depuis plus de quarante heures. En deux jours, ils n'avaient pas pris une douche. Crasseux, épuisés, ils étaient à bout de nerfs. Un peu plus tôt, ils avaient entendu à la radio le célèbre présentateur Imus dire que les deux individus qui avaient volé les robes de mariée ne pouvaient être que de parfaits crétins. Marco avait rageusement éteint la radio et, depuis, ils avaient roulé dans un silence pesant.

Ils arrivèrent enfin à Las Vegas peu avant midi.

– Où est-ce qu'on retrouve ton copain ? s'enquit Francis.

– Il a une chambre dans un motel. On lui dépose les robes, on se trouve un hôtel et on espère qu'il les fourguera assez vite pour récupérer notre fric et filer d'ici.

– Moi, de toute façon, je rentre en avion cet après-midi.

– Fais ce que tu veux.

– Heureusement que Joyce va bien. Je veux la revoir le plus vite possible. Elle avait quand même l'air bizarre au téléphone.

Marco fit un haussement d'épaules indifférent.

Dans un quartier décrépit à l'écart du Strip et des grands hôtels, ils arrivèrent à un vieux motel où un escalier extérieur menait à la chambre où l'ami de Marco avait établi son négoce temporaire. Les deux compères descendirent de voiture, ouvrirent le coffre et soulevèrent la boîte ayant contenu le lave-vaisselle qu'ils posèrent sans ménagement sur l'asphalte brûlant.

Tout était calme et silencieux. Le soleil qui tapait dur et sa longue immobilité en voiture provoquèrent chez Francis un léger vertige. C'est pourquoi il se crut le jouet d'une hallucination en voyant s'ouvrir une portière de voiture et une femme en bondir, le visage tordu par une expression de folie meurtrière. Elle ressemblait à celle qu'il avait vue à New York clamer à la télévision qu'elle écorcherait vifs et arracherait de ses mains les membres de ceux qui avaient réduit sa robe de mariée en charpie. C'était impossible. Que ferait-elle à Las Vegas?

Pourtant, en la voyant charger comme un taureau dans l'arène, il dut se rendre à l'évidence : c'était bien elle.

– Vous avez ravagé ma robe! hurla Brianne en se jetant sur lui.

Il n'eut pas le temps d'esquiver l'assaut. Sans même comprendre ce qu'il lui arrivait, il se retrouva brutalement plaqué au sol.

– J'en tiens un! cria Brianne à l'adresse de Regan, Jack, Paul, Kit, Tracy et ses trois amies, qui accouraient à la rescousse en compagnie de plusieurs policiers de Las Vegas, tous sortis des voitures stationnées autour du petit parking.

– Misérables salauds! cracha Brianne. Vous allez pourrir en prison tous les deux!

En lâchant une bordée de jurons, Marco tenta de prendre la fuite. Il n'alla pas loin : deux policiers l'immobilisèrent sans mal pendant que deux autres montaient en courant vers la chambre d'où le complice de Marco essayait de s'échapper par une fenêtre.

– Voyons Brianne! l'admonesta Paul. Tu devais attendre qu'ils soient dans la chambre!

– Je ne pouvais pas attendre! Ces ordures ont détruit ma robe!

Francis gisait par terre, tremblant. Paul fit lâcher prise à Brianne, un policier releva Francis et lui passa les menottes. Marco avait déjà les poignets ornés de bracelets d'acier qui brillaient au soleil.

– Eh, doucement! protesta Marco. J'ai une coupure au bras, elle est peut-être infectée.

– C'est donc votre sang qui a coulé sur la robe de Brianne, lui dit Regan d'un air dégoûté.

– J'espère que vous en souffrirez longtemps, renchérit Brianne avec jubilation.

Tandis que Marco et Francis étaient emmenés sous bonne garde vers une voiture de police banalisée, les trois «Mariées d'avril» procédèrent cérémonieusement à l'ouverture de la boîte dont elles sortirent les robes.

– Je savais que la mienne n'y serait pas, dit Brianne, mais je n'aurais manqué le voyage pour rien au monde.

– La mienne y est, dit Tracy, mais j'en ferai cadeau à une bonne œuvre. J'en connais une à

331

Haïti où les femmes doivent se marier en blanc mais n'ont pas souvent les moyens de s'acheter une robe. Moi non plus, je n'aurais manqué ce voyage pour rien au monde.

Regan examina rapidement sa robe. Elle n'avait apparemment pas souffert d'autre dommage que le bouton arraché et n'aurait besoin que d'un sérieux coup de fer.

– Tout est bien qui finit bien! déclara-t-elle. Allons faire un bon déjeuner au Bellagio avant de rentrer à New York.

– Et n'oubliez pas de remercier votre père de nous avoir trouvé un avion privé, dit Brianne. J'admire qu'il ait disposé des relations capables de résoudre le problème aussi vite. En tout cas, cela valait la peine, rien que pour voir la tête qu'ont faite ces deux ignobles individus.

Tracy approuva chaleureusement.

– Mon père estime que ma robe lui a déjà coûté si cher qu'il ne pouvait pas faire moins que se démener pour que j'aille la récupérer en personne, dit Regan en souriant.

– Il aura une belle histoire à raconter pendant des années, commenta Kit en riant. Comme celle d'avoir dû se faire kidnapper pour que tu trouves un mari.

Regan se tourna vers Jack, qui parlait au capitaine de police. Je l'aime tant, se dit-elle, que le reste n'a aucune importance. Rien n'aurait pu nous empêcher de nous marier samedi prochain.

Avant de replier sa robe et de la remettre dans la boîte, elle la regarda un moment. Elle est superbe, pensa-t-elle. J'ai hâte de la mettre pour aller à l'autel prendre la main de celui que j'ai attendu ma vie entière. Et un sourire de pur bonheur lui éclaira le visage.

68

Au grand plaisir de Nora, Regan allait enfin tenir sa promesse et consacrer le reste de la semaine aux préparatifs de son mariage. Compte tenu, bien sûr, du fait qu'elle ne se réveilla que le mardi après-midi et voulut ensuite savoir comment les médias avaient couvert la spectaculaire arrestation des voleurs de robes.

Trouver un orchestre constituait désormais la première priorité. Tracy proposa ses musiciens, dont elle n'avait plus besoin.

– Ils seront sûrement libres samedi soir, Regan. Mais si vous les engagez, vous serez obligée de m'inviter.

– J'allais vous le demander.

– Et j'aimerais aussi venir avec Jay.

– Rien ne me fera plus plaisir que de vous voir tous les deux danser à mon mariage, répondit Regan en souriant. Je suis sincèrement enchantée que vous soyez si bien remise de vos émotions.

– Non seulement je n'ai aucun regret, mais j'ai la satisfaction de raccrocher au nez de Jeffrey qui m'appelle sans arrêt en implorant mon pardon. Je ne retournerai jamais avec lui, bien entendu, mais je me réjouis qu'il soit malheureux. En fin de compte, soupira-t-elle, il n'était pas celui qu'il me fallait. Quand je vous vois ensemble, Jack et vous, je me rends compte que votre amour est celui dont je rêvais pour moi-même.

Regan et Nora passèrent ensuite des heures à déterminer les plans de table. Ce pensum achevé, Nora poussa un soupir où le découragement se mêlait au soulagement.

– Nous aurons beau faire, tu sais, il se trouvera toujours quelqu'un pour se plaindre de la place que nous lui avons attribuée.

– C'est normal dans tous les mariages, maman! commenta Regan en riant. Je parie que, cette fois, ce sera tante Grincha qui récriminera le plus. La famille ne l'a pas affublée de ce surnom sans raison.

– Voyons, Regan! protesta Nora.

– Tu as raison, ma fille, intervint Luke. Je me félicite que tu n'aies pas cité quelqu'un de mon côté de la famille.

– Ne me tente pas! dit Nora en riant tandis que Luke posait un baiser dans ses cheveux. La liste serait longue.

Luke avait eu le plaisir d'apprendre que le mystère de l'étrange coup de téléphone qu'il avait reçu la semaine précédente avait été résolu par la police du New Jersey à l'occasion d'un coup de filet contre un réseau de trafic de drogue. Les policiers avaient découvert dans l'appartement d'un suspect non seulement des sachets de poudre, mais une collection d'annonces de mariages découpées dans les journaux locaux. Celui de Regan y figurait en bonne place. Le cambriolage du domicile des Reilly était pévu pour le samedi après-midi.

Nora et Regan vérifièrent une fois encore tous les détails, le menu, le gâteau, les allocutions à l'église, les fleurs. Tandis que Regan préparait ses valises pour le voyage de noces, le téléphone n'arrêtait pas de sonner et les livraisons se succédaient sans discontinuer. Le jeudi, Regan et ses demoiselles d'honneur allèrent à New York passer la journée dans un spa réputé où elles furent dorlotées, massées, manucurées et soignées selon les règles de l'art. On leur servit à déjeuner pendant qu'elles lézardaient en peignoir sur des transats. Elles sortirent de cette séance détendues et rayonnantes de beauté.

La répétition du dîner eut lieu le vendredi soir. Dans l'après-midi, Regan reçut par porteur un cadeau de la part de Pamela et Arnold Ney, un superbe bracelet ancien de Pamela, accompagné d'une carte : « Avec nos vœux les plus sincères pour demain, chère Regan. Acceptez ce modeste témoignage de notre affection et de notre gratitude. »

Regan téléphona aussitôt pour les remercier. Au bout du fil, Pamela ne se tenait pas de joie :

– Notre fils vient d'appeler, Regan ! Ma belle-fille et lui ont adopté un enfant, mais ils ne voulaient pas nous le dire avant d'être assurés du succès de leurs démarches afin de ne pas nous donner de fausses espérances. Nous aurons donc un bébé à cajoler ! Jack et vous devez absolument nous rendre visite quand ils seront en ville.

– Nous viendrons avec grand plaisir, promit Regan.

Brianne appela elle aussi avant de se rendre à la répétition de son propre dîner. Sa robe reposait en sûreté dans une penderie chez ses parents. Alfred et Charisse avaient passé trois jours et trois nuits à en terminer une encore plus belle que la précédente.

– Je regrette infiniment que nous ne puissions pas assister à nos mariages respectifs, Regan.

– Moi aussi, Brianne. Mais quand nous reviendrons de nos voyages de noces, nous passerons une soirée ensemble à comparer nos photos et nos vidéos.

– Je suis si heureuse que nous soyons devenues amies, Regan! Cette épreuve nous a appris à nous connaître.

– C'est le moins qu'on puisse dire! répondit Regan en riant.

– Et je suis désolée de m'être conduite comme une parfaite idiote à notre première rencontre.

– Vous aviez des circonstances plus qu'atténuantes, Brianne. Découvrir votre robe en lambeaux avait de quoi déstabiliser une sainte.

– Que je ne suis pas! Savez-vous que je regrette encore de ne pas avoir pu me déchaîner comme je l'aurais voulu sur ces deux salauds?

– Je crois quand même qu'ils ont compris, Brianne. Consolez-vous en pensant qu'ils souffrent en ce moment même. Surtout Francis. Je crois qu'il ne s'en remettra jamais.

– Vous avez raison. Vous rendez-vous compte que sur les cinq «Mariées d'avril», nous sommes les seules à nous marier? À croire qu'Alfred a le mauvais œil!

– Voyons, Brianne!

– Si, Regan, c'est vrai!

– Je ne crois vraiment pas que ce soit la faute d'Alfred. Vous et moi avons eu de la chance, voilà tout, et Tracy s'en sort beaucoup mieux sans Jeffrey. Quand aux deux autres, ma foi, elles avaient au moins bon goût en choisissant leurs robes, comme disait Alfred.

– Tous mes vœux pour demain, Regan, dit Brianne, amusée. Vous serez une mariée ravissante. Et vous rendrez Jack le plus heureux des hommes.

– Vous aussi avec Paul, dit Regan, sincèrement. À bientôt.

Samedi 9 avril

69

Au fond de l'église Saint-Ignace-de-Loyola, à Manhattan, Alfred et Charisse mettaient fébrilement la dernière main à la traîne de Regan tandis que résonnaient les premiers accords de la *Marche nuptiale*.

– Vous êtes sublime! murmura Alfred avec un regard extasié.

– Éblouissante! renchérit Charisse en lui lançant un baiser.

Et ils se hâtèrent de gagner leurs places.

Kit tendit à Regan son bouquet.

– Alors, ça y est vraiment, Regan. Tu te maries.

– C'est vrai, répondit-elle en souriant. Et je suis bien contente de ne pas simplement le *visualiser*, comme Victoria.

Les quatre demoiselles d'honneur, Kit et les trois sœurs de Jack, formèrent le cortège et s'avancèrent à pas comptés.

– Prêt, papa? dit Regan en prenant le bras de Luke.

Les yeux humides, Luke lui sourit tendrement.

– Je n'aurais jamais cru être prêt à vivre un pareil moment, mais le type que tu épouses me paraît valable.

L'assistance attendait debout l'apparition de la mariée. Aux accents à la fois solennels et entraînants de la *Marche nuptiale*, Regan et Luke franchirent le seuil de la nef. Seul devant l'autel, Jack se retourna. La beauté de celle qui allait dans quelques instants devenir son épouse lui coupa littéralement le souffle.

Regan savourait chaque seconde de sa lente marche le long de l'allée centrale. Elle se dirigeait vers celui qui était son âme sœur dans tous les sens du terme. Tous ceux qu'ils aimaient étaient réunis pour partager leur bonheur. Leurs familles, leurs vieux et fidèles amis, sans oublier leurs amis les plus récents.

À côté de Jay, Tracy était radieuse. Je dois lui rendre justice, se dit Regan en passant devant elle, elle a une force de caractère digne d'éloges. Les femmes capables de célébrer le mariage d'une autre le jour même où elles auraient dû se marier, même si le futur n'était qu'un bon à rien, se comptent sur les doigts d'une seule main. Un rang plus loin, soutenue par Tom qui lui serrait fermement la taille, Joyce se tenait sur un pied. Son sourire n'en reflétait pas moins de joie.

Regan leur sourit comme à tous ceux qu'elle avait eu l'occasion de rencontrer dans son métier et qui étaient devenus des amis. Lem et Viddy venus du Vermont; Thomas du Settler's Club; l'actrice Whitney Weldon avec son ami du moment et sa tante Lucretia Standish; Ellie Butternut, aspirante actrice de Hollywood dont Regan était sûre qu'elle serait une star; lady

Veronica, venue spécialement d'Angleterre; Will et sa femme; Kim, qui avait partagé à Hawaii une de ses mémorables aventures...

Ses très chers amis Alvirah et Willy Meehan occupaient une place d'honneur juste derrière la famille. Alvirah, qui avait activement participé aux recherches de Luke pendant son enlèvement, s'essuyait les yeux. Regan ne s'en étonna pas : «Je pleure toujours aux mariages», l'avait prévenue Alvirah.

Le regard brillant de joie et de fierté, Nora était au premier rang. Regan lui effleura la main en passant. Les parents de Jack se tenaient au premier rang de l'autre côté. Regan n'aurait pu souhaiter meilleurs beaux-parents.

Flanqué de ses garçons d'honneur, parmi lesquels ses deux frères, Jack attendait devant l'autel, beau comme un dieu. La joie éclatait sur tous leurs visages.

Regan se remémora l'arrivée inattendue de Jack chez ses parents peu après le retour de Luke. Jamais elle ne pourrait oublier les paroles qu'il avait prononcées quand elle lui avait ouvert la porte...

Luke embrassa sa fille et serra la main de Jack avant de gagner sa place à côté de Nora. Jack tendit la main à Regan, qui se pencha vers lui en chuchotant :

– Y a-t-il de la place pour une Reilly de plus, à ton avis?

Jack lui prit la main avec un sourire épanoui.

– Comme si tu devais poser la question!

343

REMERCIEMENTS

Je tiens à exprimer ma gratitude à toutes les personnes qui ont prêté leur concours à Regan Reilly pour marcher à l'autel!

Roz Lippel, mon éditrice, qui a toujours été présente depuis que Regan a jeté pour la première fois les yeux sur Jack «simple homonyme» Reilly.

Esther Newberg, mon agent.

Lisl Cade, mon attachée de presse.

Gypsy da Silva, directrice adjointe des services de lecture et de préparation, Anthony Newfield, préparateur, Barbara Raynor et Jonah Tully, correcteurs.

John Fulbrook III, directeur artistique, Jason Heuer, concepteur de la couverture, Jethro Soudant et Glenn Jussen, photographes.

Ma mère, Mary Higgins Clark, ma famille et mes amis.

Tous les lecteurs qui ont accompagné Regan le long du chemin la menant de *Mlle* Reilly à *Mme* Reilly.

À tous et à toutes, un grand merci!

Achevé d'imprimer par GGP Media GmbH, Pößneck
en mars 2008
pour le compte de France Loisirs,
Paris

N° d'éditeur: 51361
Dépôt légal: mars 2008

Imprimé en Allemagne